Vertrau mir, Kai ...

WOLFGANG PIEL

VERTRAU MIR, KAI...

Bibliografische Information der Deutschen Nationalbibliothek:
Die Deutsche Nationalbibliothek verzeichnet diese Publikation in der Deutschen
Nationalbibliografie; detaillierte bibliografische Daten sind im Internet über
dnb.dnb.de abrufbar.

Coverdesign, Buchsatz und Verlag:
BoD · Books on Demand GmbH, In de Tarpen 42, 22848 Norderstedt, bod@bod.de
Druck: Libri Plureos GmbH, Friedensallee 273, 22763 Hamburg

ISBN: 978-3-7597-7189-6

INHALT

Tom

Nackt lag er auf einer Matratze, nur bedeckt von einer dünnen Decke, in totaler Finsternis und Stille. Um seine Handgelenke waren Stahlringe gelegt, die verbunden waren mit einer 25 Zentimeter langen Kette. Das Gleiche hatte man mit seinen Füßen gemacht. Um seinen Hals lag ebenfalls ein Ring aus Stahl, an dem ein weiterer kleiner Ring befestigt war, von dem wiederum eine etwa 1 Meter lange Kette zu einer Wandvorrichtung führte, die etwa dreißig Zentimeter über dem Fußboden befestigt war. Er war dadurch an die Wand angekettet und sein Bewegungsspielraum derart eingeschränkt, dass er sich nicht erheben konnte. Der Raum, in dem er sich befand, mass etwa zwei mal zweieinhalb Meter und war ungefähr 1 Meter 80 hoch. Weder gab es ein Fenster noch elektrisches Licht.

5. JULI

Hamburg

Sie ist 34 Jahre alt, attraktiv, schlank, 1 Meter 78 groß, hat lange blonde Haare und liebt es, noch größer zu sein in hohen Schuhen, in denen sie sich zudem perfekt und stolz bewegt. Dazu ist sie gebildet und strahlt eine kühle Schönheit aus, die jeden Mann sofort anzieht.

Pünktlich landet ihr Flieger auf dem Airport Hamburg-Fuhls-büttel. Sie war noch nie in dieser Stadt und freut sich auf die Elbe, die Alster, die Hafencity und natürlich die Elbphilharmonie. Mit etwas Glück wird sie dort auch ein Konzert besuchen.

Direkt nach dem Verlassen des Flughafengebäudes setzt sie sich in ein Taxi. Sie fragt den Fahrer, ob er sich für sie nach einem Zimmer im Hotel Atlantic erkundigen kann. Sie hofft, dass sie dort für eine Nacht wohnen kann. Der Fahrer wundert sich zwar ein wenig, warum sie das nicht selbst erledigt, aber er weiß auch, dass für solche Dienste oft ein größeres Trinkgeld abfällt. Nachdem ihm die Rezeption des Hotels mitgeteilt hat, dass noch ein Zimmer frei sei, fährt er sie ins Atlantic. Auf dem Weg dorthin macht sie einen kurzen Zwischenstopp in einem Elektrofachmarkt, wo sie sich einen Laptop kauft.

Als sie wenig später mit ihrem Koffer an der Rezeption des Luxushotels steht, schlägt das Wetter um und der Himmel verdunkelt sich dramatisch. Im Foyer wird es schummrig, so dass der Rezeptionist sich gezwungen sieht, das Licht einzuschalten. Während der Eingangsbereich des Hotels nun in eine gedämpfte Sicherheit ausstrahlende Helligkeit gehüllt ist, beginnt es draußen wie aus

Kübeln zu regnen. Es blitzt und donnert. Der Himmel ist jetzt in ein tiefes Schwarz getaucht. Sie spürt die Spannung, die sich in der Luft entlädt, und beginnt zu frieren. Es ist ihr unangenehm, eine derart banale Reaktion ihres Körpers wahrzunehmen.

Der junge Mann an der Rezeption nimmt ihre Daten auf und überreicht ihr den Schlüssel für ihre Suite. Sie fährt mit dem Fahrstuhl in den vierten Stock, betritt ihr Zimmer, streift ihre hohen Schuhe ab, entledigt sich dann auch ihrer übrigen Kleidung und springt unter die warme Dusche, um die Strapazen des Fluges abzulegen. Das warme Wasser fühlt sich so angenehm auf ihrer Haut an, dass sie für einen Moment den Grund ihrer Reise vergisst und sich ganz der Entspannung hingibt.

Danach schlüpft sie in den hoteleigenen Bademantel und schaut sich im Zimmer um, das ihr sehr gut gefällt. Als sie den Begrüßungs-Champagner entdeckt, schenkt sie sich ein Glas ein und genießt den Blick über die Außenalster, die in der Dämmerung ruhig und friedlich daliegt. Nichts erinnert mehr an den Gewittersturm, der das Wasser noch vor kurzem zu hohen Wellen aufgetürmt hat. Er hat sich genauso schnell gelegt, wie er gekommen ist.

Sie lässt sich auf das Kingsizebett fallen, schlägt den Immobilienteil der Tagespresse auf und ihr Blick fällt sofort auf eine Anzeige: »Traumhafte Ferienwohnung für gehobene Ansprüche, 2,5 Zimmer, 79 qm, moderne Ausstattung, Einbauküche, Vollbad, Balkon, direkter Elbblick, Fahrstuhl, von privat – 1.500 €/Woche.«. Sie greift zum Telefon, das auf einem kleinen Tisch neben dem Bett steht, und wählt die angegebene Nummer. Sie erfährt, dass die Wohnung noch frei ist, und vereinbart einen Besichtigungstermin für den nächsten Morgen.

Zufrieden, einen wichtigen Schritt voran gemacht zu haben, verbringt sie den Abend in ihrer Suite. Sie richtet sich auf dem Laptop eine E-Mail-Adresse ein und bestellt sich danach ein Steak und als Dessert Eiscreme. Beides genießt sie in einem Sessel vor der Fensterfront mit Blick auf die Alster. Irgendwann fällt sie übermüdet in ihr Bett.

Tom

Die ersten Tage sollte er in diesem Verlies verbringen. Er sollte über sein Leben nachdenken, über das, was wirklich wichtig ist und worauf er leicht verzichten könnte. Und darüber, warum er sich Stress aussetzt, wenn es doch die Möglichkeit gibt, in völliger Freiheit und ohne Konsum zu leben. Anfangs konnte er sich damit nur schwer auseinandersetzen. Zu groß war die Angst, die dieser finstere Raum in ihm auslöste, und auch sein Tod schien ihm hier real werden zu können.

6. JULI

Hamburg

Sie erwacht gut gelaunt bereits um 6.30 Uhr, springt unter die Dusche und genießt danach zum Frühstück ein Omelette und eine Tasse Kaffee. Im Anschluss fährt sie mit einem Taxi zu der Ferienwohnung, die sie anmieten möchte, sofern sie ihren Ansprüchen genügt. Vor dem Haus wartet schon ein älterer Herr in einem perfekt sitzenden Anzug, der ihr sofort ins Auge sticht. Er stellt sich als der Eigentümer vor und fährt mit ihr in den zweiten Stock, wo sie die Wohnung betreten. Sie sieht sich um. Der Charme der kleinen Räume mit den niedrigen Decken, die individuell und liebevoll eingerichtet sind, spricht sie an. Die Wohnung scheint wie maßgeschneidert für sie, geradezu perfekt. Sie lächelt zufrieden.

»Selbstverständlich können Sie die Wohnung schon heute anmieten, dazu brauche ich Ihre Personalien und bitte auch die Miete im Voraus in bar zu bezahlen«, hört sie den älteren und auf den ersten Blick durchaus charmanten Vermieter sagen.

In Gedanken versunken schaut sie durch das Fenster auf die Elbe. Dann dreht sie sich um. »Ich nehme die Wohnung bis zum 15.07.« Sie öffnet ihre Handtasche und reicht dem Vermieter ihren Ausweis. Der notiert sich Nummer und Anschrift und sie zahlt die Miete in bar.

»Wohnhaft in Montego Bay?« Er wirft ihr einen erstaunten Blick zu, als warte er auf eine Erklärung.

Sie nickt nur kurz und bittet um ihren Ausweis, die Quittung und die Schlüssel.

»Melden Sie sich gern, wenn Sie noch Fragen haben.« Er lächelt freundlich.

Sie nickt wieder unverbindlich. »Bitte bestellen Sie mir in 15 Minuten ein Taxi.«

Das erledigt er sofort mit seinem Mobiltelefon, danach legt er seine Karte auf den Tisch, reicht ihr zum Abschied die Hand und verlässt das Appartement.

Hamburg hat 1,8 Millionen Einwohner. Sie fragt sich, auf wen sie dieses Mal stoßen wird, wobei sie nicht daran zweifelt, jemanden zu finden.

Sie lässt sich mit dem Taxi zu ihrem Hotel fahren, holt ihre Sachen, checkt aus und fährt zurück in ihr angemietetes Domizil. Es gefällt ihr, die Reise an der Alster begonnen zu haben und sie an der Elbe fortzusetzen. Sie braucht das Wasser. Auf Jamaika ist sie umgeben davon.

Sie traut ihren Augen kaum, als sie vor ihrer Wohnungstür einen Strauß Blumen entdeckt. An dem Zellophanpapier hängt eine Karte. »Herzlich Willkommen, genießen Sie Ihren Aufenthalt und wenn Sie möchten, zeige ich Ihnen gern die schönsten Plätze dieser Stadt.« Sie freut sich zwar über die Blumen, die sie sogleich in eine Vase stellt, aber sie hat kein Interesse daran, sich von dem Vermieter herumführen zu lassen, und so landet seine Karte im Papierkorb.

Im Wohnzimmer macht sie es sich gemütlich, holt den Laptop hervor und loggt sich über das W-Lan der Wohnung ein. »Bitte geben Sie Ihren Begrüßungstext mit maximal 200 Zeichen ein«, steht auf der Seite des Datingportals, das sie aufruft. Zudem erhöhe ein Foto die Chance, mehr User aufs eigene Profil zu ziehen. Sie surft durchs Netz auf der Suche nach dem Foto einer schönen Frau. Dann kopiert sie es, lädt es hoch und gibt ihren Text ein: »Sehr attraktive Sie, 34 Jahre, mitten im Leben stehend, kinderlos, sucht gebildeten, und niveauvollen Ihn, 34–40 Jahre, ohne Kinder und Verpflichtungen, doch mit Mut zum Risiko und Lust an Abenteuern, insbesondere an Reisen in die Ferne.«

Über Stunden durchstöbert sie die Datingplattform. Sie sucht einen Mann mit enormer Ausstrahlung, gern den unerschrockenen, vielleicht auch unerfahrenen Abenteurer, der offen und tabulos sein will, fantasievoll und keineswegs verklemmt. Ein großer Mann, der in der Lage ist, sich einzulassen auf ihre Fantasien. Sein Leben interessiert sie eher wenig, daher wird sie ihm nur wenige, doch dafür sehr gezielte Fragen stellen. Der Rest ist Intuition, unterstützt durch ihre innere Stimme, von der sie bisher nie im Stich gelassen wurde. Er muss ebenfalls ein Bauchmensch sein und seinen Kopf ausschalten können, wenn Entscheidungen zu treffen sind. Und für das alles wird er auch belohnt werden, sie wird ihm eine Zeit verschaffen, die prägend für ihn sein wird, vielleicht sogar für sein ganzes weiteres Leben. Genau zehn Tage hat sie eingeplant hier zu bleiben, länger wird eine Trennung von ihrer nur elf Monate jüngeren Schwester nicht möglich sein.

Sie klickt sich durch einige Profile, schaut konzentriert auf die Gesichter, vergrößert sie, klickt wieder weg oder legt sie unter »Favoriten« ab. Kühl und sachlich kalkuliert sie ein, dass die Männer erkennen, wer auf ihrem Profil war, und lockt so den einen oder anderen an. Denn anschreiben wird sie niemanden. Bestimmte Pseudonyme sind schon von vornherein ein Ausschlusskriterium, geschuldet der Wahl des Namens, der derart lächerlich klingt, dass ihr Interesse bereits im Keim erstickt wird. Es ist wie die Suche nach der Stecknadel im Heuhaufen, auf die sie stoßen muss, und sie ist sich sicher, diesen Mann zu finden. Im Hintergrund läuft klassische Musik. Sie liebt Opern, besonders die von Wagner.

»Schönheit! Frisch dabei? Was macht denn eine wie du auf dieser Plattform?«

Mehrere Kinder. Löschen.

»Hallo. Mein Name ist Maik. Hast du Lust auf ein spontanes und gepflegtes Bierchen?«

Angestellter. Löschen.

»Schöne Unbekannte. Mein Name ist Frank. Ich gehe gern spazieren, mag die Natur und lustige Menschen und Frauen wie dich. Ich …«

Langweilig. Löschen.

Eine Nachricht nach der nächsten ploppt auf dem Bildschirm auf, sechzehn in nur weniger als einer viertel Stunde. Dabei ist ihr bewusst, dass sie noch besser aussieht als jene Fremde, deren Foto sie für ihren Zweck missbraucht.

Tom

Man hatte ihm verboten zu sprechen. Zudem hatte man ihm mitgeteilt, dass, wenn er dieses Verlies verlassen würde, man nicht mehr mit ihm sprechen werde. Somit werden all die Fragen, die in seinem Kopf herumschwirren, nie beantwortet werden.

7. JULI

Hamburg

Sie erwacht und ist gleich in bester Stimmung. Unbekleidet, wie sie ist, setzt sie sich an ihren Laptop und loggt sich wieder in die Singlebörse ein. Ihr bleiben noch genau vier Tage für ein erstes Date.

»Bei Abenteuer bist du goldrichtig bei mir. Gehen wir zu dir oder zu mir?«

Hässlich. Löschen.

»He, du Zaubermaus. Lust auf eine Nacht voller Erotik?«

Plumpe Anmache. Löschen.

So geht es in einem fort, einer nach dem anderen wird gelöscht, ohne dass sie ihnen einen Korb gibt. Sie macht sich einen Kaffee. Auch wenn die kleine Küche der Ferienwohnung Gemütlichkeit ausstrahlt und zum Verweilen einlädt, geht sie dennoch gleich wieder zielstrebig zurück ins Wohnzimmer und klickt sich weiter durch die vielen Anfragen des Dating-Portals. Endlich trifft sie auf einen, der ihr Interesse weckt.

»Wer bist du, dass du ausgerechnet mich zu suchen scheinst? Erzähle mir, ab wann und wo für dich das Risiko beginnt und was für dich ein Abenteuer ist, anziehende Unbekannte.«

Soulmind, 42 Jahre. Sie starrt auf seine Zeilen, dann intensiv auf sein Profilbild und seine Angaben. Attraktiv. Groß. Schöne blaue Augen, eindringlicher Blick. Volle Lippen, kantige Konturen. Dazu geschieden und kinderlos. Perfekt. Unter »Beruf« hat er keine Angaben gemacht. Das Alter passt nicht ganz, doch zwei Jahre älter als gewünscht kann man bei dieser Erscheinung verkraften.

»Hi, Soulmind! Erzähle mehr von dir, was mein Interesse wecken könnte!«

Sie weiß um die Eitelkeit von Männern auf diesen Singlebörsen, die sich gerne schnell und oftmals ungefragt über ihre Erfolge profilieren wollen. Seine Antwort kommt prompt:

»Seidenblume, stell mir gerne Fragen. Was möchtest du wissen? Stell sie auch gerne vis-à-vis. Ich könnte die Blume mit Kaffee oder Champagner begießen ... ihren Appetit mit Fisch oder Döner stillen. Soulmind.«

In diesem Moment ploppt eine neue Nachricht auf.

»Hallo. Was ist denn für dich ein Abenteurer? Reist du gern oder suchst du Sex?«

Dumme Anmache. Löschen.

Tom

Als sich die Tür zum ersten Mal öffnete, brannten ihm die Augen von dem Licht, das er nach der langen Dunkelheit erblickte. Er hatte auf Erlösung gehofft, doch er hört nur Schritte, die sich wieder von ihm entfernten. Er blieb allein, aber freute sich über das Licht, das mit der Zeit beruhigend auf ihn wirkte. Was immer ihn erwartete, es konnte nur besser werden als das, was er in den letzten Tagen erlebt hatte.

8.–10. JULI

Hamburg

Sie hat jetzt sechs Männer in der engeren Wahl, mit denen sie schreibt. Das reicht ihr, sie löscht das Foto aus ihrem Profil und wird jedem ihrer Kandidaten auf Nachfrage erzählen, dass sie das deshalb getan habe, weil sie sich ausschließlich auf ihn konzentrieren möchte. Das wird jedem schmeicheln. Ein weiterer positiver Effekt ist, dass sie ohne Foto viel weniger Zuschriften bekommt. Sie tastet sich vor und klopft bestimmte Themen und besondere Schwerpunkte bei ihren Kandidaten ab. Es geht ihr um Spontaneität, Abenteuerlust und Freiheit. Ungefragt erfährt sie von den Hobbys und Interessen, von Urlaubszielen und Vorlieben. Sie sortiert vier von ihnen aus und somit bleiben nur zwei übrig.

Kai, Journalist, 32 Jahre, und ihr geheimer Favorit, »Soulmind«, mit richtigem Namen Jean und von Beruf Schriftsteller.

Ihr Plan ist gut durchdacht. Sie vereinbart ein Treffen mit Jean am Montag und mit Kai für den Tag darauf, sofern es mit Jean nicht klappen sollte. Es soll ein Restaurant in ihrer Nähe sein, die Wahl überlässt sie den Männern. Sollte wider Erwarten keiner von beiden sich eignen, würde sie am Freitag zurück nach Jamaika fliegen und ein paar Monate später in einer anderen Stadt erneut auf die Suche gehen.

11. JULI

Hamburg

Sie hat Lust. Weniger sind es Schmetterlinge im Bauch, wie wenn man verliebt ist, sondern es ist eher die Lust des Gewinnens. Sie weiß um ihre magnetische Wirkung auf das männliche Geschlecht und es reizt sie, diese immer wieder unter Beweis zu stellen. Nicht um des Reizes oder der Liebe willen – es ist ihr Spiel.

»Ich empfehle eine Begegnung in einem Hotelrestaurant am Groß-neumarkt. Wer weiß, wohin es uns nach dem Dessert noch ziehen wird. Ist das okay?«

Sie spürt den ungeheuren Reiz, den sein Angebot auf sie ausübt, und sagt zu. Natürlich ist ihr bekannt, dass zwischen virtuellem An-schein und wahrer Realität Welten klaffen können. Doch sie weiß auch, wie sehr sie ihrer Intuition, ihren Instinkten und ihrem Bauch vertrauen kann.

Für den Abend sucht sie sich das lange rote Kleid und schwarze High Heels heraus. Zudem wird sie ihr blondes Haar offen tragen. Noch vor der Verabredung lässt sie sich von einem Taxi, das sie über das Internet bestellt, zum Kiez, dem Hamburger Rotlichtviertel, fah-ren, um eine erotische Boutique aufzusuchen. Dort angekommen, stöbert sie in all den wundervollen Sachen, bis sie schließlich ein schwarzes Seil und gute Handschellen erwirbt.

»Mal schauen, ob ich die demnächst brauche«, schmunzelt sie dem Verkäufer an der Kasse zu, der von ihrer Erscheinung zwar sehr angetan ist, aber, wie sie deutlich erkennt, eher dem männ-lichen Geschlecht zugeneigt ist.

»Bestimmt«, sagt er mit fester Stimme und überreicht ihr die eingepackten Handschellen. Zufrieden verstaut sie diese in ihrer Handtasche, verlässt das Geschäft, steigt in ein Taxi und lässt sich zum verabredeten Treffpunkt fahren.

Sie nimmt in der Lobby des eleganten Hotels in einem der Clubsessel Platz und schlägt lasziv die Beine übereinander. Selbstbewusst öffnet sie immer wieder ihre Handtasche und betrachtet ihren guten Kauf. Die Vorliebe für Fesselspiele hatte sie bereits als junge Frau entdeckt, als sie sich auf eine Affäre mit einem Mann einließ, der sich damit sehr gut auskannte. Am Anfang ließ sie sich von ihm fesseln und lernte so das Gefühl des Ausgeliefertseins und auch die Lust, die dabei entsteht, kennen. Irgendwann tauschte sie die Rollen und spürte, dass ihr der dominante Part ein Vielfaches mehr an Lust bereitete. Wie weit würde sie mit Jean heute gehen? Sie ist in ihre Fantasien versunken und merkt nicht, wie er plötzlich vor ihr steht.

»Seidenblume?«

Sie schaut zu ihm auf und erkennt ihn sofort. Er sieht dem Mann auf dem Foto im Netz sehr ähnlich. Erleichtert atmet sie auf und erhebt sich aus dem schweren Sessel. »Ja, ich heiße Alex.« Sie lächelt und hält ihm wie eine Dame die Hand hin, bereit für den zarten Kuss eines kultivierten Gentlemans. Er versteht die zarte Geste und wirft einen Blick auf sie.

»Alex ... der Name passt perfekt zu einer Seidenblume. Ich war schon vor dir da und streife seit einer gefühlten Ewigkeit durch die Halle. Ich gebe zu, das Foto deines Profils schmeichelt dir nicht, in natura siehst du viel besser aus.«

Sie lächelt unwillkürlich und freut sich über sein Kompliment.

»Gehen wir ins Restaurant?« Er bietet ihr seinen Arm an, sie hakt sich ein und ist betört von seinem würzigen Aftershave. »Ich habe mir erlaubt, einen Tisch zu reservieren. Ich hoffe auf guten Appetit, meine Dame.«

Wenn die ersten zehn Sekunden entscheidend sind, so hat er gerade die höchste Punktzahl bei ihr erreicht. Volltreffer, denkt sie, er schreibt nicht nur gut, er sieht auch klasse aus und kann sich zudem perfekt benehmen. »Ich bin gespannt, was das Hotelrestaurant zu bieten hat. Für mich ist die Hamburger Küche neu und interessant.«

Abrupt bleibt er stehen und starrt sie verwundert an. »Du kommst nicht von hier? Suchst du nur ein Abenteuer?«

»Abenteuer? Oh nein, ich suche einen Abenteurer, einen, der mit mir durch dick und dünn geht und mir alle Wünsche erfüllt.« Dabei lächelt sie ihn verführerisch an.

Zufrieden nimmt er die Antwort zur Kenntnis und begleitet sie ins Restaurant.

Sie erfährt seinen Nachnamen, als er vom Leiter des Restaurants gefragt wird, auf wen eine Reservierung vorliege. »Jean Cremer.« Der Oberkellner führt sie zu ihrem Tisch und zieht ihr den Stuhl vor. Als beide Platz genommen haben, taucht sie in seine blauen Augen ein, als könne sie durch sie hindurchschwimmen. Sie ist sofort komplett fasziniert von ihm, verlässt aber dann das Azur seiner Augen und öffnet die Menükarte. Schließlich tippt sie, während sie zur Decke schaut, wahllos auf ein Gericht und liest danach vor, was sie gewählt hat: »Oh! Ich nehme Pasta Rucola auf Ziegenbrie mit Orangenhaut.«

»Machst du das immer so?«, fragt er erstaunt und kann sich ein Lachen nicht verkneifen.

»Nein, aber mir war gerade danach. Und was wählst du?«

»Ich würde mich ja ebenfalls überraschen lassen, doch freue ich mich schon seit Stunden auf ein gutes Steak.«

Der Kellner kommt mit frischem Brot an den Tisch und nimmt die Bestellung auf. Danach wird es einen Augenblick still. Ihre Blicke suchen einander, erforschen den anderen, durchdringen sich und lassen nur schwer wieder voneinander los. Ja, er gefällt ihr sehr gut und sie ist sich sehr sicher, dass sie ihm auch gefällt.

»Erzähl mir etwas von dir, was du mir noch nicht geschrieben hast«, unterbricht Alex die Stille.

»Was möchtest du wissen?«

»Alles, mich interessiert alles über dich.«

»Bevor ich vor zwei Jahren nach Hamburg gekommen bin, habe ich zwanzig Jahre in Köln gelebt.«

»Ist Hamburg schöner als Köln?«

»Nein, es sind beides wunderschöne und interessante Städte. Köln hat den Rhein, den Dom, die pulsierende Altstadt, Hamburg die Elbe, die Alster, den Michel, den Hafen, ich glaube, ich könnte noch so viel von beiden Städten erzählen.«

»Und warum bist du nach Hamburg gezogen?«

»Ich wollte neu anfangen, in einer neuen Stadt eine Karriere als Schriftsteller beginnen.«

»Hast du schon viele Bücher geschrieben?«, fragt sie nach.

»Zwei Romane über das Mittelalter, das kommt heutzutage gut an, aber ein Auskommen habe ich damit noch nicht.«

»Und wovon lebst du?«

»Nun, ich war vorher bei der Kripo und konnte da so einiges Geld beiseite und zudem gut anlegen.«

»Bei der Kripo?« Ihr Gesichtsausdruck verdunkelt sich.

»Yep, aber der Job hat mich nicht mehr gereizt. Ich wollte schon immer Bücher schreiben, bin aber durch meinen Vater bei der Polizei gelandet. Und warum bist du in Hamburg und wo wohnst du wirklich?«

Kripo, geht es ihr durch den Kopf. Sie will nicht glauben, was er da gesagt hat, und wünscht sich nichts sehnlicher als einen Irrtum. Ein Polizist ist zwar sicherlich ein noch größerer Reiz, aber auch viel zu riskant.

»Ich …, ich nehme mir gerade eine Auszeit von …« Sie stockt. Sie weiß nicht mehr, was sie ihm noch sagen kann, denn er ist für sie definitiv erledigt.

»Ja, Alex? Von was nimmst du dir eine Auszeit?«, fragt er höflich nach.

Doch sie antwortet nicht. So sexy sie ihn findet, sie löscht ihre spontanen Gefühle durch neue Gedanken, ist schon zurück in ihrem Apartment und hat ihr morgiges Date mit Kai vor Augen.

»Einfach nur eine Auszeit«, antwortet sie schließlich. Für sie steht fest, dass sie nichts mehr von sich verraten wird. Für einen Augenblick bereut sie, ihrem charismatischen Gegenüber einen Korb geben zu müssen, doch hat sie keine Wahl. Schnell fängt sie sich wieder, vertieft sich nicht weiter in Fantasien, die sie nicht mit ihm leben wird. »Jean, ich glaube, ich kann noch nicht. Ich dachte, die Trennung von meinem Mann schon verdaut zu haben, doch irgendetwas zeigt mir jetzt, dass ich noch nicht so weit bin. Du bist das erste Date nach meiner Trennung und vielleicht hätte es anders enden können, wenn ...« Sie stockt und wendet ihren Blick ab. »Es tut mir leid, ich brauche noch Zeit.«

Er schaut sie an, als habe er nicht verstanden. Dann lächelt er, als wolle er sie auf sensible und feinfühlige Art umstimmen. »Aber ist es nicht irgendwann immer das erste Mal? Ich spreche aus Erfahrung.«

Doch darauf geht sie nicht mehr ein, aus Angst, sich zu verzetteln. Kripo, Kripo, Kripo, geht es ihr immer wieder durch den Kopf. Das ist ihr zu gefährlich, auch wenn er jetzt etwas anderes macht. Verdammt, er hat ihr so sehr gefallen.

»Jean, ich werde mich bei dir melden«, hört sie sich sagen, obwohl sie genau weiß, dass dies eine Lüge ist. Oh, diese Augen, in denen sie seine Enttäuschung wahrnimmt. Es hätte ihr gefallen, eine Nacht mit ihm. So intensiv hatte sie lange schon nicht mehr für jemanden in so kurzer Zeit empfunden. Mit ihm auf Jamaika, das hätte ungeheures Potenzial gehabt. Doch weiter kann sie nun nicht denken. Wo bist du mit deinen Gedanken, Alex? Überlegst du es dir doch noch einmal? Sie schweigt. Er wäre ihr bestimmt gefolgt. Sie kriegt doch immer, wen sie will und was sie will. »Nein, ich kann mich einfach noch nicht auf jemanden einlassen.«

Zum Glück bringt der Kellner gerade das Essen und während sie speisen, versucht Jean liebevoll das Gespräch fortzusetzen, doch sie wiegelt konsequent ab und kaum sind die Teller leer, winkt sie dem Kellner zu und bittet um die Rechnung.

»Alex, du bist natürlich eingeladen«, reagiert Jean sofort. »Und versprichst du mir etwas?« Er ergreift zärtlich ihre Hand. »Ich möchte, dass wir uns wiedersehen. Ich lasse dir Zeit, denn ich spüre, dass dieses Date nicht alles gewesen sein kann.«

Sie zieht ihre Hand unter seiner zurück und bittet ihn zu schweigen. Sie möchte diese Komplimente nicht hören, kann es sich nicht erlauben, schwach zu werden. Sie hat ein klares Ziel und da passt Jean, der Expolizist, einfach nicht rein.

»Danke für deine lieben Worte und ja, ich werde mich bestimmt bei dir melden, sobald die Zeit dafür gekommen ist«, wiederholt sie ihre gedankliche Aussage von vorhin, wohl wissend, dass es diese Zeit nicht geben wird.

Im Taxi auf dem Weg zu ihrer Wohnung denkt sie nach. Jean ist draußen, übrig bleibt Kai, dem ab sofort ihre ganze Aufmerksamkeit gelten wird. In der Wohnung fährt sie den Laptop hoch und sucht nach Kais Profil. Es freut sie, dass er online ist, so kann er ihre Nachricht gleich lesen.

»Lieber Kai, es tut mir leid, aber es könnte sein, dass ich dir für morgen absagen muss. Ich bin derart erschöpft, dass ich wohl einen Tag einfach mal nichts tun sollte.«

Es ist ein Spiel für sie, mit dem sie ihn nur aus der Reserve locken will. Wird er es so hinnehmen oder versuchen, sie umzustimmen? Wie ernst ist ihm das Treffen und wie viel Jäger steckt in ihm?

Es dauert keine zwei Minuten, da ploppt die Antwort auf.

»Schöne Frau, einen Rückzieher kann ich unmöglich dulden, eher würde ich anbieten, dann doch gemeinsam nichts zu tun. Ich bringe ein paar Wachmacher mit und schlage pünktlich bei dir auf. Und solltest du trotzdem zu müde sein, werde ich einfach wieder verschwinden.«

Bingo, seine Reaktion gefällt ihr sehr. Doch mit der Antwort lässt sie sich Zeit. Er soll warten. Sie bleibt online, setzt sich aber erst einmal gemütlich einen Tee auf und legt sich dann mit einem Buch auf das Sofa. Sie mag es, ihn zappeln zu lassen, es erregt sie und sie fühlt sich begehrt. Zudem übt sie so Macht über ihn aus. Er soll tun, was sie will und wann sie es will. Erst nach einer Stunde, als sie längst schon weiß, was sie ihm schreiben wird, antwortet sie ihm.

»Okay, ich gebe dir morgen Abend eine Stunde, um mich wach zu halten. Kommst du zu mir und bringst einen guten Weißwein mit? Ich besorge ein paar Kleinigkeiten zum Essen.«

»Der Zeitgeist der Eile steht dir nicht, hübsche Frau. Ich ahne jetzt schon, dass wir es bei einer Stunde nicht belassen werden, auch wenn ich deinen Wunsch natürlich respektiere. Kai«.

Ihr gefällt, was und wie er schreibt. Sie schickt ihm Adresse und Uhrzeit und weist auf das Klingelschild mit dem Namen des Vermieters hin. Als sie ihren Laptop runterfahren will, ploppen drei neue Nachrichten auf. Eine davon reizt sie mehr, als sie es wahrhaben will.

»Du bist wundervoll und hast Spuren in mir hinterlassen. Deine Schönheit strahlt von innen, dein Geheimnis ist magisch. Es muss dein Gesamtkunstwerk sein, das ich begreifen und gern wieder berühren möchte. Nimm dir gern die Zeit, die du noch brauchst. Ich hoffe, du wirst dich melden. Jean, der dich zu gern berührt hätte.«

Warum sie ausgerechnet jetzt diese Herausforderung spürt, so intensiv, so ungewohnt, sie kann es sich nicht erklären. Ihr Puls geht schneller und in ihrem Kopf sammeln sich reizvolle Ideen für eine abwechslungsreiche und sehr zufriedenstellende Vorgehensweise. Am liebsten würde sie Jean jetzt zu sich einladen. Doch sie braucht vollkommene Kontrolle über alles, was um sie herum geschieht, und eigentlich ist sie eine Meisterin im Verdrängen jeglicher Irritationen, besonders jener, die sie aus ihrem Gleichgewicht bringen könnten. Jean hat in ihr diese Faszination geweckt, die der Jäger für seine Beute empfindet, aber sie muss dieses Interesse ignorieren. Nichts darf sie jetzt ablenken.

Sie legt ihre Kleidung ab und wirft genüsslich einen Blick auf die Handschellen. Langsam streicht sie mit den Fingerspitzen über das Metall. Früher bevorzugte sie Seile, liebte deren Haptik und den Duft von Hanf, der sie besonders stimulierte, jetzt aber geht es ausschließlich um die Sicherheit.

In dieser Nacht findet sie nicht in den Schlaf, immer wieder schreckt sie schweißgebadet hoch. Ihr Körper findet keine Ruhe, ihr Geist noch weniger, sie wälzt sich hin und her, keine Seite ist ihr gut genug. Bilder in ihrem Kopf bremsen ihre Ruhe aus. Sie wünscht sich, dass der nächste Tag hält, was er verspricht, was sie sich von ihm erhofft, und dass sie am Freitag erfolgreich auf dem Heimflug sein wird, zurück auf ihrer Insel, wo sie Ruhe findet, Frieden und die höchste Form der Freiheit lebt.

Tom

Das ist das Ende meiner Gefangenschaft, dachte er, als die Kette von dem Ring in der Wand gelöst wurde und sich seine Augen langsam an das Licht gewöhnten. Doch als er aufzustehen versuchte, wurde er gleich wieder nach unten gedrückt. Bewegen durfte er sich, doch nur auf allen Vieren. Egal, in dem Moment wollte er nur diesem Verlies entkommen. Und so zog man ihn – als sei die Kette eine Leine – Stufe um Stufe die Kellertreppe hinauf in den Flur. Dort ist, genau wie im Verlies, ein Ring an der Wand befestigt, an dem er wieder angekettet wurde. Dann stellte man zwei Schüsseln vor ihm auf den Boden. Die eine enthielt Wasser, in der anderen lag eine Kartoffel. Er wollte gerade mit der rechten Hand nach der Kartoffel greifen, schon spürte er einen Stockhieb auf seinen Fingern. Kurz zuckte er zusammen, dann startete er einen neuen Versuch mit der anderen Hand. Doch wieder traf der Stock seine Hand. Verunsicherung überkam ihn, hätte er auf ein Zeichen warten müssen? Es wäre ihm alles recht, nur um in den Genuss wenigstens eines einzigen Bissens zu kommen. Schon spürte er eine Hand auf seinem Kopf, die diesen sanft in die Schüssel drückt. Seine Lippen berührten die Kartoffel, langsam biss er etwas von ihr ab, schluckte den Bissen gierig herunter und aß dann Stück für Stück die ganze Kartoffel auf. Dann ließ man ihn allein im Flur zurück. Neben den Geräuschen im Haus, dem Knarren der Treppenstufen, sobald jemand auf sie trat, hörte er lediglich draußen die Vögel zwitschern. Stimmen gab es nicht, er nahm auch weder Wortfetzen noch Gelächter wahr.

Ihm fielen gerade die Augenlider wie in einer tiefen Phase der Meditation zu, da schreckte er auf. Die Kette wurde erneut vom Ring gelöst und man führte ihn zur Treppe. Er wollte sich erst dagegen wehren, aber welche Möglichkeiten hatte er? Auch war ihm inzwischen klar, dass Gehorsam sein einziges Mittel zum Überleben war. Rückwärts auf allen vieren stieg er die Treppe hinab, wurde wieder in sein Verlies gebracht und erneut an dem Ring in der Wand angekettet. Allerdings blieb diesmal die Tür auf, so dass Licht eindringen konnte. Dieser Ablauf wiederholte sich in den nächsten Tagen und wurde zum Ritual.

12. JULI

Hamburg

Sie ist komplett entspannt, als sie die Türklingel hört. Hinter ihr liegt ein Tag ganz nach ihrem Geschmack. Sie ist den Jungfernstieg entlangflaniert, hat ein paar Kleidungsstücke und Leckereien für den Abend eingekauft, das Rathaus besichtigt und den Michel bestiegen, um Hamburg von oben zu betrachten. In der Wohnung hat sie sich danach in aller Ruhe ein Bad eingelassen und sich ausgemalt, wie es wäre, neben Kai auf Jamaika zu erwachen. Er ist nicht groß, mit 32 noch recht jung, wirkt nicht annähernd so attraktiv wie Jean, doch schöne Augen hat auch er, zumindest auf dem Foto. Sein Plus ist, dass er freier Journalist ist, ein Beruf, der Kreativität, Ideenreichtum und Spontaneität verlangt und spontanes Reisen sicherlich ermöglicht.

»Zweiter Stock, linke Tür«, spricht sie in die Gegensprechanlage. Sie prüft noch schnell den Sitz ihres hochgesteckten Haares, drückt sich die Brüste unter der Bluse zurecht, streicht sich über ihren Hintern in der engen Jeans und betrachtet ihre schwarz lackierten Fußnägel, bevor sie in ihre Pumps schlüpft. Sie weiß, dass sie sehr attraktiv auf Männer wirkt. Das soll auch so bleiben, denn schließlich sollen sie tun, was sie will, und niemals umgekehrt. Selbstbewusst schaut sie noch einmal in den Spiegel.

Als sie die Tür öffnet, steht er mit einer Flasche Wein und einem Blumenstrauß vor ihr und lächelt sie an.

»Wow, du bist die vom Foto? Du schaust im Original viel besser aus.«

27

Ohne auf die Bemerkung einzugehen, bittet sie ihn in die Wohnung und bietet ihm im Wohnzimmer einen Platz an. Ihr gefällt auf Anhieb sein schweres Parfüm, das in der Luft liegt. Aus der Küche holt sie eine Vase für die Blumen. Auch wenn sie ihm dabei den Rücken zudreht, so spürt sie doch genau seine Blicke, die sie scannen.

»Hast du Hunger auf ein paar Kleinigkeiten?«

Ohne eine Antwort abzuwarten, geht sie zurück in die Küche und kommt kurze Zeit später mit einem Tablett voll mit Dips, frischem Baguette, Oliven und zwei Weingläsern zurück. Sie sortiert ihre Gedanken. Eine Naturschönheit ist er nicht, doch strahlt er eine starke Persönlichkeit aus.

Sie haben keine Anlaufschwierigkeiten und kommen schnell ins Gespräch. Er erzählt von seinem Job als Journalist, dass er überall auf der Welt schon tätig war, von den Ländern, den Menschen dort, den Unterkünften und dass er nebenbei ein Buch über seine Erlebnisse schreibt. Sie hört ihm aufmerksam zu, zumal er eine umwerfende maskuline Stimme hat. Sie ist sehr beeindruckt von seiner natürlichen Art. Auf seine Frage, was sie denn so mache, erzählt sie von ihrem Leben in Freiheit und Unabhängigkeit, vom selbst auferlegten Verzicht auf Handy, Fernseher, Internet und andere Gimmicks und von ihrem Traum einer Begegnung mit einem wundervollen und abenteuerlustigen Mann. Sie spürt, wie ihn das alles fasziniert. Doch er wirft ein, dass er sie zwar sehr darum beneide, aber selbst viel zu abhängig von all dem sei, weil sein Job ständige Erreichbarkeit mit sich bringe.

Was sie schon immer konnte, ist, mit großer Begeisterung von etwas zu erzählen und andere damit in ihren Bann zu ziehen. Und Freiheit ist ihr Lieblingsthema. Sie möchte niemandem irgendwelche Erklärungen abgeben müssen, sich niemals rechtfertigen und trotzdem ohne Angst sein, auch wenn sie im Notfall niemanden so schnell erreichen kann. Ihr Fokus ist klar: Die volle Konzentration auf das Wesentliche und genau das auch zu leben.

So haben sie wunderbare Gesprächsthemen und die Zeit vergeht wie im Fluge. Sie spüren die gegenseitige Nähe, auch die Lust am Abenteuer und an der Spontaneität, die sie verbindet. Er meint, er kenne Jamaika nur aus Berichten, doch es reize ihn, die Insel einmal zu besuchen, wenn sie sie ihm zeigen würde.

»Na, du bist ja schnell! Wir lernen uns gerade erst kennen und du willst mich schon auf meiner Insel besuchen?«

»Schriebst du nicht, du stehst auf Abenteurer und Spontaneität? Du wirst doch jetzt nicht kneifen, oder?«

Sie müssen beide lachen und nippen zeitgleich an ihrem Wein. Sie lässt sich nicht anmerken, wie sehr sie sich darüber freut, dass er sie besuchen will. Dennoch muss sie so tun, als ziere sie sich.

»Jamaika ist traumhaft schön, die Menschen, die Natur; wer einmal da war, ist der Insel schnell verfallen. Wann möchtest du, dass ich sie dir zeige?«

»So schnell es geht.«

»Okay, bitte beachte aber, dass ich dich dort nicht in meiner Wohnung aufnehmen werde und du dir somit ein Hotelzimmer nehmen musst.«

»Na klar mache ich das.«

»Gut, dann haben wir das geklärt.«

Es entsteht plötzlich Stille, ein Moment langen Schweigens, in dem sich beide tief in die Augen blicken. Was würde sie geben, um seine Gedanken erraten zu können. Liegt es am Rotwein, dass sie ihm auf einmal auf besondere Art und Weise sehr nahe zu sein scheint? Er erhebt sich von seinem Sessel und setzt sich neben sie auf das Zweiersofa. Zärtlich ergreift er ihre Hand. Je länger sie schweigen, desto intensiver und fester wird sein Händedruck. Er fühlt sich von ihr angezogen. Langsam löst er seine Hand von ihrer und beginnt, ihren Hals zu streicheln, fährt dann durch ihr Haar und zieht eine Haarnadel nach der anderen heraus. Sie lässt es geschehen und spürt, wie ihre langen Haare auf ihre Schultern fallen. Er kommt ihr näher, sein Mund sucht ihre Lippen. Sie hält inne und erstarrt.

»Kai, bitte, das geht mir zu schnell.« Sie drückt ihn zärtlich von sich weg. »Ich gebe gern zu, dass du mir gefällst, aber ich brauche schon noch ein wenig Zeit.«

Er nickt zwar, doch zieht er sie erneut an sich, möchte ihren

Widerstand brechen. Doch mehr als einen kleinen Kuss auf ihre Lippen gewährt sie ihm nicht.

»Du machst mich wahnsinnig. Deine Haut, dein Duft, sag mir, wie ich widerstehen könnte!«

»Ich mag es, langsam erobert zu werden. Bitte nichts überstürzen, sonst ziehe ich mich schnell zurück.«

Er rückt ein wenig von ihr ab, greift nach den Weingläsern, reicht ihr ihres und stößt mit ihr an. »Ich werde mich in Geduld üben.« Er sagt das zwar, aber er spürt auch, dass sie durchaus zu mehr bereit ist.

Für sie ist alles nur ein Spiel. Und sie beherrscht dieses Spiel. Sie weiß, dass ihr kaum ein Mann widerstehen kann. Sie hat sich oft gefragt, ob es tatsächlich Glück gewesen ist, mit allem ausgestattet zu sein, was Männer fasziniert und erregt.

»Ich freue mich auf deinen Besuch und werde dir die schönsten Flecken der Insel zeigen.«

Er beugt sich zu ihr hinüber. »Großartig! Wann fliegst du zurück nach Jamaika?«

»Bereits am Freitag.«

»Oh, so früh schon?«

»Nun, ich bin hier nur im Urlaub«, lächelt sie ihn an.

»Dann kläre ich bis morgen ab, wann ich dir folgen kann.«

Er zieht sie an sich, kommt ihrem leicht geöffneten Mund näher, bis seine Zunge von ihren Lippen umschlossen wird und ihre Zungen sich zum ersten Mal umspielen. Der Kuss wird intensiver, ihre Zungen tanzen im Mundraum des anderen. Sie spürt seine Hände auf ihrem Rücken, seine Fingerkuppen, die ihre Wirbel hinabfahren und deren Druck von zart zu fest wechselt. Doch ihr Kopf ist hellwach, sie hat jeden seiner Schritte unter Kontrolle und wird ihn gewähren lassen, so lange sie es will.

»Lass mich die Nacht bei dir bleiben«, haucht er ihr ins Ohr.

Das ist der Moment, in dem sie zusammenzucken sollte.

»Ich … ich weiß nicht, geht das nicht zu schnell? Ich …« Sie sieht seinen enttäuschten Gesichtsausdruck.

»Ich möchte nur mit dir kuscheln, dich berühren, neben dir

einschlafen«, beruhigt er sie in der Hoffnung, dass sie ihm entgegenkommt.

»Schaffst du das?«, fragt sie ihn selbstbewusst. »Meinst du, du könntest wirklich so einfach neben mir einschlafen?«

»Na klar kann ich das.«

»Hm, versprichst du mir, dass du mich nicht bedrängst?«

»Ja, ich verspreche es dir.«

Sie überlegt, schaut ihn dabei fest an, nimmt dann seine Hand und führt ihn mit den Worten »Aber du bleibst nicht über Nacht« ins Schlafzimmer.

Das Zimmer ist geschmackvoll eingerichtet. Ein breites Bett, eine Fellüberdecke, darunter goldene Seidenbettwäsche, eine dunkelrote Wand am Kopfende und ein breiter Spiegelschrank am Fußende des Bettes. In der Zimmerdecke abgedimmte Lichter. Als sie auf den Lichtschalter drückt, leuchtet die Decke wie ein Sternenmeer.

Man sieht ihm seine Begeisterung an. Sie streifen sich die Schuhe ab, legen sich aufs Bett und er beginnt sie zärtlich zu küssen. Erst auf den Mund, dann auf ihre Stirn, ihre Wangen und den Hals, während seine Hände behutsam ihren Körper erobern. Es erregt ihn, wie sie neben ihm auf dem Rücken liegt, und er beginnt langsam einen Knopf ihrer Bluse zu öffnen. Doch sie greift sofort nach seiner Hand, schaut ihn an und erinnert ihn liebevoll daran, dass er sie nicht bedrängen wollte. Somit lässt er von den Knöpfen ab und kuschelt sich ganz dicht an sie.

»Sorry«, flüstert er.

»Ich würde dir gerne vertrauen«, entgegnet sie.

»Das kannst du. Was soll ich machen?«

Sie überlegt. »Du darfst alles mit mir machen, nur möchte ich die Unterwäsche anbehalten und somit natürlich auch noch nicht mit dir schlafen.« Dann streckt sie ihre Hände nach oben, schaut ihm intensiv ins Gesicht und schließt die Augen.

Er weiß nicht so recht, was gerade geschieht. Doch er genießt den Anblick ihres verführerischen Körpers, der ausgestreckt vor ihm liegt. Langsam beginnt er sie wieder zu küssen und beginnt nochmals das Spiel mit den Knöpfen ihrer Bluse, die er nach und nach öffnet. Darunter entdeckt er ihre wundervollen Brüste, die nur noch von einem Spitzen-BH bedeckt sind. Er streicht vorsichtig darüber und spürt, wie die Brustwarzen härter werden, während sich sein Glied in seiner Hose bemerkbar macht. Er ist erregt, möchte jetzt nur zu gern mit ihr schlafen, aber er weiß, dass sie das noch nicht zulässt. Sanft streichelt er sie weiter, küsst ihren Bauch und spielt mit seiner Zunge in ihrem Nabel. Er nimmt wahr, wie sie sich ein wenig räkelt, und hat den Eindruck, dass es ihr gefällt.

»Nimm mich bitte fest in den Arm«, flüstert sie, während sie immer noch ihre Hände nach oben streckt.

Er erfüllt ihr den Wunsch und drückt seinen Körper ganz fest an ihren, dabei legt er seinen Kopf auf ihre Brust.

»Bitte bleib so«, flüstert sie, »es gefällt mir sehr.«

Er verhält sich ruhig, ist glücklich, ihren Körper und ihren Atem zu spüren. In dieser Position bleiben sie eine ganze Weile.

»Danke, dass du mir zeigst, dass ich dir vertrauen kann«, sagt sie in die Stille, nimmt ihre Hände herunter und streichelt seinen Rücken.

»Warum hast du die ganze Zeit die Hände nach oben genommen?«, fragt er sie, während sein Kopf immer noch auf ihrer Brust verweilt.

»Ich wollte spüren, wie es ist, mich nicht zu wehren.«

»Und wie war es?«

»Es war zauberhaft und gleichzeitig erregend. Du musst wissen, ich liebe es, einem Mann ausgeliefert zu sein, mich ihm komplett hinzugeben, ihm grenzenlos zu vertrauen. Nur so kann man mein Herz gewinnen.«

»Es gefällt dir, ausgeliefert zu sein?«, fragt er vorsichtig nach.

»Ja, die Vorstellung, dass du mich ungefragt nimmst, alles mit mir machst, wozu du Lust hast, erregt mich sehr. Nur so kann ich in die Tiefe meiner Lust vordringen. Kannst du nachvollziehen, was ich meine?«

Natürlich kennt er Fantasien vom Ausgeliefertsein und von Wehrlosigkeit, doch ist er auf diesem Gebiet eher unerfahren. Er legt großen Wert auf Leidenschaft und Zärtlichkeit.

Ohne seine Antwort abzuwarten, fährt sie fort: »Ich zeige dir gerne mehr davon …«

Für einen Augenblick verstummt er, kann kaum glauben, welche Gefühle sie in ihm auslöst, und sagt dann erfreut: »Sehr gerne.«

»Gut, aber nicht heute. Wenn du magst, treffen wir uns morgen Abend und dann weihe ich dich in meine Lust ein.«

»Kann ich diese Nacht nicht bei dir bleiben?«

»Nein, heute noch nicht, aber ich wünsche mir, dass du morgen Abend neben mir einschläfst.« Dann deutet sie ihm an, dass sie gerne aufstehen möchte. Er versteht das Zeichen und als beide vor dem Bett stehen, bittet sie ihn, dass er ihre Bluse wieder zuknöpfen möge. Dann begleitet sie ihn zur Wohnungstür, wo sie sich noch einmal küssen, innig umarmen und auf ein Treffen für morgen Abend 18 Uhr verständigen.

»Vergiss das Kondom nicht«, zwinkert sie ihm zu, während sie die Tür hinter ihm schließt. Sie weiß, wie sehr ihn diese Bemerkung erregt und welche Spannung sich in ihm dadurch aufbaut.

Er schwebt auf Wolke sieben, als er die Treppe herunterläuft, das Haus verlässt und sich in sein Auto setzt. Noch einmal blickt er hoch zu der Wohnung, in der sich gerade wunderbar sinnliche Szenen abgespielt haben, lässt den Motor an und fährt langsam los. Auch sie blickt aus dem verdunkelten Schlafzimmer zu ihm hinunter, bis der Wagen hinter den Häusern verschwindet. Sichtbar zufrieden lässt sie die letzten Stunden noch einmal Revue passieren. Alles läuft bestens, freut sie sich. Ein selbstbewusstes Lächeln huscht über ihr Gesicht. Nun wird sie sich auf morgen vorbereiten.

Tom

Wie lange hatte er kein Wort mehr gesprochen? Und wie lange hatte niemand mehr das Wort an ihn gerichtet? Durch enorme Aufmerksamkeit hatte er dazugelernt und sah es als Belohnung an, wenn er etwas länger im Flur verharren durfte, allein mit seinen Gedanken, die seltsamerweise immer klarer wurden.

Und dann kam der Tag, an dem man ihn auf allen vieren an der Leine nach draußen in den Garten führte. Er pumpte seine Lungen voll Sauerstoff, genoss das Gefühl der Frische und Freiheit und verdrängte, dass er im Grunde immer noch eine Art Gefangener war. Man ging mit ihm ums Haus und über das gesamte Grundstück. Er roch an den Blumen, saugte den Geruch der Gräser ein, grub seine Hände in die Erde und staunte über Dinge, die er so zuvor noch nie gesehen hatte. Kein Wunder, ist man doch auf allen vieren der Erde viel näher. Von diesem Tag an durfte er täglich auf das Grundstück, anfangs an der Leine, doch schon kurze Zeit später auch ohne, wobei er sich weiterhin ausschließlich nur auf allen vieren bewegen durfte. Er wagte nicht Widerstand zu leisten, zu groß war die Sorge, wieder im Verlies zu landen.

13. JULI

Hamburg

Sie hat tief und ausgiebig geschlafen. Der Himmel über Hamburg ist an diesem Morgen klar und wolkenlos und die Sonne wirft die ersten Strahlen in ihr Zimmer. Vom Sofa im Wohnzimmer aus genießt sie beim ersten Kaffee den Blick auf die Elbe. Sie schaut den großen Schiffen hinterher, die die Wasseroberfläche brechen, für kräftigen Wellengang sorgen und in die Ferne davonschippern. Der Kaffee intensiviert die belegte Zunge, auf der sie noch immer den Geschmack des letzten Kusses spürt.

Danach lässt sie sich ein Bad ein und versinkt im Schaum. Sie wandert unter Wasser mit ihren Händen über ihre Kurven, ihr Kopfkino beginnt. Sie spult zu dem Geschehen gestern Abend im Schlafzimmer zurück, nur dass sie dabei die Rollen tauscht und sich vorstellt, wie sie Kai auszieht, ihm Handschellen anlegt und ihn ans Bett fesselt. Der Akt ist dabei nie ihr Ziel, ihr Fokus liegt auf der Raffinesse der Fantasie, des Spiels, des Erhaltens der Lust. Es erregt sie das Abtauchen in fremde Seelen, das Begehren und sich Begegnen. Die Gier, die Macht, jemanden in ihren Bann zu ziehen, ihn hörig zu machen, seinen Stolz zu brechen und willenlos zurückzulassen.

Als sie aus der Wanne steigt, streift sie sich den Morgenmantel über und blickt verträumt aus dem Fenster. Die lebhafte Elbe spiegelt ihr Leben wider: Geheimnisvoll und faszinierend, doch gleichzeitig verschwiegen. Sie liebt diese Wohnung, ist dankbar für den Blick auf das Wasser und den Hafen und denkt dabei an Lara. Sie freut sich auf das Wiedersehen mit ihrer Schwester und überlegt, was sie ihr mitbringen könnte. Wahrscheinlich am besten Hamburger Leckereien, denn Lara ist eine begnadete Köchin mit ausgeprägter Freude am Experimentieren und Kreieren eigener Rezepte.

Sie legt Musik auf und tanzt beschwingt durch den Raum. Sie ist glücklich und entspannt, zumal sie ihrem Ziel immer näher kommt. Sie tanzt Richtung Laptop und fragt sich neugierig, ob Kai ihr noch mal geschrieben hat. Im Postfach ploppen acht neue Nachrichten auf, eine davon ist tatsächlich von ihm.

»Alex, ich habe heute noch zwei Termine, dann bin ich frei für dich und pünktlich um 18 Uhr mit Essen to go bei dir. Ich freue mich auf dich. Sehr sogar.«

Die Zeilen gehen ihr runter wie Öl, ist es doch genau das, was sie will. Mit der Antwort lässt sie sich Zeit, will ihn hinhalten, bereitet es ihr doch Lust, die Sehnsucht des anderen zu steigern.

Sie schlüpft in ihr zartes Seidenkleid und lässt die Unterwäsche weg. Sie mag es, sich so leicht bekleidet in der Wohnung zu bewegen.

»Ich freue mich auf dich und bitte denke auch an das K … Bis später. Deine Seidenblume.« Das Wort »Kondom« schreibt sie mit Bedacht nicht aus, denn ihr ist sehr wohl bewusst, dass sie ihn so noch mehr reizt.

Immer wieder zieht es sie zur Fensterbank. Sie schiebt sich ein Kissen unter den Po und beobachtet das Treiben draußen. Das Wetter schwingt um, sie öffnet das Fenster und riecht einen warmen Sommerregen. Ist schon merkwürdig, wie schnell sich das Wetter hier in Hamburg ändert, denkt sie und ihre Gedanken wandern nach Jamaika, wo es immer warm ist. Und dann kommt ihr plötzlich Jean wieder in den Sinn. Sollte sie ihn nicht doch noch mal anschreiben? Sie ist unsicher, weiß sie doch, dass es eigentlich ein Fehler wäre, andererseits geht er ihr nicht aus dem Kopf. Und so setzt sie sich an den Laptop, loggt sich auf der Singleseite ein und schreibt ihm eine Nachricht.

»Lieber Jean, ich werde mich ganz bestimmt melden in der Hoffnung, es wird dann nicht zu spät sein. Vertraust du mir deine Handynummer an? Deine Alex.«

Dass sie »Deine Alex« geschrieben hat, wird ihr erst bewusst, als sie sich ausgeloggt hat und den Laptop schließt. Andererseits hat sie immer noch alles in der Hand, denn falls er ihr wirklich seine Nummer anvertrauen sollte, läge es allein an ihr, was sie daraus macht.

Sie zieht sich an und fährt mit dem Bus in die Speicherstadt. Von dort geht sie in die Hafencity, vorbei an der Elbphilharmonie. Dort genießt sie in einem kleinen Café die Aussicht auf die Elbe und plant den Abend mit Kai. Ihr ist sehr wohl bewusst, dass der kleinste Fehler alles zerstören könnte.

Eine Stunde vor dem Treffen ist sie zurück und findet einen Briefumschlag vor ihrer Wohnungstür. Es ist doch nicht etwa eine Absage von Kai, wer sonst könnte ihr schreiben? Sie öffnet das Kuvert und zieht eine Karte hinaus.

»Sie sind mir noch eine Antwort schuldig, gnädige Frau. Oder gefallen Ihnen keine Nelken?«

Sie überlegt einen Augenblick und erinnert sich an das Kärtchen am Blumenstrauß am Tag ihres Einzugs. Gedankenlos hatte sie den Strauß in die Vase gestellt, ohne die beiliegende Notiz richtig wahrzunehmen. Welche Antwort auf welche Frage meinte er? Sie steht nie in der Schuld von jemandem. Niemals! Der Typ soll sie in Ruhe lassen.

Bevor sie sich auffrischt, ruft sie noch einmal ihr Profil auf. Drei neue Nachrichten, aber es ist keine von Kai und leider auch keine von Jean dabei.

»*Wo ist dein Foto? Mir gefällt dein Text und ich möchte dich kennenlernen. Kannst du mit einem verwitweten und kinderlosen Komiker umgehen?*«

Wieder eine dumme Anmache, denkt sie und löscht die Nachricht wie auch alle anderen. Sie ist sich mit Kai sehr sicher.

Der Tisch ist gedeckt, die Kerzen brennen und ihr Outfit für diesen Abend ist gut gewählt. Hohe Schuhe, eine leichte Stoffhose und dazu eine transparente Seidenbluse, unter der recht deutlich ihr schwarzer Spitzen-BH zu erkennen ist. Zarte Küsse wird sie ihm weiterhin gewähren, weiß sie doch nur zu genau, wie sie die Lust eines Mannes auf den Höhepunkt bringen und dort lange halten kann. Sie wird ihn dabei beobachten, wie er zum Jagenden wird, bis er sich die Beute fast mit Gewalt erobern will. Somit wird sie Kai heute nur Häppchen liefern und auf keinen Fall mit ihm schlafen.

Pünktlich steht er vor der Tür. Sein Atem geht schnell.

»Hey! Bist du gerannt?«

»Tja, die Kondition reicht heute anscheinend nicht ganz aus. Zumindest nicht für die Treppen«, grinst er und betritt die Wohnung, wo er mit der einen Hand eine Rose hinter dem Rücken hervorholt und ihr mit der anderen Hand eine Tüte hinhält, aus der es dampft und duftet.

»Hm! Wie lecker.« Sie nimmt ihn an die Hand und geht mit ihm in die Küche, wo sie das dampfende Paket ablegt, um ihn dann leidenschaftlich zu küssen. »Ich habe Sehnsucht nach deinen Küssen gehabt«, haucht sie ihm zu. Dann löst sie sich von ihm, stellt die Rose in eine Vase und reicht ihm zwei Teller.

»Ich hab' noch eine Überraschung!«, lächelt er.

Sie schaut ihn fragend an.

»Ich weiß, ich bin verrückt, aber ich habe alles organisiert. Ich komme mit dir nach Jamaika und wenn in deinem Flieger noch ein Platz frei sein sollte, reisen wir zusammen«, strahlt er über beide Ohren. »Ich habe bei meinem Job alles klären können, muss allerdings am 22. Juli wieder zurückfliegen, weil ich einen Tag später eine wichtige Konferenz habe. Was sagst du dazu, Liebste?«

Ihr steigt die Röte ins Gesicht, nur innerlich erblasst sie. »Oh, das … wow, wie klasse!«, kommt es etwas zaghaft aus ihr, während sie denkt, dass sie unmöglich mit ihm zusammen nach Jamaika fliegen kann. »Nur, ist das nicht ein wenig zu spontan?«

»Spontan sicherlich, aber das ist es doch, was wir beide so lieben«, wischt er ihren Einwand beiseite. »Gibst du mir deine Flugdaten? Dann checke ich direkt, ob ich noch einen Platz bekomme.«

Er trägt die Teller und das Besteck ins Wohnzimmer, während sie ihr Ticket hervorholt und es ihm mit gemischten Gefühlen reicht.

»Ich weiß doch selbst, wie verrückt das gerade ist. Doch hey, ich bin der Abenteurer, den du suchst.« Dann geht er über sein Handy ins Internet. »Verdammt, der Flug ist ausgebucht! Ich könnte aber ... ja, ich könnte zumindest die Maschine einen Tag später nehmen.« Er blickt kurz auf, als hoffe er auf ein Signal von ihr, im Grunde ein Zeichen der Freude.

Natürlich erkennt sie seine Erwartungshaltung, weshalb sie ihm zumindest ein Lächeln schenkt, zumal sie froh ist, dass er wenigstens nicht mit ihr im selben Flieger sitzt, denn das ginge gar nicht. »Ich freue mich sehr auf deinen Besuch.« Sie gibt ihm einen zärtlichen Kuss auf die Wange.

Er bucht einen Flug für den 16. Juli, Rückflug am 22. Juli. Sieben Tage, welch ein Luxus. »So, nun ziehen wir das durch, meine Schöne.«

Sie hat sich inzwischen wieder gefangen und sein Satz bleibt nicht ohne Wirkung bei ihr, im Gegenteil, er turnt sie richtig an, ist es doch das, was sie auch will: Es durchziehen.

»Das machen wir, lieber Kai, und nun lass uns etwas essen, bevor es kalt wird.« Sie lacht und schickt noch hinterher, dass sie sich sehr darauf freue, ihm die schönsten Plätze auf der Insel zu zeigen, was wiederum ihm eine noch größere Freude bereitet.

»Sag mal, kennst du das Gefühl, einem fremden Menschen so vertraut zu sein? Ich dachte schon gestern, wie fantastisch die Begegnung mit dir war. Und heute planen wir schon unseren ersten Urlaub.«

»He du, für mich ist es kein Urlaub, denn ich wohne schließlich dort. Die Hausarbeit läuft also weiter, oder möchtest du das übernehmen?«, schmunzelt sie.

»Für dich tue ich alles«, lacht er und verschweigt dabei, wie sehr er Hausarbeit ablehnt.

»Alles? Gut zu wissen«, erwidert sie und setzt ein schelmisches Grinsen auf. Sie mag ihn, er ist so wundervoll naiv und hat keine Ahnung, welche Tragweite seine Entscheidung hat, ihr auf die Insel zu folgen. »Ich verspreche dir aufregende Stunden, Tage und Nächte auf Jamaika mit mir, mein ... jetzt wollte ich schon Liebster sagen«, lächelt sie ihn verlegen an.

Beim Essen füttern sie sich gegenseitig und sprechen über seinen

Besuch auf der Insel. Es sprudelt nur so aus ihnen heraus, sie scherzen, lachen wie verliebte Teenager und immer wieder suchen seine Hände die ihren. Doch plötzlich hält er inne, scannt ihr Gesicht und blickt ihr erst tief in die Augen, danach betrachtet er ihre wohlgeformte Nase und sein Blick bleibt auf ihren Lippen hängen.

»Weihst du mich heute in deine Fantasien ein?«

Sie schaut ihn eine Weile an, lässt ihn zappeln, erhebt sich dann wortlos und verlässt den Raum. Irritiert, aber auch neugierig schaut er ihr hinterher. Als sie zurückkommt, hat sie Handschellen und ein Seil dabei, die sie vor ihm auf den Tisch legt. Unsicher schaut er die Handschellen an, und weiß nicht, was er dazu sagen soll.

»Du hast keine Erfahrung darin, nicht wahr?«

Er schüttelt etwas verlegen den Kopf.

»Nun, wenn du mich willst, wirst du lernen, damit umzugehen.« Sinnlich berührt sie die Handschellen. »Möchtest du das?«

»Na klar«, wird er jetzt etwas sicherer, »na klar will ich dich …, und ich möchte dass du mir zeigst, was ich damit machen soll.«

»Ich möchte, dass du mir die Handschellen anlegst und meine Hände mit dem Seil ans Bett fesselst, so dass ich dir ausgeliefert bin. Und dann möchte ich deine Zärtlichkeit, deine Küsse, deine Umarmungen, dein Verlangen, dein Begehren und deine Lust spüren. Du hast die Macht über mich, aber ich wünsche mir, dass du sehr sorgsam mit mir umgehst, auf mich und meine Lust achtest und nur Dinge machst, die wir vorher vereinbart haben. So erfahre ich, ob ich dir vertrauen kann, und nur so kann unsere Zeit der absolute Wahnsinn werden. Und ich habe noch eine Bitte an dich. Da du schon in ein paar Tagen zu mir auf meine Insel kommst, wünsche ich mir von dir, dass wir heute noch nicht miteinander schlafen. Ich möchte mir dieses erste Mal für Jamaika aufbewahren, einen Ort, der uns für immer in Erinnerung bleiben wird. Ist es okay für dich und kannst du dich diesbezüglich im Zaum halten? Ich verspreche dir, du wirst es nie bereuen.«

Bei diesen Worten stockt er ein wenig, er hat doch extra für diese Nacht Kondome gekauft und ist sich jetzt unsicher, wie er darauf reagieren soll.

Das bemerkt sie und fährt fort: »Ich weiß, ich habe dir gestern gesagt, dass du an ein Kondom denken sollst, ich habe dich damit angeheizt, aber genau das ist jetzt deine Prüfung. Meinst du, dass du das schaffst? Wenn nicht, müsstest du jetzt gehen«, flüstert sie ihm liebevoll zu.

Er schaut sie ungläubig an, nie würde er von ihr gehen, selbst wenn er auf der Couch schlafen müsste. »Du kannst mir vertrauen, ich verspreche dir, dass ich dich heute Nacht nicht bedrängen werde.«

»Ich habe keine andere Reaktion erwartet, ansonsten hätte ich mich vollkommen in dir geirrt. Ich spüre, nein, ich weiß, dass du ein ganz außergewöhnlicher Mann bist.« Sie küsst ihn liebevoll auf den Mund.

Das Essen spielt jetzt keine Rolle mehr, sie wartet, bis er die Handschellen und das Seil an sich nimmt und gemeinsam gehen sie ins Schlafzimmer, wo sie sogleich den Dimmer für den Nachthimmel betätigt.

»Jetzt darfst du mich entkleiden«, lächelt sie ihn an.

Das lässt er sich nicht zweimal sagen und knöpft ihr die Bluse auf. Danach öffnet er den Gürtel und die Knöpfe ihrer Hose und streift ihr auch diese ab, sodass sie nur noch in ihrer schwarzen Spitzenunterwäsche vor ihm steht. Er betrachtet ihren schlanken Körper mit den weiblichen Rundungen an den richtigen Stellen. Dann übernimmt sie die Initiative und zieht ihm zuerst sein T-Shirt aus, setzt sich auf das Bett und widmet sich dem Gürtel seiner Jeans. Sie zelebriert geradezu, wie sie diesen öffnet und langsam herauszieht. Als Nächstes öffnet sie den Knopf seiner Hose, zieht den Reisverschluss herunter und streift sie nach unten über seine Füße ab. Sofort bemerkt sie seinen harten Phallus in den schwarzen Shorts. Sie zögert ein wenig, schaut ihm von unten in die Augen und zieht ihm dann auch die Shorts aus, sodass er nackt vor ihr steht.

»Du hast einen wunderbar durchtrainierten Körper«, flüstert sie ihm zu, während sie sich rücklings auf das Bett fallen lässt und ihm die Hände erwartungsvoll entgegenstreckt. »Leg sie mir an!«

Immer noch ein wenig verlegen, nimmt er die Handschellen,

legt sie ihr um die Handgelenke und als er sie zudrückt, hört er ein wundervolles Klickgeräusch, das ihm weitere Lust verschafft.

Sie nimmt die Hände herunter und streckt sie weit über ihren Kopf bis ans Kopfende, darauf wartend, dass er sie ans Bett fesselt. Er aber weiß nicht, wie er das machen soll, denn das Bett hat keine Gitterstäbe. Ihm ist die Unsicherheit ins Gesicht geschrieben, was sie sofort erkennt und ihm deshalb zuflüstert, dass er dafür den Lattenrost nutzen soll. Etwas unbeholfen kommt er dieser Aufforderung nach und hebt die Matratze ein Stück an, um das Seil um den Lattenrost zu legen und es danach mit den Handschellen zu verknoten. Jetzt ist sie an das Bett gefesselt und kann sich nicht mehr von alleine befreien. Sie ist ihm ausgeliefert, er hat die Macht über sie.

Er betrachtet ihren schlanken Körper, ihre langen Beine, ihre Kurven, ihre Brüste und die Brustwarzen, die sich unter dem dünnen Stoff des BHs abzeichnen. Wie gerne würde er sie einfach nehmen, doch dann würde er das Vertrauen, das sie ihm schenkt, verspielen und sie für immer verlieren. Zärtlich beginnt er sie zu liebkosen, mit der Zungenspitze ihren Körper abzuwandern. Mit den Zähnen zieht er an ihrem Slip und hebt ihn leicht an. Wie sehr es ihn nach ihr verlangt, danach, sie zu spüren, jede Pore ihres Körpers mit seinen Lippen zu bedecken! Ihre Wehrlosigkeit turnt ihn an, seine Fantasien blühen auf und nehmen immer deutlichere Formen an.

Ihr Kopf ist hellwach, ihre Gedanken klar, sie weiß genau, wann sie ihre Atmung einsetzen, wann sie sich winden oder die Bauchdecke anheben muss. Sie fängt leise an zu stöhnen, ohne dass echte Gefühle bei ihr aufkommen. Es ist ihr Spiel und es ist ihr sehr wohl bewusst, welch unbequeme Nacht jetzt vor ihr liegt, doch weiß sie zu schätzen, was sie dafür bekommt.

Die Nacht vergeht schnell für ihn, immer wieder berührt und streichelt er ihre Haut, atmet sie ein. Er ist erregt und seine Lust, mit ihr zu schlafen, ist gewaltig. Vollgepumpt mit Endorphinen und Serotonin, schläft er irgendwann neben ihr ein, seine Hand auf ihrem flachen Bauch. Sie tut, als schlafe sie, doch ist sie wach. Sie denkt an Jamaika und an das, was dort geschehen wird.

Tom

Seine Disziplin und Aufmerksamkeit trugen Früchte. Zum ersten Mal durfte er, wenn auch nur angekettet, im Flur des Privatbereichs schlafen. Dazu musste er seine Matratze und seine Decke nach oben schleppen. Wenige Tage später durfte er sogar wieder aufrecht gehen, was ihm anfangs starke Schmerzen bereitete. Die Hand- und Fußketten waren ihm geblieben und sie erschwerten zunächst jeden seiner Schritte. Er war nun größtenteils für die Hausarbeiten zuständig. Zuerst musste er sein Verlies gründlich säubern. Nur anhand des Lichteinfalls durch die offene Kellertreppe sah er das Mauerwerk, das er jeden morgen genauso gründlich wie den Boden schrubben musste, obwohl er es doch gar nicht mehr bewohnte. Warum er es also tat, war ihm nicht klar, doch tat er es ohne Widerspruch, wie er auch alle anderen Aufgaben erledigte. Zu groß war seine Angst, zurück ins Verlies geschickt und dort wieder angekettet zu werden.

14. JULI

Hamburg

Sie hat nur sehr kurze Schlafphasen gehabt. Das lag einerseits an der unbequemen Haltung und andererseits an der Sonne, die schon früh direkt auf das Bett schien. Sie betrachtet ihn, während er noch schläft. Zum ersten Mal fällt ihr die Narbe über seiner linken Braue auf und das Muttermal unter dem Kinn.

»Kai?« Sie dreht sich zur Seite, wobei ihre Lippen leicht sein Ohr berühren. »Liebster?«

Seine Augen zucken. Er schlägt sie auf und wirkt noch etwas irritiert. »Guten Morgen, meine Gefangene«, nun geht ein Schmunzeln von ihm aus. »Konntest du gut schlafen?«

»Etwas unruhig, die Fesseln haben mich am Tiefschlaf gehindert, doch entscheidend ist der Lustgewinn. Ich habe deine Zärtlichkeit genossen und bin mir nun sehr sicher, dass ich dir vollkommen vertrauen kann. Ich möchte ... nein, ich will mehr davon, viel mehr! Ich will dir gehören!«

Nur zu gut ist ihr bewusst, was diese Worte bei ihm bewirken.

»Möchtest du, dass ich dich losbinde, oder darf ich dich noch ein wenig verwöhnen?«

»Ich möchte, dass du mich jetzt befreist.«

Er löst das Seil, nimmt den Schlüssel vom Nachtschrank und öffnet die Handschellen. Er ist immer noch sehr erregt, nie hätte er gedacht, dass ihm diese Art der Dominanz solche Lust verschaffen könnte. Und er will mehr davon. »Danke, dass du mir deinen Körper anvertraut und mir vertraut hast.«

»Das habe ich gerne getan, du bist ein außergewöhnlicher Mann.«
Sie legt ihren Kopf auf seine Brust und er umarmt sie sofort.
Beide genießen dies noch einen Moment lang. Kurze Zeit später
steht sie auf und lässt sich ihr morgendliches Bad ein. Er bleibt
liegen und schlummert noch einmal ein, wobei er sich ihr Kissen
aufs Gesicht drückt, um ihren Duft einzuatmen. Er ist glücklich
und fühlt sich wie ein frisch verliebter Teenager. Als sie nach ihm
ruft, geht er zu ihr ins Bad, setzt sich zu ihr auf den Wannenrand
und betrachtet sie. Wie gern er zu ihr in den Schaum steigen würde.

»Lust auf einen Kaffee?«, fragt sie.

»Nein, Lust auf dich!«, entgegnet er schelmisch.

Sie lacht, lässt das Wasser aus der Wanne und steigt heraus,
sodass er ihren wunderschönen nassen und nackten Körper bewundern kann. Er sieht zu, wie sie diesen aufreizend vor seinen
Augen abtrocknet, sich dann einen Bademantel überzieht und in die
Küche geht, um einen Kaffee aufzusetzen. Zeit für ihn, zu duschen.

Während der Kaffee durch die Maschine läuft, schaltet sie ihren
Laptop an und loggt sich in ihr Profil ein. Insgeheim hofft sie, dass
Jean sich gemeldet hat, und sie findet tatsächlich unter vielen neuen
Nachrichten auch eine von ihm.

*»Liebe Alex, schön, dass du mir geschrieben hast. Sehr gern ver-
traue ich dir meine Handynummer an und hoffe sehr, dass du dich
bei mir meldest. Dein Jean.«*

Sie notiert sich die Handynummer und löscht sämtliche Nachrichten, dann wartet sie darauf, dass Kai auftaucht. Als er zu ihr in die
Küche kommt, dreht sie ihm demonstrativ den Laptop-Bildschirm
zu, drückt auf den Button »Profil unwiderruflich löschen« und bestätigt das mit einem weiteren »Ja, ich bin mir sicher«. Er versteht
diese Geste, zögert nicht lange und loggt sich auf ihrem Laptop in
sein Profil ein, um es danach ebenfalls unwiderruflich zu löschen.

Glücklich schauen sich beide an, er, weil er die Frau seiner
Träume gefunden hat, sie, weil sie ihrem Ziel wieder ein Stück
nähergekommen ist.

Als sie wenig später mit ihren Kaffeebechern in der Hand auf
der Fensterbank sitzen und auf den Hafen blicken, sprechen sie

über ihre letzte Nacht. Von der Lust, dem Vertrauen, dem Ausgeliefertsein, von Macht und Dominanz, Hingabe und Freiheit. Er betont die besondere Erfahrung, dass Vertrauen viel wichtiger sei als der Sex, dass er es genossen habe, sie zu begehren, ohne sie zu bedrängen, und dass sie ihm in allen Lebenslagen vertrauen könne.

Sie genießt diese Worte schweigend, rückt dann noch dichter an ihn heran und flüstert ihm ins Ohr: »Weißt du, was mich anmacht?« Er blickt sie fragend an und sie fährt fort: »Wenn du deine Lust in dir behalten würdest und es dir nicht machst. Ich möchte, dass du diese Lust mit nach Jamaika nimmst. Ich will dein permanentes Begehren, deine ständige Erregtheit. Erfüllst du mir diesen Wunsch?«

Er schaut sie überrascht an. »Du weißt schon, was du da von mir verlangst, nicht wahr?«

»Ich verspreche dir eine Belohnung, die du in deinem Leben nie wieder vergessen wirst.« Sie lächelt ihn spitzbübisch an.

Bei diesen Worten kann er nicht mehr nein sagen und sagt es ihr zu.

Beim Abschied an der Wohnungstür wirkt er nachdenklich. »Alex, verstehe mich bitte nicht falsch, ich weiß, dass es dir wichtig ist, nicht ständig erreichbar zu sein. Doch wenn ich auf Jamaika lande, möchte ich dich im Notfall anrufen können. Würdest du ausnahmsweise mein Ersatzhandy mitnehmen?«

Sie schaut ihn erstaunt und fragend an. »Lieber Kai, ohne Handy zu leben bedeutet für mich Freiheit. Und diese Freiheit gebe ich für niemanden auf, auch nicht für dich. Bedenke bitte, wenn du mir diese Freiheit nimmst, bekommst du eine andere Frau und das möchtest du bestimmt nicht. Und ich suche den Abenteurer, einen, der mit mir das Leben genießt, der unvergesslich schöne Stunden mit mir auf Jamaika und danach ein ganzes Leben mit mir verlebt und nicht überall Sicherheitsnetze aufspannt. Aber ich verstehe dich, ich verspreche dir, ich werde da sein, wenn du am Samstag auf meiner Insel landest.« Dann nimmt sie das Armband von ihrem Handgelenk und legt es ihm an. »Das ist das Armband meines Vaters. Er hat mir sehr viel bedeutet und war immer für mich da. Es ist das Einzige, was mir von ihm geblieben ist, ich hänge sehr daran und trage es Tag und Nacht. Es ist für mich meine Verbindung zu ihm und somit viel mehr wert als aller Schmuck auf der ganzen Welt. Ich vertraue es dir an und möchte, dass du es mir am Samstag, sobald du gelandet bist, wieder umlegst. Ich vertraue dir, Kai …«

Er ist gerührt und beschämt zugleich. »Das kann ich nicht annehmen«, stammelt er.

»Doch«, entgegnet sie, »nimm es als Zeichen meiner Liebe.«

Er nimmt sie in den Arm, küsst sie und flüstert ihr ins Ohr, dass er es ihr gleich nach der Ankunft wiedergeben werde. Mit diesen Worten, einer Umarmung und einem Kuss verlässt er ihre Wohnung. Er ist wie ein Schwamm, vollgesaugt mit Lust und getrieben von unendlicher Neugierde auf mehr.

Vom Türrahmen aus wirft sie ihm noch hinterher: »Ich kann mir übrigens sehr gut vorstellen, dich auf all deinen Auslandsreisen zu begleiten.« Ihr ist sehr wohl bewusst, was sie mit solch einem Satz bei ihm erreicht.

Sie wartet noch, bis er im Treppenhaus verschwindet und schließt dann die Tür. Sie fühlt sich gut, weil sie es immer wieder schafft, tief in die Männerherzen vorzudringen, und sie erinnert sich daran, wie sie das Armband auf einem Flohmarkt einer älteren Frau für wenig Geld abgekauft hat. Es erfüllt gerade einen wunderbaren Zweck. Dann wird sie nachdenklich, denn wenn Kai schon am Samstag kommt, hat sie nur einen Tag lang Zeit, um alles vorzubereiten. Das ist nicht gerade viel, aber es ist zu schaffen.

Zu Hause angekommen, bereitet er sich einen zweiten Kaffee und lässt die Begegnung mit Alex noch einmal Revue passieren. Er trifft eine Frau und beide sind sofort ineinander verliebt. Gibt es so etwas? Bei seiner letzten großen Liebe hatte es recht lange gedauert, bis sie zueinander fanden. Es war schon toll am Anfang, aber nach acht Jahren hatten sie sich irgendwie auseinandergelebt. Nun, das ist jetzt ein Jahr her und er fühlt sich bereit für eine neue Beziehung mit dieser außergewöhnlichen Frau. Er denkt an sie, ihren wunderschönen Körper, sieht sie lachen, es war so schön, als sie heute Morgen neben ihm aufgewacht ist. Er träumt von der gemeinsamen Zeit mit ihr, Urlauben, tollem Sex, doch dann wird er abrupt aus seinen Träumen gerissen, irgendetwas beunruhigt ihn und er fragt sich: Was mache ich hier eigentlich? Ich folge Hals über Kopf einer mir eigentlich noch fremden Frau in ein fremdes Land. Was ist, wenn die Abholung auf Jamaika nicht klappt und ich alleine am Flughafen stehe? Ich kann sie nicht erreichen, weiß nichts von ihr, habe weder ihre Anschrift und noch nicht einmal ihre E-Mail-Adresse. Andererseits, sucht sie nicht gerade diesen Typ, der sich nicht über alles Gedanken macht? Und was könnte mir schlimmstenfalls passieren, wenn sie nicht da ist? Dann nehme ich mir ein Hotelzimmer und verbringe sechs Urlaubstage auf Jamaika.

Dann fällt ihm ein, dass eventuell ja doch noch kurzfristig ein Platz in ihrer Maschine frei werden könnte. Kurzentschlossen setzt er sich mit der Fluggesellschaft in Verbindung. Die Frau am anderen Ende der Leitung macht ihm wenig Hoffnung, notiert sich aber seine Handynummer.

Tom

Irgendwann musste er auch die Küche aufräumen und gründlich putzen. Dabei kam er mit dem Besteck und somit den Messern in Kontakt, wobei er aber besonders beobachtet wurde. Schenkten sie ihm Vertrauen oder wurde er nur auf eine Probe gestellt? Tage später durfte er auch die Mahlzeiten zubereiten, was ihm gefiel, war es doch die bisher einzige kreative Tätigkeit für ihn.

15. JULI

Hamburg

»Jakubek, Condor Airline, Sie hatten gestern angerufen, weil Sie ...«

Ihm steigt sofort der Puls und er ruft, ohne sie ausreden zu lassen: »Ja, hatte ich. Ist ein Platz frei geworden?«

»Ja. Ein Herr hat seinen Flug storniert, so kann ich Ihnen heute einen Platz für die Maschine ab Frankfurt um 10.40 Uhr nach Montego Bay anbieten. Das bedeutet, dass sie schon um 9 Uhr ab Hamburg fliegen und sich am Frankfurter Flughafen ein wenig sputen müssen. Auch beginnt das Boarding in Hamburg bereits in zwei Stunden, können Sie das schaffen?«

»Na klar schaffe ich das, vielen Dank!«

Er atmet auf. Wie gern er sie jetzt darüber informieren würde, wie viel Glück er gerade hat, doch eine Frau ohne Erreichbarkeit bietet keinen Spielraum für verträumte SMS-Botschaften. Ungewöhnlich und irritierend ist das alles schon und er fragt sich, wie viele Menschen ohne Handy es wohl noch gibt. Er jedenfalls kennt keinen und für ihn wäre das absolut undenkbar. Seine Welt ist die einer ständigen Erreichbarkeit. Es ist seine Form der Freiheit.

Im Nu ist sein neues Ticket online abrufbar. Die 149 Euro sind ihm die Umbuchung für diese Frau allemal wert. Alex hat den Abenteurer gesucht und den hat sie jetzt mit ihm gefunden. Er bestellt sich ein Taxi für 7.30 Uhr und packt schnell ein paar Sachen in seinen Trolley, der sich wunderbar als Handgepäck eignet. Was braucht er schon für gerade mal sieben Tage auf einer warmen Insel?

Wenig später sitzt er im Taxi auf dem Weg zum Flughafen. Kurz

49

kommt er sich wie ein Trottel vor, nicht nur, weil er sein Bankkonto für eine so frische Eroberung überzieht, sondern auch, weil er sich Hals über Kopf in eine Frau verliebt hat, von der er eigentlich überhaupt nichts weiß. Sein Freund Mike hat ihn für völlig verrückt gehalten und die ganze Sache mit Skepsis betrachtet, von wegen schnelle Nummer, Frau aus dem Internet, weite Reise ins Unbekannte. Aus dem Taxi heraus schickt er ihm eine Kurznachricht, dass er umgebucht hat und bereits heute nach Jamaika fliegt.

Gerade noch rechtzeitig schafft er es zum Boarding und sitzt um 9 Uhr in der Maschine, mit der er pünktlich um 10.10 Uhr in Frankfurt landet. Er hetzt durch das Flughafengebäude, vorbei an unzähligen Check-in-Schaltern, hört dabei, wie über einen Lautsprecher die Passagiere zum Boarding nach Rom namentlich aufgerufen werden, was ihm durchaus auch passieren kann, und erreicht rechtzeitig das Gate. Er ist der Letzte am Check-in, nach ihm legt eine Dame vom Bodenpersonal die Kette an und schließt den Schalter.

Mit einem Abstand von wenigen Metern folgt er den Passagieren über die Gangway zum Flieger, schaut noch mal auf seine Bordkarte, er sitzt 22b, Gangplatz, aber er möchte während des Fluges ganz nah bei ihr sein und hofft, den Platz mit jemandem tauschen zu können. Er betritt als Letzter das Flugzeug und sieht die vielen Sitzplätze. Sieben in einer Reihe. Je zwei Plätze rechts und links an den Fenstern und in der Mitte drei Sitze, dazwischen zwei Gänge. Circa 300 Passagiere passen in das Flugzeug und er sucht nur die eine.

Viele Passagiere haben schon Platz genommen und einige sind noch dabei, ihr Handgepäck zu verstauen. Er geht durch den Gang, schaut nach rechts, nach links und nach vorne. Reihe für Reihe kommt er voran, immer mehr Passagiere nehmen ihren Platz ein. In Reihe 22 angekommen, findet er seinen Platz neben einer Frau um die sechzig, die anscheinend allein reist und es sich schon am Fenster bequem gemacht hat, aber hier will er nicht sitzen. Er will zu ihr, zu seiner Traumfrau.

Er ist schon in Reihe 30 und hat sie immer noch nicht entdeckt.

Plötzlich kommen Zweifel in ihm auf, was ist, wenn sie nicht in diesem, sondern einem anderen Flugzeug sitzt? Dann würde er allein auf Jamaika ankommen und keine Chance haben, sie zu erreichen. Er weiß doch gar nichts von ihr. Mist, denkt er, auf was habe ich mich da eingelassen. Er fängt leicht an zu schwitzen, doch dann die Erlösung, als er sie in der drittletzten Reihe endlich entdeckt. Sie sitzt am Fenster und neben ihr ein dicker, gut gekleideter älterer Herr, der sich angeregt mit ihr unterhält.

»Alex!«, ruft er, als er nur noch wenige Meter von ihr entfernt ist.

Etwas verwirrt schaut sie hoch und erblickt ihn. Auch der dicke Mann blickt auf, verzieht aber keine Miene.

»Alex!«, ruft Kai noch einmal, er ist überglücklich und als er neben den beiden in der Reihe steht, fährt er fort: »Ich habe es geschafft, ich konnte noch einen Platz in diesem Flieger ergattern.«

Alex wirkt eher erschrocken, damit hat sie nicht gerechnet. Der Mann neben ihr sagt auch nichts, schaut nur ein wenig erstaunt.

»Aber ... Kai! Was ... was machst du hier? Ich dachte, du fliegst erst morgen.«

Er kann ihren Ausdruck nicht deuten, ist sichtlich irritiert über ihre Reaktion, mit der er so nicht gerechnet hat.

»Entschuldigung! Können Sie mich bitte durchlassen?« Ein Herr spricht ihn von der Seite an und Kai lässt ihn kurz durch.

»Alex, ich habe einfach nur Glück gehabt«, strahlt er wieder und dann wendet er sich an den dicken Mann im Anzug. »Verzeihen Sie, wären Sie so nett und würden den Platz mit mir tauschen, damit ich neben meiner Frau sitzen kann?«

Der Mann wirkt erstaunt, schaut erst Kai an, dann Alex, die etwas verlegen nickt. »Ihre Frau?« Nochmals schaut er beide an. »Also wenn das so ist, meinetwegen. Aber Moment, ich tausche nur gegen einen Gangplatz.«

Kai zeigt dem Mann seine Bordkarte mit dem Gangplatz und bedankt sich nochmals bei ihm. Etwas grummelig steht der Mann auf, holt sein Handgepäck aus dem Fach und geht nach vorne. Kai verstaut indes sein Gepäck und nimmt neben Alex Platz. Er ist überglücklich und doch ein wenig irritiert, war das die Reaktion, die er von ihr erhofft hatte? Sie wirkte nicht unbedingt glücklich darüber, eher, genau wie er jetzt – irritiert. Aber vielleicht hat er sie ja auch nur einfach überrumpelt.

Alex weiß nur eines, sie muss sich jetzt ganz schnell fangen, einen klaren Kopf bewahren und über die neue Situation nachdenken. Sie ergreift seine Hand, schaut ihn so glücklich, wie es ihr gerade möglich ist, an und sagt ihm, dass sie sich sehr darüber freue, dass er jetzt neben ihr sitzt, auch weil sie bei jedem Start ein wenig ängstlich sei. Natürlich ist das nicht wahr, aber ihr ist bewusst, wie Männer ihre Beschützerinstinkte lieben.

Er erzählt ihr in kurzen Sätzen, wie er es geschafft hat, doch noch diesen Flug zu bekommen.

Sie lächelt ihn an. »Das hast du gut gemacht, Kai, jetzt haben wir noch einen Tag mehr für uns.«

Diese Worte beruhigen ihn und verdrängen seine anfängliche Irritation. Dann nimmt er das Armband von seinem Handgelenk und legt es ihr wieder um. »Danke, dass du es mir anvertraut hast. Ich weiß das sehr zu schätzen.«

Mit einem Lächeln reagiert sie auf seine Worte. Als der Flieger abhebt, hält sie sich an ihm fest. Für ihn ist das ein wunderbares Gefühl. Er ist für sie da …

Sie lässt zärtlich ihren Kopf an seine Schulter fallen und macht die Augen zu, als wenn sie ein wenig schlafen will. Natürlich schläft sie nicht, sie ist auch nicht erschöpft, sondern immer noch äußerst irritiert und dieser Zustand hält sie noch eine ganze Weile gedanklich wach. Soll sie die ganze Sache jetzt lieber abbrechen? Falls ja, wo würde sie mit ihm den Urlaub verbringen? Eine Woche in ihrer kleinen Wohnung, ohne Kontakt zu Lara? Denn zu ihr dürfte sie auf keinen Fall mit ihm. Andererseits, warum sollte es schiefgehen, nur weil sie jetzt mit ihm zusammen auf Jamaika landet und seine Ankunft auf der Insel nicht mehr vorbereiten, geschweige denn ihre Schwester darüber informieren kann? Sie legt sich einen Plan zurecht. Zuerst muss sie ihm im Flieger das Handy abnehmen. Denn das Risiko, dass er es gleich nach der Landung benutzt, ist viel zu groß. Danach würden sie zuerst in der

Wohnung vorbeischauen, die Koffer abstellen, kurz duschen und dann zu ihrer Schwester fahren. Sie kann nur hoffen, dass diese bei der Ankunft allein im Garten ist.

Während sie überlegt, hält sie seine Hand. Sie bekommt mit, wie er versucht, so vorsichtig wie möglich nach einem Buch zu greifen.

Irgendwann beginnt sie wieder das Gespräch. »Du wirst sehen, das Leben auf der Insel ist so anders, so spannend, so magisch, voller Freiheit, so ohne technische Geräte. Es wird dir gefallen.«

Er legt sein Buch zur Seite und schenkt ihren Worten volle Aufmerksamkeit. Er unterhält sich gerne mit ihr, möchte so viel über sie erfahren. »Wahrscheinlich hast du recht, obwohl ich es bisher als Freiheit empfand, jederzeit mit Menschen von überall her in Kontakt zu treten. Für mich ist gerade die Erreichbarkeit ein Teil von Freiheit. Aber vielleicht wird mich die Reise ja nachhaltig beeinflussen.«

Sie weicht seinem eindringlichen Blick nicht aus. Er kommt ihr so nahe, dass ihre Wimpern sich streicheln könnten, küsst dann ihren Nacken und flüstert ihr zu: »Ich habe solche Lust auf dich, bin wie elektrisiert, wenn ich dich nur berühre. In meinem Kopf taucht immer wieder unsere letzte Nacht auf.«

»Auch ich denke immer wieder daran, du bist so zärtlich, hast einen wunderbaren durchtrainierten Körper und gefesselt neben dir zu liegen macht mich sehr an. Ich möchte mehr davon«, lächelt sie ihn scheinbar glücklich an.

Kurz vor der Landung nimmt sie ihr Armband ab und legt es ihm abermals um sein Handgelenk.

»Warum gibst du es mir wieder?«, fragt er erstaunt

»Es ist ein Tauschobjekt.«

»Tauschobjekt?«

»Nun, ich bekomme dafür dein Handy, natürlich nur für die Zeit auf Jamaika.«

»Was willst du damit?«

»Dir die gleiche Freiheit schenken, die ich schon seit langem lebe. Wenn du es ernst mit mir meinst, tu es für mich, für dich und für uns. Auf dieser Insel brauchst du es wirklich nicht. Hier bekommst du meine uneingeschränkte Liebe.«

Bei diesen Worten fällt es ihm sichtlich schwer, ihr den Wunsch abzuschlagen.

»Ich lasse es aus, okay?«

»Nein«, lächelt sie ihn liebevoll an, »ich möchte, dass du es mir anvertraust.«

»Okay, du bekommst es, aber nach der Landung schreibe ich noch eine kurze Nachricht an Mike, dass ich gut gelandet bin, einverstanden?«

»Nein, bin ich nicht«, lächelt sie ihn wieder an, »das sind alles Zwänge, die du dir selbst durch das Handy auferlegt hast. Dein Freund ist ein Mann, der verkraftet es, wenn du ihm nicht sofort schreibst, aber wenn es dir morgen immer noch wichtig ist, bekommst du es zurück, okay?«

Schweren Herzens gibt er nach und drückt ihr sein Handy in die Hand. »Aber morgen früh brauche ich es wirklich, es geht nicht nur darum, dass ich meinem Kumpel etwas Nettes schreibe, mein Beruf hängt daran. Und bitte pass gut darauf auf.«

»Geht klar«, lächelt sie, auch weil sie wieder einmal alles bekommen hat, was sie wollte, dann verschwindet sein Handy in ihrer Handtasche.

Tom

Er war nicht mehr der Mensch, der er einmal gewesen ist, und trotzdem spürte er eine gewisse innere Ruhe, die mit jedem Tag intensiver wurde. Seine Tage hatten einen festen Rhythmus. Nach dem Aufstehen durfte er raus auf das Grundstück, danach putzte er das Wohnzimmer, dann das Bad und den Flur und zuletzt die Küche. Mittags bereitete er die Mahlzeiten zu und schätzte sich glücklich über die manchmal großzügigen Essensreste und Rationen in seiner Schüssel, die inzwischen draußen vor der Verandatür stand. Danach durfte er sich wieder, natürlich nur auf allen Vieren, auf dem Grundstück bewegen.

Jamaika

Wie üblich dauert es eine gefühlte Ewigkeit, bis auch die Passagiere aus den letzten Reihen – darunter sie beide – die Maschine endlich verlassen haben. Etwas nervös geht sie neben ihm über die Gangway, fühlt sich im Flughafengebäude unangenehm von den Überwachungskameras, die überall installiert sind, verfolgt. Endlich erreichen sie das Gepäckband, wo bereits viele Passagiere auf ihre Koffer warten. Sie verabschiedet sich kurz von ihm und sucht das WC auf. Hier wird sie sich etwas länger aufhalten, sie möchte vermeiden, zu lange mit ihm an der Gepäckausgabe zu stehen. Als sie zurückkommt, liegen nur noch wenige Koffer auf dem Band. Gezielt ergreift sie ihren und gemeinsam gehen sie am Zoll vorbei zum Ausgang. Hätte jetzt nur noch gefehlt, dass man meinen Koffer checkt, denkt sie sich. Eine Diskussion über die Handschellen braucht sie jetzt nicht. Sie verlassen das Flughafengebäude, da ihr Wagen – ein grüner Jeep – außerhalb geparkt wurde. Sie muss danach Ausschau halten, was ihn ein wenig wundert.

»Hast du vergessen, wo du ihn abgestellt hast?«

»Ehrlich gesagt ja, aber wenn du mir hilfst, werden wir ihn schnell unter all den Autos finden, die hier am Straßenrand stehen.« Sie verschweigt ihm, dass ihre Schwester den Wagen für sie abgestellt hat. Noch ist es ihr wichtig, so wenige Informationen herauszugeben wie nur möglich. Dann entdeckt sie den Jeep auch schon.

Er genießt die Fahrt vom Flughafen in die Stadt, die warme Temperatur, die Flora, die Fauna und die Menschen. Eingetaucht in die Landschaft und das Treiben an den Straßenrändern, streichelt er die ganze Zeit zärtlich ihren Oberschenkel.

»Gefällt es dir hier?«

Er lächelt zustimmend.

»Ich werde dir noch so viel von dieser wunderbaren Insel zeigen.«

»Ich möchte, dass du mir alles zeigst.«

Er ist im Liebesrausch, über 8000 Kilometer von zu Hause

entfernt und neben ihm sitzt eine unglaublich aufregende Frau. Was geht nur von ihr aus, dem er sich nicht entziehen kann? Ist es diese reizvolle Mischung aus Unnahbarkeit, Geheimnis und Magie oder gar dieser Sex, der ihn so berauscht, obwohl er noch nicht einmal mit ihr geschlafen hat?

»Teufelsweib!«

»Was hast du gesagt?«

Erschrocken schaut er sie an. »Ach, nichts. Ich habe nur laut gedacht.«

Seine Blicke fliegen wieder durch die Gegend, während er lässig seinen Arm aus dem Wagen hält und dabei mit seinen Fingern gegen die Beifahrertür tippt.

Als sie das Auto vor einem Haus zum Stehen bringt, wirkt sie wie ausgewechselt. Sie strahlt über das ganze Gesicht und beide steigen aus. Dann zeigt sie auf ein Fenster in der obersten Etage und sagt, es sei das Küchenfenster ihrer Wohnung. Sie nimmt ihn an die Hand und sie gehen hinauf in den zweiten Stock. Kaum hat sie die Wohnungstür hinter sich geschlossen, umarmen sie sich. Sanft berühren sich ihre Lippen, tanzen ihre Zungenspitzen umeinander. Er ist voller Lust und küsst zärtlich ihre Stirn, ihre Wangen und ihre Augenlider, sagt ihr, wie schön sie ist. Sie genießt diese Liebkosungen, seine Komplimente, ist es doch ihr Spiel, dass sie so wunderbar beherrscht. Sie weiß nur zu genau, dass es jetzt wichtig ist, seiner Lust immer neue Nahrung zu geben, und entfacht in ihm das Gefühl des Verlangens. Sie beginnt ihn langsam zu entkleiden. Als er den Versuch unternimmt, die Knöpfe Ihrer Bluse zu öffnen, wehrt sie lieb ab, sie will bestimmen und sehen, wie er darauf reagiert. So entkleidet sie ihn, bis er nackt vor ihr steht. Sie sieht seinen durchtrainierten Körper, berührt ihn zärtlich, sagt ihm, dass er ein toller Mann sei, zeigt dann auf einen Stuhl und bittet ihn, sich darauf zu setzen. Sie genießt den Anblick, wie er nackt vor ihr sitzt, betrachtet ihn, schaut ihm in die Augen. Dann zieht sie sich aufreizend langsam vor ihm aus, spürt an seinen Blicken auf ihrem Körper, wie sehr sie ihn anmacht. Nur noch mit ihrer Unterwäsche bekleidet, nimmt sie ihn an die Hand, geht mit ihm ins Bad und unter die Dusche. Sie stellt die Brause an und dann küssen sie sich unter dem warmen Wasserstrahl.

»Befreie mich von meiner Unterwäsche«, flüstert sie ihm zu, während das Wasser an ihnen herunterläuft.

Behutsam öffnet er Ihren BH, bewundert ihre wohlgeformten Brüste, küsst diese zärtlich, zieht ihren Slip aus und seine Lust explodiert, er will mehr, will sie jetzt unter der Dusche, aber sie hält ihn zurück.

»Psst«, sagt sie, »ich liebe es, wenn du so erregt bist.«

Dann beginnt sie seinen Körper und ganz besonders sein hartes Glied zärtlich abzuseifen. Danach bittet sie ihn, dass er sie auch abseift. Während er nur allzu gern ihrer Bitte nachkommt, hakt sie den Duschkopf aus der Verankerung und hält sich den Strahl zwischen die Schenkel. Allein schon dieser Anblick macht ihn noch rasender. Am liebsten würde er sie sofort gegen die Kachelwand drücken und von hinten nehmen. Doch er reißt sich zusammen, betrachtet ihr Spiel mit dem Duschstrahl, während er sie weiter einseift, er sieht ihre Lust und schließlich … ihren Höhepunkt.

Dass dieser nur gespielt ist, wird er nie erfahren. Sie möchte durch diese intime Handlung sein grenzenloses Vertrauen zu ihr noch verstärken. Sie sieht die Erregtheit in seinem Gesicht, bittet ihn aber weiterhin um Geduld und verspricht ihm eine kommende Nacht, die er nie vergessen wird.

Er hört diese Worte, aber er ist so geil auf sie, dass es ihm sichtlich schwerfällt, noch zu warten. Sie stellt die Brause aus, ergreift seine Hand und klitschnass verlassen sie die Dusche. Dort nimmt sie sich ein Handtuch und fängt an ihn abzutrocknen, zuerst seine Haare, dann sein Gesicht und seine Arme. Als sie seine Brust abreibt, schaut sie ihm tief in die Augen. Er spürt das Handtuch auf seinem Körper, spürt, wie Alex sich verstärkt um seine Brust, dann um seinen Bauch und schließlich um seinen harten Phallus kümmert. Es entsteht eine kleine Pause, sie küssen sich leidenschaftlich, bis sie diesen Kuss abbricht, um seinen Rücken, seinen Po und seine Beine trocken zu reiben. Danach bittet sie ihn, ihr dabei zuzuschauen, wie sie sich abtrocknet. Auch diesen Vorgang zelebriert sie in Perfektion. Die Art, wie sie mit dem Handtuch über ihren Körper fährt, erhöht nochmals seine Lust.

Sie nimmt ihn wieder an die Hand und geht mit ihm ins Schlafzimmer, wo sie sich aufs Bett legen, sich küssen, sich berühren, miteinander kuscheln, aber auch dort weist sie seine natürliche Aufdringlichkeit nach »mehr Sex« zurück.

»Kai, ich habe auch große Lust auf dich. Wir werden miteinander schlafen, aber bitte noch nicht jetzt. Ich liebe die Spielarten der Lust und der Liebe. Ich genieße Hingabe, Unterwerfung und Vertrauen. Lass dich von mir verführen … heute Nacht.«

Er hört zwar ihre Worte, doch kann er sie kaum aufnehmen, zu groß ist seine Lust, mit ihr zu schlafen. Nochmals versucht er, sie an sich zu ziehen, doch sie weist ihn liebevoll ab.

»Ich liebe es, wenn du so geil bist, bewahre es dir für heute Nacht auf.« Und als wenn nichts gewesen ist, springt sie aus dem Bett, winkt ihm mitzukommen und führt ihn nackt durch die Wohnung, um ihm zu zeigen, wie sie lebt.

Die Zimmer sind schlicht und gemütlich ausgestattet. Darum gehe es ihr – Atmosphäre statt Extravaganz.

Er schaut sie an und kann das irgendwie nicht fassen. »Das strahlst du gar nicht aus, ich meine, diese Schlichtheit deiner Wohnung passt überhaupt nicht zu dir.«

Er betrachtet das große Ölbild in knalligen Farben an der Wand, sieht darauf ihren Namen als auffällig große Signatur. »Du malst? Das hast du mir noch gar nicht erzählt. Zeigst du mir mehr von deinen Bildern?«

»Gerne, einige befinden sich noch bei meiner Schwester. Wir ziehen uns jetzt an und fahren zu ihr. Sie wird überrascht sein, dass ich einen so tollen Mann mitbringe. Du musst wissen, meine Schwester ist auch meine beste Freundin, wir sind ein Herz und eine Seele und ich verspreche dir, du wirst sie mögen. Und wenn wir nachher zurück in meiner Wohnung sind, werden wir eine wundervolle Nacht miteinander verbringen.« Sie schaut ihm dabei fest in die Augen.

Als sie die Wohnung verlassen, lässt sie ihre Handtasche – in der sich auch sein Handy befindet – in der Wohnung zurück.

Sie fahren hinauf in die Berge, Kai genießt den Fahrtwind, ist ergriffen von der Natur, den Farben, dem karibischen Aroma. Er sieht Menschen, die einen zufriedenen und glücklichen Eindruck machen, obwohl sie in ärmlichen Hütten leben, in denen er nicht einmal übernachten würde. Kinder, die fröhlich auf der Straße spielen, ältere Menschen, die vor den Häusern sitzen, Frauen, die ihre Wäsche aufhängen, und Männer, die an schrottigen Autos herumwerkeln. Hier in den Bergen scheint es keinen Stress, keinen Bluthochdruck, keine Herzinfarkte und auch keinen Burnout zu geben. Mit jedem Kilometer, den sie zurücklegen, wird es stiller und einsamer. Er hört das Knistern der Reifen auf dem steinigen, löchrigen Asphalt. Und er sieht, wie sie überglücklich am Steuer sitzt und die Fahrt genießt. Langsam kann er nachvollziehen, was sie mit Freiheit meint. Er will sie, nicht nur für seine Lust, die immer noch in ihm tobt, weil sie ihn permanent anmacht, nein, er will sie ganz. Aber könnte er wirklich so leben wie sie? Hier auf Jamaika? Oder kann er sie davon überzeugen, mit ihm in einer Großstadt zu leben?

Sie verlassen die Straße und biegen in einen Feldweg ab, der ihn eher an einen Trampelpfad erinnert. Gekonnt und sicher lenkt sie den Wagen um die vielen Schlaglöcher und über sie hinweg. Kein Mensch würde sich hierher verirren.

Alex ist die geborene Schauspielerin. Nach außen wirkt sie rundherum zufrieden, doch in Gedanken ist sie im Moment ganz woanders. Gleich werden sie das Grundstück erreichen. Lara weiß zwar, dass sie kommt, aber nicht, dass sie einen Mann mitbringt. Was ist, wenn sie nicht allein draußen ist? Alex spürt ihren Puls, der etwas schneller ist als sonst. Ruhe bewahren, denkt sie sich, es gibt kein Zurück mehr, alles wird gut. Sie hasst ihre aufkeimenden Zweifel und zu denken: »Was wäre, wenn die Sache schiefgeht?« Sie weiß, das könnte Kai sein Leben kosten, aber schlimmer noch, die ganze Aktion wäre vergeblich gewesen. Sie verdrängt diese Zweifel, braucht alle Konzentration für die nächsten Minuten, ihr Plan muss klappen. Vor einem eisernen Tor kommen sie zum Stehen.

»Sind wir da? Wohnt deine Schwester in dieser gottverlassenen

Gegend?« Kai schaut ein wenig erstaunt, noch sieht er nichts von dem Haus.

Sie antwortet mit einem spontanen »Ja« und hält dann einen Augenblick inne. Hinter dem Haus ist die Veranda, auf der sie ihre Schwester vermutet. Sie sitzt oft in dem Schaukelstuhl, liest dabei ein Buch oder meditiert auf einer Liege. Es ist gut möglich, dass sie nicht allein ist.

Sie greift ins Handschuhfach und holt einen Schlüssel heraus. »Könntest du das Tor bitte öffnen und danach wieder verschließen? Ich fahre schon mal vor und kündige dich meiner Schwester an. Nicht, dass sie gerade zu leicht oder nicht angemessen bekleidet ums Haus herumläuft. Du weißt doch, wie eitel wir Frauen sind.«

»Klar, check du in Ruhe die Lage.«

Er steigt aus dem Wagen, schließt das Tor auf und während Alex mit dem Jeep an ihm vorbeifährt, verschließt er es wieder und folgt ihr. Schon nach wenigen Schritten sieht er das Haus, das mindestens hundert Jahre alt sein muss.

Als Alex mit dem Wagen hinter dem Haus in Höhe der Veranda ist, sieht sie, dass Lara nicht allein ist. Sie springt aus dem Auto, geht schnellen Schrittes auf Lara zu, die sie freudestrahlend in die Arme schließt. Doch die Umarmung ist nur von kurzer Dauer.

»Du musst ihn runterbringen, ich bin nicht allein! Alles Weitere nachher.«

Lara stutzt und begreift schnell. »Okay, okay! Zeig ihm erst mal das Grundstück, ich kümmere mich um alles.«

Alex wendet sich erleichtert ab und geht Kai schnellen Schrittes und winkend entgegen. Schließlich fällt sie ihm leidenschaftlich um den Hals und als sie ihn küsst, geschieht das mehr aus Freude und Erleichterung darüber, dass alles gutgegangen ist. »Typisch meine Schwester, sie ist ein wenig aufgeregt, weil ich dich mitgebracht habe. Sie bekommt doch so gut wie nie Besuch. Geben wir ihr etwas Zeit, sich frisch zu machen.«

»Tja, mit Handy wäre das anders gelaufen.« Er kann ein verschmitztes Lächeln nicht unterdrücken.

»Schon klar, doch wie oft gibt es solche Momente! Ist ja auch nicht wirklich ein Notfall«, entgegnet sie und hakt sich bei ihm ein. »Komm, ich zeige dir erst einmal das Grundstück und danach gehen wir ins Haus und gönnen uns ein Gläschen Wein.«

Er weiß nicht, ob er mehr fasziniert oder erstaunt ist. Diese Einsamkeit, weit und breit keine Menschen. Selbst er als Mann wüsste nicht, ob ihm das auf Dauer so geheuer wäre. »Und deine Schwester wohnt hier ganz allein?«

»Ja, in puncto Freiheit ist sie noch viel extremer als ich. Man könnte sagen, sie zelebriert förmlich ihre Einsamkeit. Für mich wäre das hier zu einsam, ich lebe lieber in meiner kleinen Wohnung in der Nähe der Stadt.«

Eingehakt schlendern sie um die Beete und Sträucher herum. Sie erklärt ihm die landestypischen Blumen, die aus der Erde ragen. Hier und da zupft sie Kräuterblätter ab, reibt sie zwischen ihren Fingern und hält sie vor seine Nase.

»Eine erstaunliche Flora und Fauna, kenne ich sonst nur aus Berichten. Doch live vor Ort zu sein …« Er hält inne und nimmt sie intensiv in den Arm. »Es ist schön, hier zu sein … mit dir hier zu sein«, ergänzt er liebevoll. Dann entdeckt er mehrere hölzerne Kreuze, die ein wenig abseits auf dem Grundstück stehen. »Wer liegt denn dort begraben?«

»Laras Tiere. Du musst wissen, sie liebt Tiere.«

Während sie auf die Veranda zusteuern, kommt Lara ihnen schon entgegen. Kai erstarrt fast, als er sie sieht. Sie trägt eine enge Stoffhose und eine weiße Bluse, unter denen sich deutlich ihre Brüste abzeichnen. Zudem sieht sie Alex sehr ähnlich. Als ihm bewusst wird, wie genau er sie scannt, wendet er sich Alex zu und legt ihr den Arm um die Schulter.

Lara kommt zur Begrüßung auf ihn zu und Alex stellt ihr Kai vor, doch als dieser ihr die Hand entgegenstreckt, wehrt sie ab und nimmt ihn gleich in die Arme.

»Bloß nicht so förmlich. Herzlich willkommen auf Jamaika und herzlich willkommen in meinem Zuhause.« Sie löst sich aus seinen Armen und stellt sich dann selbst vor. »Ich bin Lara, die kleine Schwester von Alex, aber das weißt du sicherlich schon.«

Dann gehen sie zusammen über die Veranda ins Haus und kommen von dort direkt in das Wohnzimmer. Kai staunt über die außergewöhnlichen Statuen und die großen Bilder an den Wänden.

»Die hat alle Alex gemalt«, sagt Lara voller stolz auf ihre Schwester.

Alex macht eine verlegene Handbewegung und setzt sich auf das Sofa. Kai bestaunt den speckigen Ohrensessel vor der langen Fensterfront, er sieht das geflochtene Korbsofa und quer zum Fenster verlaufend lädt eine große alte Holztafel zum Speisen ein. Wie groß der Raum doch ist. Dann entdeckt er einen Spruch an der Wand: »*Für die Frau bedeutet Liebe Macht, für den Mann Unterwerfung.*« *(Esther Vilar).*

Tom

Ihm ist nicht klar, warum er heute in seinem Verlies angekettet wird. Hat er etwas falsch gemacht? Gegenwehr ist ihm völlig fremd geworden, aber er fragt sich schon, was Alex gemeint hat, als sie sagte: »Bring ihn runter, ich bin nicht allein.«

Kai setzt sich zu Alex auf die Couch und Lara fragt nach ihrem Getränkewunsch.

»Du kennst mich, ich nehme gern ein Gläschen Wein, und du?« Alex legt ihre Hand auf Kais Oberschenkel und blickt ihn fragend an.

»Ich nehme auch eins.«

Lara stellt eine gekühlte Flasche Weißwein auf den Tisch und reicht Kai den Korkenzieher, damit er sie öffnet. Dann holt sie drei Gläser aus dem Schrank.

»Ich freue mich, dass ihr da seid, und ich bin ganz neugierig zu erfahren, wo und wie ihr euch kennengelernt habt.« Lara blickt abwechselnd von Kai zu Alex und wieder zu Kai.

Schließlich ergreift Kai das Wort, erzählt von der Begegnung im Internet und von seinem ersten Eindruck von Alex, dass beide sofort gespürt hätten, dass sich da etwas ganz Besonderes anbahnt. »Das ist mir vorher noch nie passiert und es ist unfassbar schön.« Er lehnt sich noch näher an Alex, die unter dem Tisch seine Hand fest umschlungen hält. Während er berichtet, kann er sich der Blicke von Lara kaum erwehren. Bildet er es sich nur ein oder schaut sie ihm wirklich so tief in die Augen, oder ist es gar nur seine eigene Lust, die ihn in Gedanken dazu treibt, beide Schwestern zu verführen? Sichtlich nervös nimmt er einen Schluck Wein. Dann wechselt er das Thema. »Sag mal, Lara, so ganz allein in dieser Wildnis – wie kamst du darauf, dir hier ein Nest einzurichten?«

Bevor Lara antwortet, wirft sie ihrer Schwester einen Blick zu. »Hast du ihm noch nichts von mir erzählt?«

Alex schüttelt den Kopf. »Du weißt doch, wie verschwiegen ich bin, liebste Schwester.«

Lara nippt an ihrem Glas. »Also, vor fast zwanzig Jahren brachen wir mit unseren Eltern zu einer Weltreise auf, wir sind dann irgendwie auf dieser wunderschönen Insel gelandet und haben uns hier niedergelassen. Unser Vater entdeckte dieses Haus, kaufte und sanierte es. So ungewohnt das Leben hier anfangs für uns war, irgendwann hatten wir uns eingelebt und niemand wollte mehr weg. Doch dann …« – Alex streckt ihrer Schwester ihre Hand entgegen und Kai ahnt, dass es jetzt sehr persönlich und emotional werden könnte – »sind unsere lieben Eltern vor zwölf Jahren bei einem Bootsunglück ums Leben gekommen. Alex wollte auf keinen Fall hier wohnen bleiben, mich aber bringen keine zehn Pferde mehr von hier weg. Ich sehne mich schon lange nicht mehr nach Menschen und Trubel. Dies ist mein Leben, hier ist mein Reich. Hier bleibe ich, bis zu meinem Tode.«

»Du wohnst hier schon zwölf Jahre lang ganz allein? Wolltest du nie heiraten und Kinder haben oder beruflich vorankommen?«

»Nein, das war mir nie wichtig und arbeiten muss ich auch nicht. Ich bin hier frei, kann tun und lassen, was ich möchte.«

»Und was machst du den ganzen Tag?«

»Muss man immer etwas tun? Das Leben hier unterscheidet sich einfach sehr von eurem in der Großstadt. Ich meditiere, fahre Rad, gehe viel spazieren, kümmere mich um das Anwesen, pflanze Blumen und lese viel.«

»Du willst hier also niemals wieder weg, und auf Reisen gehst du auch nicht?

»Ich habe hier 365 Tage im Jahr Urlaub, ich brauche nichts anderes.«

»Und du hast keine Angst, so alleine?«

»Nun, so alleine bin ich ja auch nicht, ab und zu läuft mir ein Tier zu, das mir dann bis zu seinem Tode Gesellschaft leistet.«

»Ich habe die Gräber auf dem Grundstück gesehen. Du hast sie sehr liebevoll hergerichtet.«

»Nun, die Tiere sind mir sehr ans Herz gewachsen. Sie sind treue Wesen, die immer für einen da sind. Inzwischen genieße ich die Nähe von Tieren mehr als die von Menschen.«

»Ach, soll ich wieder gehen?«, lächelt Kai sie an.

»Gehen ist das richtige Stichwort«, schiebt Alex dazwischen, »sag mal, Schwesterherz, können wir über Nacht bleiben? Ich glaube, ich habe ein wenig zu viel Wein getrunken und möchte nicht mehr fahren.«

»Na klar. Ich freue mich, wenn ihr bleibt.«

Kai ist etwas überrascht, hat Alex ihm nicht heute die Nacht der Nächte in ihrer Wohnung versprochen? Andererseits, unter einem Dach mit zwei so attraktiven Frauen zu sein hat auch etwas, er ertappt sich dabei, wie er sich schon wieder vorstellt, die Nacht mit Lara und Alex gemeinsam zu verbringen.

Alex erhebt sich, nimmt Kai an die Hand und geht mit ihm die knarrende Treppe hinauf ins Gästezimmer, das sich im Dachgeschoss befindet.

»Angenehme Nachtruhe, ihr zwei.« Mit einem Augenzwinkern blickt Lara den beiden hinterher.

Das Zimmer ist liebevoll und sehr geschmackvoll eingerichtet. Blau gestrichene Wände, darüber verteilt goldene alte Holzrahmen, einige ohne Bild, andere rahmen Sprüche oder Ausschnitte der karibischen Landschaft ein. Und auch hier ist nichts überladen. Mitten im Raum das Herzstück – ein großes Metallbett. Rechts und links neben dem Kopfende steht ein Nachtschrank mit jeweils drei Schubladen. Auf dem linken Kästchen befindet sich zudem eine Lampe.

Kai steuert direkt auf das Bett zu und lässt sich darauf fallen. Von dort kann er durch ein großes Dachfenster den Sternenhimmel bewundern.

»Gefällt dir unser Nachtlager?«

»Was soll ich sagen, Liebste, es ist wundervoll! Und dieser Blick zu den Sternen. Einfach traumhaft.«

Sie setzt sich ans Fußende des Bettes, zieht ihm seine Schuhe und Strümpfe aus und massiert seine Füße. »Mach es dir bequem. Ich werde jetzt mein Versprechen einlösen und dir die Nacht der Nächte schenken. Du wirst sie niemals vergessen.«

Gespannt schaut Kai sie an. Was mag sie jetzt mit ihm vorhaben?

Sie erhebt sich, geht zur Musikanlage, die auf einem Beistelltisch unter dem Dachfenster steht, und legt eine CD ein. Ruhige Musik ertönt und sie beginnt sich ganz langsam zum Takt zu bewegen, streicht dabei über die Konturen ihres Körpers, lässt ihr Becken anmutig kreisen und wendet ihren Blick nicht von ihm ab. Er richtet sich auf und betrachtet ihre Bewegungen. Es macht ihn an zu sehen, wie sie sich langsam ihrer Kleidung entledigt und dabei den Kopf sinnlich in den Nacken wirft. Nur noch mit schwarzen Dessous bekleidet, nähert sie sich ihm mit einem Blick, der ihn zusätzlich anheizt. Ganz langsam will sie ihn vom Bett hochziehen, er aber will sie lieber zu sich hinabziehen, sie packen, küssen und mit ihr schlafen, doch sie leistet Widerstand.

»Warte, Liebster, das ist mein Part!«, sagt sie und zieht ihn vom Bett hoch. Vor ihm stehend, streift sie ihm zuerst das T-Shirt ab. Dann streicht sie mit ihren Händen über seinen festen Oberkörper, kratzt ihn leicht mit den Fingernägeln und sinkt langsam vor ihm auf die Knie. Sie öffnet die Schnalle des Gürtels, zieht diesen wie in Zeitlupe aus der Hose und lässt ihn zu Boden fallen. Danach öffnet sie den Knopf seiner Hose, schaut ihm dabei von unten herauf an, nestelt an seinem Reißverschluss, bevor sie diesen öffnet, um aufreizend langsam seine Hose herunterzuziehen, wobei ihr Kopf weit nach unten geht. Beim Aufstehen berührt sie sein erigiertes Glied unter den schwarzen Shorts, die sie ihm noch lässt. Als sie nah voreinander stehen, berühren sich ihre Körper und langsam setzt sie ihren Tanz fort. Sie genießt es, wie er sie fasziniert anschaut, sie hält kurz inne und befreit seinen harten Schwanz aus den Shorts, indem sie ihm diese zärtlich abstreift, sodass er jetzt splitternackt vor ihr steht. Sein Phallus streckt sich ihr entgegen und ein kurzes Streifen ihrer Fingerkuppen erregt ihn noch mehr.

»Komm, Liebster, mach es dir wieder auf dem Bett bequem.«

Die Musik läuft noch immer und ihr Strip geht weiter. Sie öffnet ihren BH und lässt ihn zu Boden fallen, so dass er ihre wohlgeformten Brüste bewundern kann. Tanzend kommt sie auf ihn zu, setzt sich lasziv und in Reiterstellung auf seinen Bauch und bewegt ihr Becken kreisend im Takt der Musik. Als er seine Hände um ihre Taille legen will, wehrt sie ihn ab.

»Warte noch, Liebster«, haucht sie, »das ist mein Part.«

»Ich … ich will!«, begehrt er auf.

Sie unterbricht ihn und versiegelt seine Lippen mit ihren Fingern. »Vertrau mir«, flüstert sie, »du wirst es nicht bereuen.« Sie zieht die Schublade des Nachtschranks auf, holt eine schwarze Augenbinde hervor, hebt sanft seinen Kopf und bindet sie ihm um, ohne dass er Widerstand leistet. »Siehst du noch etwas?«

Er schüttelt den Kopf. Dann greift sie hinter sich und massiert zärtlich sein steifes Glied, hält es fest umschlungen in ihrer Hand und knetet danach auch seine Hoden. Sie spürt seine Erregung, sein Stöhnen wird intensiver. So will sie ihn haben. Dann greift sie erneut in die Schublade und holt ein paar Handschellen heraus. Er nimmt das Geräusch von Metall wahr. Er ahnt, was sie vorhat, und ist bereit dafür.

»Reich mir deine Hände.«

Er streckt seine Hände in die Höhe, nimmt das Klicken des sich schließenden Metalls wahr und sein Atem wird schwerer.

»Das turnt mich an«, flüstert sie ihm ins Ohr, so dass ihm ein leichter Schauer über den Rücken läuft. Sie dirigiert seine Hände über seinem Kopf, bis sie die Stäbe des Metallbetts berühren und er danach greift. »So ist es gut«, flüstert sie, »halt dich daran fest.« Sie hebt ihr Becken von seinem Schoß und rutscht hinunter bis zu seinen Schenkeln, von dort aus betrachtet sie seinen stolzen, aufgebäumten Phallus. »Er ist so schön!« Zärtlich fängt sie an, den Strang seines Penis mit Lippen und Zunge zu verwöhnen, während sich seine Hände immer fester um die Stäbe des Bettes krallen.

Sie unterbricht immer wieder ihre Liebkosungen, um kurz darauf ihr Zungenspiel fortzusetzen. So jagt sie ihm immer wieder neue Lustströme durch den Körper, genießt dabei sein Zittern und Schaudern, seine Gänsehaut, seine Erregung. Sie weiß nur zu gut, wie sehr er jetzt seinen Höhepunkt herbeisehnt und zwischen ihren Lippen kommen würde.

»Ich will dich schmecken, Liebster, möchte alles für dich tun, doch vorher habe ich noch etwas ganz Besonderes für dich.«

Abermals greift sie in die Schublade, holt diesmal eine kurze Eisenkette heraus, dann steht sie auf und geht zum Kopfende des Bettes.

»Lass es geschehen, Liebster. Vertrau mir!«

Natürlich vertraut er ihr. Wer liebt, vertraut, und er ist gespannt, was sie jetzt vorhat.

Sie legt die Kette um seine Handschellen sowie um einen Gitterstab des Bettes und verschließt sie mit einem Schloss. Seine Hände sind jetzt an das Bett gekettet, er ist ihr ausgeliefert, wird sich allein nicht mehr befreien können. Dieses Machtgefühl bereitet ihr Lust, die sich nur schwer in Worte fassen lässt. Sie nähert sich ihm wieder und widmet sich erneut seinem Schwanz, verwöhnt seine Hoden, doch sie will und wird ihn immer noch nicht kommen lassen. Stattdessen lässt sie immer wieder von ihm ab, beobachtet die Reaktionen seines Körpers zwischen Anspannung und Entspannung. Sie genießt dieses Spiel mit seiner Lust, das Wechselbad von Hingabe, Geilheit und Wunsch nach Erlösung.

»Willst du mehr?«, flüstert sie.

Er antwortet nicht.

»Willst du mehr?« Ihr Ton wird etwas schärfer.

»Ja, ich … ich will alles. Ich will dich!« Er ist kopflos, wie von Sinnen, voller Geilheit, vollkommen abgetaucht in den Genuss seiner Empfindungen. »Verwöhne ihn weiter, bitte nicht aufhören!«

Tom

Da er seine Matratze und seine Decke mit in sein Verlies genommen hat, ahnt er schon, dass er diese Nacht hier unten wird verbringen müssen. Er vertraut darauf, dass es nur für eine Nacht sein wird, kuschelt sich auf der Matratze mit der Decke ein und versucht zu schlafen. Er hat gelernt, alles so zu nehmen, wie es ist, und es geht ihm dabei nicht einmal schlecht.

»Gleich«, flüstert sie, »sei geduldig.«

Sie erhebt sich erneut und holt ein weiteres Paar Handschellen aus der Nachtschrankschublade. Wieder nimmt er das Geräusch des Metalls wahr und spürt, dass sie ihm die Handschellen um seine Fußgelenke legt. Mit einer weiteren Kette verbindet sie danach seine Füße in der gleichen Art mit dem Bettgestell, wie sie es mit seinen Händen getan hat. Nun ist er mit Händen und Füßen angekettet und kann sich nur noch um sich selbst drehen.

»Du siehst so toll aus, dein maskuliner Körper an das Bett gefesselt, du bist total wehrlos«, flüstert Alex und verwöhnt dabei seinen Körper mit Streicheleinheiten und Küssen. Dabei genießt sie es, wie sich sein Becken immer wieder aufbäumt, er stöhnt, fleht, fast schon darum bettelt, dass sie sich auf ihn draufsetzt und er endlich kommen darf. Doch sie achtet weiter darauf, dass das nicht passiert.

»Dein Körper ist so männlich, so sexy. Ich könnte dich stundenlang verwöhnen«, heizt sie ihn weiter an, »ich will die Lust in dir halten! Ich will das Brennen in dir, ich will es nicht löschen! Die ganze Nacht in Ketten, Liebster. Genauso, wie ich in unserer ersten Nacht neben dir lag.«

Er reagiert nicht auf diese Worte, zu schwer geht sein Atem. Sie wartet, bis sich dieser langsam beruhigt hat, flüstert ihm währenddessen immer wieder zu, wie sehr es sie errege, wie dankbar sie ihm sei, dass er das für sie tue, und wie groß ihr gegenseitiges Vertrauen nach so kurzer Zeit schon ist. Als sein Atmen merklich ruhiger wird, nimmt sie ihm die Augenbinde ab, schaut ihn eindringlich an und fragt ihn nach seinem Befinden.

Noch völlig benommen, antwortet er, dass das eine absolut geile Erfahrung für ihn sei, und kurze Zeit später fragt er nach, ob er wirklich die ganze Nacht so mit ihr verbringen soll.

»Na klar«, flüstert sie ihm zu, »ich verspreche dir, dass du eine völlig neue Lust in dir entdeckst. Eine Lust, nach der du dich immer wieder sehnen wirst. Schenk mir und uns diese eine Nacht.«

Er ist sich noch nicht sicher, ob er das wirklich will, einerseits spürt er diese Lust bereits, andererseits ist es doch alles sehr neu für ihn. Allerdings wagt er nicht, ihr diesen Wunsch abzuschlagen, zumal sie sich gerade ganz eng an ihn kuschelt und zärtlich seine Brust streichelt. Eine Zeitlang schweigen sie, verharren in dieser Position, dann löscht sie das Licht, zieht eine dünne Decke über sie beide und schmiegt sich im Dunkeln wieder ganz eng an seinen verschwitzten Oberkörper.

»Wenn du es wünscht, befreie ich dich natürlich«, flüstert sie ihm ins Ohr und streichelt dabei zärtlich seine Wange.

Noch ahnt er nicht, dass das eine Lüge ist. Ihr Spiel, ihre Fantasie, die Session, ihre Lust – ihr Plan ist aufgegangen. Jetzt hängt die Dauer seiner freiwilligen Gefangenschaft allein von ihr ab. Sie muss es schaffen, dass er weiterhin Gefallen und Lust daran findet, ihr so lange wie nur möglich ausgeliefert zu sein. Sie vernimmt seinen gleichmäßigen Atem, streichelt liebevoll seinen Bauch und bleibt wach, bis er eingeschlafen ist. Zufrieden lässt sie sich ebenfalls fallen …

Für Kai ist es eine neue Erfahrung. Nie zuvor hatte er die Kontrolle abgeben wollen. Er ist mehr Kopf- als Bauchmensch, doch seit er dieser Frau begegnet ist, ist alles anders. Durch sie entdeckt er neue, bisher unbekannte Seiten an sich. Sie erweckt ihn zu neuem

Leben, schafft neue Reize. Wie könnte er sich ihr entziehen, ist er ihr doch vom ersten Anblick an verfallen gewesen. Je intensiver ihre Zuwendung und ihre Aufmerksamkeit ist, desto stärker werden seine Gefühle für sie. Ihre Liebe, ihr attraktiver Körper – er bekommt mehr, als er sich je erträumt hat.

16. JULI

Hamburg

Seit einem Jahr wohnt Mike im Erdgeschoss, Tür an Tür mit seinem besten Freund Kai. Zuvor lebte er in einer großzügigen Dachgeschosswohnung, bis seine Exfrau auszog und er die Miete alleine nicht mehr tragen konnte. Die Hausgemeinschaft ist nur bedingt entspannt, immer wieder gibt es kleine Vorfälle. Erst vor ein paar Tagen erzählte ihm die nette Nachbarin aus dem dritten Stock, dass jemand einen Kaugummi unter ihre Türklinke geklebt habe.

Kai hat ihn gebeten, sich während seiner Abwesenheit um seine Wohnung und insbesondere seine geliebten Pflanzen zu kümmern. Als Mike an diesem Vormittag nach dem Rechten schauen will, sieht er, dass die Post, die Kai eigentlich auf der Kommode sammelt, auf dem Boden verstreut ist. Er ahnt Schlimmes und als er ins Wohnzimmer geht, sieht er offene Schranktüren und Schubladen sowie ein fast ausgeräumtes Bücherregal. Er vermutet, dass ein Einbruch stattgefunden haben muss. Er geht zum Fenster und erkennt, dass es aufgehebelt wurde. Ihm steht der kalte Schweiß auf der Stirn. Ausgerechnet jetzt. Im Schlafzimmer das gleiche Bild: offene Schubladen und Kleidungsstücke, die verstreut auf dem Boden liegen. Mike kennt die Wohnung seines Freundes, doch ob hier etwas gestohlen worden ist, kann er unmöglich feststellen.

Er geht zurück in den Flur und überlegt, wie er jetzt vorgehen soll. Am liebsten würde er sofort alles aufräumen, doch er weiß, dass das nicht geht. Er wählt die Nummer der Polizei und meldet dort den Einbruch. Der Beamte sagt ihm, er werde am Nachmittag zwei Polizisten vorbeischicken, die den Einbruch vor Ort aufnehmen würden. Danach ruft Mike Kai an. Es klingelt, aber keiner meldet sich, schließlich springt die Mailbox an. Er spricht eine Nachricht darauf, dass bei ihm eingebrochen worden sei und er sich bitte umgehend melden soll. Dann erst erinnert er sich, dass es auf Jamaika sieben Stunden früher ist, somit schläft Kai bestimmt noch. Er macht ein paar Fotos von der Wohnung und schickt sie ihm per WhatsApp.

Jamaika

Kai schläft sehr unruhig. Er wälzt sich von einer Seite auf die andere. Es ist nicht gerade bequem, mit Händen und Füßen angekettet an Bettstäben zu schlafen und sich lediglich umdrehen zu können. Aber es macht ihn auch an, so wehrlos neben ihr zu liegen. Und sie hat recht, dadurch, dass er immer noch nicht gekommen ist, wird seine Lust immer größer, erreicht für ihn unbekannte Ausmaße. Als er bemerkt, dass sie nicht mehr neben ihm liegt, ist er beunruhigt. Wo mag sie sein?

Hamburg

Als zwei Polizisten kurz vor 15 Uhr das Haus in der Goethestraße erreichen, holt sich Mike gerade ein kühles Bier aus dem Kühlschrank. Er lässt die Beamten herein.

Natürlich habe er nichts angefasst. Und ja, sicherlich habe er den Mieter, seinen Freund, über den Einbruch informieren wollen, doch ihn noch nicht erreicht, da er im Urlaub sei. Die Polizisten berichten von einer auffälligen Einbruchsserie in dieser Gegend, viele Mieter hätten bereits Sicherheitsvorkehrungen an Fenstern und Terrassentüren vorgenommen. Stimmt, meint Mike, auch Kai und er hätten ein paar Mal darüber gesprochen, den Gedanken aber nicht weiterverfolgt.

Nachdem die Beamten Fotos von den Räumen und dem beschädigten Fenster gemacht haben, bittet einer von ihnen Mike um seinen Ausweis. Dieser zieht sein Portemonnaie aus seiner Hosentasche und überreicht ihn dem Beamten.

»Danke schön, können wir uns setzen? Wir hätten da noch ein paar Fragen an Sie.« Sie nehmen am Küchentisch Platz. »Wann genau haben Sie den Einbruch entdeckt? Gab es irgendwelche Geräusche, Auffälligkeiten oder Personen?«

Mike beantwortet alles so gut, wie es ihm möglich ist, und versichert, weder etwas gehört, geschweige denn beobachtet zu haben. Und nur weil er die Pflanzen seines Freundes gießt und somit einen zweiten Schlüssel hat, habe er den Einbruch entdeckt. Die Polizisten nehmen alles auf und raten ihm, den Eigentümer der Wohnung und die Hausverwaltung zu informieren und umgehend den Schaden am Fenster beheben zu lassen. Dann drücken sie ihm noch eine Visitenkarte in die Hand mit der Bitte, dass sich Kai Nolte bei ihnen melden soll, sobald er aus dem Urlaub zurück ist.

Als sie gegangen sind, ruft Mike die Verwaltung an, die ihm eine Tischlerei empfiehlt, an die er sich auch am Wochenende wenden kann. Dort bekommt er einen Termin für 18 Uhr zugesagt. Immer wieder schaut er auf sein Handy. Immer noch keine Nachricht von Kai. Sehr ungewöhnlich, denkt er, macht sich aber keine allzu großen Sorgen und schreibt diesmal eine SMS: »*Hallo Kai, bitte melde dich dringend bei mir, bei dir wurde eingebrochen.*«

Jamaika

Etwas mulmig ist ihm schon zumute, hier ganz allein, nackt auf einem Bett gefesselt. Er vermisst sie, vermisst ihr Haar an seiner Haut, ihren Körper dicht an seinem. Das erste Erwachen mit ihr in diesem fremden Haus hatte er sich anders gewünscht. Langsam dringt das Sonnenlicht durch das Deckenfenster. Wie spät mag es wohl sein, er schaut sich um, nirgends kann er eine Uhr entdecken. Er versucht sich zu beruhigen, denkt an den gestrigen Abend, daran, wie sehr sie ihn angemacht und verwöhnt hat.

Geräusche dringen durch die nur angelehnte Tür, er hört die Schwestern reden, hört ihr Gelächter, doch mehr als Wortfetzen versteht er nicht. Dann klappert Geschirr und das Aroma von frisch gebrütetem Kaffee strömt durchs Haus. Er freute sich auf einen schönen Kaffee. Zudem hat er Hunger, sein Magen fühlt sich total leer an. Erst jetzt wird ihm bewusst, dass er seit gestern morgen nichts gegessen hat. Bestimmt bereitet sie ihm gerade ein wunderbares Frühstück zu, dann wird sie ihn befreien und draußen auf der Veranda mit ihm frühstücken. Er spürt wieder Zufriedenheit, ist glücklich.

Doch dann hält er kurz inne, denkt an die Ketten und die Handschellen, die im Nachtschrank lagen und mit denen er jetzt gefesselt ist. Warum lagert Lara solche Dinge im Nachtschrank eines Gästezimmers? Hat sie sie hier deponiert, weil sie wusste, dass Alex und er hier übernachten? Oder gehören sie doch Alex? Dann aber stellt sich die gleiche Frage, warum sie solche Dinge im Gästezimmer von Lara aufbewahren sollte. Fragen, auf die er keine Antwort findet. Wäre es zu indiskret, wenn er Alex danach fragen würde? Er selbst würde ihr auch nicht unbedingt von den sexuellen Erfahrungen, die er mit anderen Frauen gemacht hat, erzählen. Er verdrängt diese Gedanken und ist plötzlich bei Mike, der ihm bestimmt nicht glauben würde, dass er sich in den Fängen einer Internet-Bekanntschaft befindet.

Er fühlt sich Alex auf sonderbare Weise nah wie lange keiner Frau mehr. Sie ist attraktiver als alle seine Exfrauen und so unendlich reizvoll in ihrer Weiblichkeit, ihrer Anmut und ihrer Stärke. Als sein Blick auf seine gefesselten Füße fällt, empfindet er sich selbst nicht als sehr männlich. Er, der Beschützer, der Mann, der Eroberer, der Abenteurer, ist nun eher eine wehrlose Kreatur, dazu immer wieder erregt, wenn er nur daran denkt, was sie alles mit ihm gemacht hat.

Der Kaffeeduft wird intensiver, genau wie das flaue Gefühl in seinem Magen. Was gäbe er für ein gutes Frühstück an einem toll gedeckten Tisch und wie lange muss er sich noch gedulden? Glaubt sie vielleicht, dass er noch schläft, und kommt deshalb nicht hoch? Soll er sich lieber bemerkbar machen, sie gar rufen? Nein, er will aushalten, will keinen Druck machen, möchte abwarten, wie weit sie ihn noch treiben wird. Er stellt sich vor, wie aufregend sein Leben an der Seite dieser Frau wäre. Gäbe es je Alltag?

Erneut ertönt von unten lautes Gelächter. Er hätte gern gewusst, worüber die zwei Schwestern sich amüsieren, vielleicht über ihn, der hier völlig hilflos im Bett auf sie wartet. Wie offen sind die beiden zueinander? Wird Alex ihrer Schwester von seiner Lage erzählen? Wird Lara womöglich nachschauen kommen, wie jemand aussieht, der nackt und angekettet in ihrem Gästezimmer liegt? Das wäre ihm doch sehr unangenehm und nein, das würde Alex bestimmt nicht machen, geschweige denn wollen … oder? Er ist sich auf einmal nicht mehr sicher.

Täuscht er sich oder kommt da wirklich gerade jemand die alte Treppe herauf? Das Holz knarrt mit jedem Tritt. Schritte, die immer näher kommen, gleich haben sie die Tür erreicht, doch noch verharren sie davor.

Hamburg

Nachdem der Tischler mit etwas Verspätung eingetroffen ist, repariert er notdürftig das Fenster und sagt einem Kostenvoranschlag über eine kurzfristige Komplettreparatur zu.

Noch immer kein Lebenszeichen von Kai. Es nervt Mike inzwischen und er schwankt zwischen Wut und Besorgnis, weil das alles andere als typisch für ihn ist. Nur gut, dass er hier alles im Griff hat, zudem hofft er, dass keine wichtigen Sachen gestohlen wurden.

Jamaika

Sie betritt den Raum mit einem Tablett in der Hand, lediglich ein heller Morgenmantel aus Seide umschmeichelt ihren Körper. Eine Augenweide für ihn. Sie ist so wunderschön, das macht ihn unendlich glücklich.

»Guten Morgen, mein hübscher Gefangener«, begrüßt sie ihn fröhlich.

»Schön, dich zu sehen«, erwidert er und atmet sichtlich auf. »Ich habe mich nach dir gesehnt und freue mich auf ein tolles Frühstück mit dir.«

»Verzeih, mein Liebster, dass ich nicht bei dir geblieben bin. Ich war schon so früh wach und wollte dich nicht wecken. So habe ich die Zeit genutzt, um uns einen Kaffee zuzubereiten«, sagt sie, während sie mit dem Tablett auf ihn zukommt. Er wundert sich ein wenig. Will sie mit ihm im Bett frühstücken?

»Für den tollsten und attraktivsten Mann, den ich kenne. Die letzte Nacht war unbeschreiblich. Wenn ich es nicht längst schon wäre, hätte ich mich total in dich verliebt«, strahlt sie über beide Ohren. Dann stellt sie das Tablett auf den Boden und er wundert sich, dass sich darauf lediglich zwei mit Kaffee befüllte Tassen befinden. »Du hast mir gestern einen großen Wunsch erfüllt. Und zur Belohnung bekommst du jetzt einen heißen Kaffee.«

»Das ist schön«, freut er sich, »befreist du mich jetzt?«

»Nein, das werde ich noch nicht tun, aber ich schenke dir ein wenig mehr Bewegungsfreiheit.«

»Bitte was?«, fragt er sichtlich verwundert nach.

»Nun, lass dich überraschen.«

Warum er sich damit erst mal zufrieden gibt, versteht er selbst nicht. Dann sieht er, wie sie eine Kiste unter dem Bett hervorzieht und daraus eine lange, dünne Eisenkette hervorholt. Was hat sie vor? Sein Blick weicht nicht von ihr, wie sie ums Bett herum geht. Sie legt die Kette um seine Handschellen sowie um zwei Stäbe des

Bettes und verschließt alles mit einem Schloss. Dann öffnet sie das Schloss der kurzen Kette, die sie zuvor dort befestigt hatte. Er ist jetzt weiterhin ans Bett gekettet, doch hat er viel mehr Bewegungsfreiheit und kann sich sogar sitzend aufrichten, was er auch sofort tut.

»Was soll das? Warum löst du nicht alle Ketten?«

»Weil ich erst mal in Ruhe mit dir einen Kaffee trinken und dabei den weiteren Tag besprechen möchte.« Dabei drückt sie ihm einen dicken Kuss auf den Mund und reicht ihm eine Tasse, die er vorsichtig an seine Lippen setzt.

»Und warum bekomme ich nichts zu essen?«

»Gefangene müssen sich das Essen verdienen«, lächelt sie ihn schelmisch an.

»Okay, was muss ich für dich tun?«, fragt er eher erwartungsvoll, in dem Glauben, dass er jetzt mit ihr schlafen wird.

»Warte es ab, Mr. Ungeduld.«

Er schaut sie an. Sie wirkt so ausgeglichen und fröhlich, es ist für ihn allein schon ein Wohlgefühl, dass er sie so glücklich macht.

Sie betrachtet seine maskulinen Hände, ein wundersamer Kontrast zum Metall der schlanken Handschellen, aus denen er sich trotz größter Anstrengung nicht allein befreien könnte. Sie, die schlanke Frau, die im Kampf nie eine Chance gegen ihn hätte, hat ihn mit List gefangen genommen.

»Lieber Kai, ich bitte dich sehr darum, diese wunderbare Fantasie noch nicht zu beenden und noch etwas länger mein Gefangener zu sein.«

»Noch länger? Ich dachte, wir wollen heute die Insel erkunden.«

Dann sieht er, wie sie aufsteht, sich den Morgenmantel über die Schultern abstreift und dieser zu Boden fällt. Splitternackt steht sie vor ihm.

»Ja, noch länger«, haucht sie und legt sich zu ihm ins Bett.

»Wie lange?« Er möchte ihr schon ihre Wünsche erfüllen und diese Machtlosigkeit macht ihn auch an, was sicherlich auch daran liegen mag, dass er seit Tagen nicht mehr gekommen ist, andererseits möchte er jetzt doch gern befreit werden.

Sie überlegt, schaut ihn dabei an und verwöhnt mit ihren zarten Händen seinen Körper, der darauf sofort wieder reagiert. Soll sie ihm gleich sagen, dass er noch bis zum nächsten Morgen ihr Gefangener sein wird? Würde er dann nicht rebellieren und ihr Spiel, das sie so liebt, wäre zu Ende? Somit entscheidet sie sich anders.

»Nun, es scheint dir doch auch zu gefallen«, schmunzelt sie und drückt sein bestes Stück in ihrer Hand ein wenig fester. »Und somit möchte ich, dass du noch bis heute Abend mein Gefangener bleibst.«

»Den ganzen Tag noch?«, fragt er erschrocken.

Sie nickt und sieht ihn erwartungsvoll an.

Warum auch immer ihn diese Ankündigung anmacht, er versteht es nicht. Innerlich wehrt er sich zwar dagegen, aber ihre Hände auf seinem Körper und ihr sehnsuchtsvoller Gesichtsausdruck lassen ihn auch in Anbetracht dessen, dass er durch die längere Kette mehr Bewegungsfreiheit hat, weich werden und er stimmt schließlich zu.

Zufrieden bedeckt sie sein Gesicht mit zärtlichen Küssen, drückt ihn dann wieder auf das Bett und kuschelt sich ganz dicht an ihn. Innerlich freut sie sich, dass sie wieder ein paar Stunden dazugewonnen und er sich freiwillig auf eine Verlängerung seiner Gefangenschaft eingelassen hat. Kurz überlegt sie, ob sie ihm noch eine orale Freude bereiten soll, sieht dann aber davon ab und bewahrt es sich lieber für später auf. Kai zeigt ihr durch sein Verhalten, wie einfach es ist, ihn durch seine Lust zu steuern, und es wundert sie, dass nicht alle Frauen so mit ihren Männern vorgehen.

Er genießt ihre Nähe, ihren nackten Körper, der sich dicht an ihn schmiegt. Durch den neuen Spielraum kann er sie in die Arme nehmen und streicheln. Kurz überlegt er, ob er sie bitten soll, auch seinen Füßen mehr Freiheit zu schenken, verwirft diesen Plan aber dann.

»Sag mal, hast du Lara von unserer letzten Nacht erzählt? Weiß sie, dass du mich an ihr Gästebett gekettet hast?«

»Vielleicht …«, schmunzelt sie schelmisch. »Lara und ich haben sehr ähnliche Fantasien. Doch keine Sorge, ich habe ihr nichts erzählt und solange wir hier sind, wird sie dieses Zimmer auch nicht betreten.«

»Na, dann gönnen wir ihr doch die Fantasie darüber, was in diesem Raum alles so vor sich gehen könnte. Ich kenne übrigens ein paar nette Typen, die ihr bestimmt gefallen würden.«

»Das kann ich mir lebhaft vorstellen, aber ich glaube nicht, dass jemand diese Einsamkeit hier mit ihr teilen möchte.«

Während sie ihn genauer betrachtet und mit ihren Fingernägeln kleine Kreise auf seine Brust malt, wird sie das Gefühl nicht los, dass sie tatsächlich etwas für ihn empfindet. Sie versteht es, ihn abzulenken, doch dann wird er unruhig.

»Du, Liebste, könntest du mir bitte kurz mein Handy geben. Ich muss unbedingt nachschauen, ob es etwas Wichtiges gibt.«

Sie schaut ihn gekonnt traurig an. »Es tut mir leid, Kai, ich habe meine Handtasche mit deinem Handy in der Wohnung liegen gelassen.«

Er erschrickt. »Dann lass uns jetzt bitte in deine Wohnung fahren. Ich benötige es dringend.«

Sie braucht ein wenig Zeit für ihre Antwort, denn sie versucht für sein Anliegen Verständnis aufzubringen. »Liebster Kai, ich weiß, dass es für dich schwer ist, aber glaube mir, wenn du dich erst mal daran gewöhnt hast, ohne Handy zu leben, wirst du dich viel freier fühlen. Du wirst das Leben genießen, weil du nicht ständig darauf schaust. Aber weil ich weiß, wie wichtig es dir noch ist, hole ich es dir natürlich, wenn du es unbedingt haben möchtest, allerdings bleibst du hier weiter angekettet, so wie wir es vereinbart haben.«

»Ich möchte nicht alleine hierbleiben, schon gar nicht angekettet an das Bett. Ich möchte mit dir fahren.«

Sie schaut ihn lieb an, streichelt seinen Körper und denkt kurz nach …

Tom

Er wird aus seinem Verlies geholt, schleppt seine Matratze wieder nach oben und darf sofort in den Garten, ohne dass er heute Morgen die Räume putzen muss.

»Du weißt schon, dass du mir fest zugesagt hast, bis heute Abend mein Gefangener zu sein, nicht wahr?«

»Ja, ich weiß, aber zu dem Zeitpunkt konnte ich noch nicht wissen, dass mein Handy in deiner Wohnung liegt.«

»Das heißt, du stehst nicht zu dem, was du mir versprochen hast?«

»Doch schon, aber …«

»Aber was?«

»Ich brauche mein Handy eben. Bitte versteh' mich nicht falsch, es geht hier um meinen Beruf.« Seine Stimmung kippt merklich, was sie natürlich bemerkt. Ist das das Ende der freiwilligen Gefangenschaft?

»Ich habe eine Idee. Ich hole dein Handy, werde mich ganz bestimmt beeilen und bin in einer Stunde zurück.« Erwartungsvoll blickt sie ihn an.

Es fällt ihm sichtlich schwer, diesem Blick zu widerstehen. Trotzdem bäumt er sich noch einmal innerlich auf. »Bitte mach mich los und lass es uns zusammen holen.«

»Ich hole es dir, wenn du hier angekettet auf meine Rückkehr wartest.« Ihr Ton wird deutlich schärfer, zumal sie weiß, dass sie nichts mehr zu verlieren hat.

Ihm fällt es schwer, darauf zu reagieren. Er denkt über Freiheit und Abhängigkeit nach. Er hat ihr sein Wort gegeben und sie wäre ja in einer Stunde wieder hier. Doch dann spürt er wie aus dem Nichts diese Lust in sich, nackt und angekettet in diesem Bett auf sie zu warten.

»Okay, ich stimme zu, aber bitte beeile dich und bring bitte auch meinen Koffer mit.«

»Na klar!« Sie küsst ihn fröhlich ein paar Mal auf den Mund. »Es turnt mich so an, mir vorzustellen, wie du angekettet auf mich wartest.« Dann löst sie sich aus seinen Armen, schlüpft in ihre Kleidung und küsst ihn noch einmal zärtlich auf den Mund. Als sie gerade den Raum verlassen will, ruft er sie noch einmal zurück.

»Alex, kannst du mir bitte die Schlüssel für die Ketten geben, nur so für den Notfall.«

Irgendwie hatte sie auf diese Frage gewartet. Mit ihrer ganzen Überlegenheit schaut sie ihn an, hebt dann die Schlüssel, die verteilt auf dem Boden liegen, auf und legt sie geradezu feierlich einzeln – für ihn unerreichbar – auf die Kommode. Erst den Schlüssel, der noch im Schloss für die kleine Kette steckt, dann den für das Schloss der großen Kette, danach den für das Schloss der kleinen Kette an Kais Füßen und zum Schluß die beiden Schlüssel für die Handschellen. »Ich will den Abenteurer und nicht den, der überall ein Fangnetz anbringt. Wenn du mich willst, sei ein Mann.« Im Türrahmen dreht sie sich noch einmal um und wirft ihm einen Luftkuss zu. »Bis später, Liebster. Ich verspreche dir, ich beeile mich!«

Hamburg

Mike versucht zum wiederholten Male, Kai zu erreichen. Er spricht ihm nochmals eine Nachricht auf die Mailbox, in der er ihn bittet, sich umgehend zu melden, und schickt außerdem eine SMS und eine WhatsApp hinterher. Es beunruhigt ihn immer mehr, dass Kai sich nicht meldet.

Jamaika

Bevor Alex das Haus verlässt, fragt sie Lara, ob sie noch etwas aus der Stadt mitbringen soll, worauf diese sie bittet, etwas frisches Obst und Brot vom Markt zu holen. Dann begleitet Lara sie nach draußen, öffnet das Tor, wartet, bis der Jeep es passiert hat, und legt anschließend wieder die Kette vor.

Alex' Weg führt durch eine wunderschöne Landschaft. Sie genießt den Fahrtwind, der ihr langes Haar in alle Richtungen wirbelt. So offen durch die Gegend zu fahren, auch das ist ein Teil ihrer Freiheit! Sie erinnert sich daran, unter welcher Anspannung sie mit Kai zu Lara gefahren ist, und jetzt ist sie völlig erlöst und glücklich, dass alles so super gut geklappt hat. Sie kann sich völlig entspannt auf ihre nächste Aufgabe konzentrieren. Noch eine Nacht in Ketten, denkt sie, das müsste ich schaffen, das ist mein Ziel.

In ihrer Wohnung angekommen, nimmt sie zuerst ihre Handtasche und holt Kais Handy heraus. Das zeigt keine Reaktion mehr, der Akku ist leer und das Gerät kann somit auch nicht mehr geortet werden. Sie schaut in seinen Koffer, findet dort lediglich Kleidung und die obligatorischen Badartikel, die man im Handgepäck mitnehmen darf. In einer Seitentasche entdeckt sie das Ladekabel. Sie wirft alles in ihren Jeep und fährt in die Stadt. Dort kauft sie auf dem Markt ein und sucht danach ihr Lieblingscafé auf.

Zu diesem Zeitpunkt wartet Kai sehnsüchtig auf Alex. Er hat keine Ahnung, wie spät es ist und wie lange sie schon weg ist. Sie müsste doch schon längst wieder hier sein oder täuscht er sich so in der Zeit? Im Hause ist es still, er hört nicht das leiseste Geräusch. Was geht hier vor, fragt er sich, allein nackt und ans Bett gekettet, zurückgelassen in einem einsamen Haus? Seine Lust verschwindet, er wird unruhig, wo bleibt Alex nur. Plötzlich hört er, wie jemand die knarrende Treppe hochkommt. Endlich ist sie zurück, er fühlt sich sichtlich erleichtert und wird sie bitten, dass sie ihn schon jetzt befreien soll. Er hat keine Lust mehr, hier zu liegen. Es klopft an der Tür.

»Alex? Warum klopfst du? Komm rein!«, ruft er etwas irritiert. Dann öffnet sich die Tür einen winzigen Spalt und er hört eine Stimme.

Der Kellner bringt ihr einen Kaffee und ein Stück Kuchen. Sie lässt die Sonne auf ihren braungebrannten Körper scheinen und betrachtet völlig entspannt das Treiben um sich herum. Sie denkt mit Genuss daran, wie sie Kai an das Bett gefesselt hat und wie er jetzt wohl daliegt und auf sie wartet. Allein dieser Gedanke lässt sie viel mehr Lust empfinden als der Sex mit irgendeinem Mann. Sie ist inzwischen über zwei Stunden unterwegs und bereitet sich in Ruhe darauf vor, ihm ihre Verspätung zu erklären.

Tom

Er verbringt den ganzen Tag im Garten, was für ihn sehr ungewöhnlich ist.

»Hallo Kai, hier ist Lara. Ich soll dir von Alex ausrichten, dass sie etwas später kommt. Du sollst dir keine Sorgen machen und sie liebt dich. Hast du mich verstanden?«

Kai ist verwundert und gleichzeitig erschrocken, von Erleichterung spürt er nichts mehr. Zum Glück kommt Lara nicht herein, es wäre ihm sehr unangenehm, wenn sie ihn so daliegen sähe. »Okay« antwortet er. Dann schließt sich die Tür und Lara steigt wieder die Treppe hinab. Er ist sowohl beruhigt als auch besorgt, er kommt sich vor wie ein Grenzgänger zwischen gegensätzlichen Welten – Geilheit und Frust, Verliebtheit und Wahn, Glaube und Zweifel. Da ist eine Stimme in seinem Kopf und es klingt für ihn, als schreie sie ihn an: Was machst du hier? Ist das Fantasie oder Realität?

Lust, Hingabe und Sehnsucht sind verflogen, sein Kopf ist wieder eingeschaltet und scheint die Führung übernommen zu haben. Als Gast der einen und Liebhaber der anderen, als Unterlegener, Untergeordneter, Unterworfener, Abhängiger und Ausgelieferter, angekettet an ein Bett in einem fremden Haus auf einer fremden Insel, von der er bisher nur sehr wenig gesehen hat. Der Kopf spuckt furchtbare Gedanken aus: Was wäre, wenn das Haus in Flammen stünde? Sein Blick ist wie paralysiert, als er hinter dem Deckenfenster den wolkenlosen Himmel sieht. Er blinzelt in die Sonne, die über dem Haus steht, starrt an die Wände, sieht sie so lange an, bis er glaubt, sie kommen auf ihn zu.

Auf einmal fällt ihm etwas auf: Woher weiß Lara, dass Alex später kommt? Beide haben doch kein Handy, wie hat sie Lara verständigt? Was läuft hier falsch? Und mitten in diese Gedanken hinein hört er wieder die Haustür. Er wünscht sich so sehr, dass Alex zurückkommt, wo auch immer sie ist, und sofort seine Ketten löst. Er will nicht mehr. Dann hört er jemanden die Treppe heraufkommen. Ist es Alex? Gebannt starrt er zur Tür, sieht, wie die Klinke nach unten gedrückt wird …

Hamburg

Mike kann nicht einschlafen. Ständig schaut er auf sein Handy. Verflucht noch mal, Kai, melde dich endlich, denkt er. So kennt er seinen Freund nicht, er weiß doch, dass er sein Handy immer bei sich trägt, schon allein aus beruflichen Gründen muss er immer erreichbar sein.

Jamaika

»Liebster!« Völlig außer Atem eilt sie auf ihn zu und überfällt ihn geradezu mit einer ganzen Schar liebevoller Küsse.

Kai erwidert diese nur zögerlich, denn so froh er über ihre Rückkehr ist, so sehr ist er noch beherrscht von all den negativen Gedanken, die ihm zuvor durch den Kopf gegangen sind.

Sie merkt sofort, dass etwas nicht stimmt und schaut ihn fragend an. »Was ist los?«

»Mir war das eben zu viel. Was soll ich hier, nackt und angekettet über Stunden, und wo bist du? Ich möchte deine Nähe, will, dass du mir Jamaika zeigst, bitte befreie mich jetzt.«

Sie zieht sich aus, legt sich zu ihm aufs Bett und schmiegt sich fest an ihn.

»Es tut mir total leid, dass ich dich hier warten ließ, aber bitte hör dir erst mal an, was mir Schlimmes widerfahren ist. Mir ist auf dem Weg zur Wohnung ein Kind vor das Auto gelaufen. Du kannst dir nicht vorstellen, was für einen Schreck ich bekommen habe. Weit und breit keine Menschenseele. Ich habe das Kind sofort in ein Krankenhaus gefahren, wo es untersucht wurde. Gott sei Dank ist ihm außer ein paar Prellungen nichts passiert. Während ich auf die Polizei wartete, habe ich einen Taxifahrer zu Lara geschickt, um euch zu benachrichtigen, dass ich später komme. Die Polizei hat dann meine Unfallschilderung aufgenommen und vorsorglich meinen Führerschein einbehalten. Somit musste ich auch das Auto stehen lassen und bin mit dem Taxi erst zur Wohnung gefahren, um dein Handy zu holen, und habe mich dann zu dir zurückbringen lassen. Ich habe den Taxifahrer gebeten, uns heute Abend um 20 Uhr in die Wohnung zu fahren. Oh Kai, ich bin immer noch ganz durcheinander.«

Er wird von dieser Information überrannt, vergisst dabei seine Sorgen, seine Ängste, fühlt mit ihr, spürt, dass sie ihn jetzt braucht. Er drückt sie, soweit es mit den Ketten geht, eng an sich und streichelt sie. In Gedanken schämt er sich dafür, dass er wütend auf sie war, weil sie ihn so lange alleine ließ, und noch schlimmer, dass er ihr gedanklich unterstellt hat, dass sie ein technisches Gerät besitzt, über das sie mit Lara kommuniziert. Dabei hat sie währenddessen einem kleinen Kind geholfen und sogar noch an ihn gedacht, weswegen sie ihm eine Nachricht zukommen ließ. Bei diesen Gedanken drückt er sie noch fester an sich und spürt, wie sie sich langsam beruhigt.

»Ist es nicht besser, wenn wir unser Fesselspiel nicht erst heute Abend, sondern jetzt schon abbrechen?«

»Bitte nicht«, flüstert sie, »bitte lass uns unser Liebesspiel nicht abbrechen, nur weil mir etwas Schlimmes passiert ist, was zum Glück gut ausging. Gerade jetzt brauche ich diese Lust, um mich abzulenken, kannst du das verstehen?«

Verstehen kann er es nicht, zu wenig kennt er sich mit dieser Art von Lust aus, aber wenn sie das jetzt wirklich braucht, wird er ihr zuliebe noch bis heute Abend durchhalten. Somit antwortet er unwahrheitsgemäß, dass er sie verstehe, bittet aber auch darum, dass sie ihn ab jetzt nicht mehr alleine lässt.

»Danke«, haucht sie, »und ich verspreche dir, dass ich jetzt bei dir bleibe.«

Eine Weile bleiben sie so liegen, bis er sie bittet, ihm sein Handy zu geben.

»Na klar«, sagt sie, steht auf, holt es aus ihrer Handtasche und reicht es ihm.

»Der Akku ist leer«, hört sie ihn leise fluchen. »Kannst du bitte das Ladekabel aus meinem Koffer holen und es aufladen?«

»Dein Koffer?«, sie schaut ihn bestürzt an. »Oje, den habe ich in aller Hektik in meiner Wohnung vergessen. Verzeih mir bitte.«

Er weiß nicht, wie er darauf reagieren soll. Soll er sie jetzt wirklich bitten, sich nach diesen Schrecken noch mal in ein Taxi zu setzen, um das Ladekabel zu holen? Dann wäre sie wieder eine Stunde weg. Ist ihm das jetzt tatsächlich so wichtig, zumal sie ja heute Abend eh in die Wohnung fahren werden. Außerdem plagen ihn Gewissensbisse. Wenn er sie nicht losgeschickt hätte, sein Handy zu holen, wäre ihr das alles nicht widerfahren. Sie, die mit technischen Geräten nichts am Hut hat, hat das nur ihm zuliebe gemacht. Und sie macht ihm diesbezüglich noch nicht einmal Vorwürfe. Somit beschließt er, bis heute Abend ohne sein Handy auszukommen.

»Natürlich verzeihe ich dir, ich kann gut verstehen, dass du in dem Moment daran am wenigsten gedacht hast. Ich finde es bemerkenswert, dass du trotz des schlimmen Unfalls überhaupt für mich in die Wohnung gefahren bist. Du bist eine außergewöhnliche Frau.«

Sie nimmt dieses Kompliment dankbar an, aber eher dafür, dass sie ihre Story so glaubhaft rübergebracht hat. Jetzt kann sie sich wieder vollkommen auf ihren Plan konzentrieren. Behutsam fängt sie an ihn zu küssen und zu streicheln. Ihre Hände wandern über seinen Körper und sie bemerkt an seinem schwerer werdenden Atem, wie seine Lust zurückkommt. Auch sein Glied zeigt eine entsprechende Reaktion.

»Ich werde dich jetzt dafür belohnen, dass du so tapfer auf mich gewartet hast.«

Sie wendet sich seinem Phallus zu und beginnt ihn mit ihrer Zunge zu verwöhnen. Sie spielt wieder ihr Spiel, ihr Spiel mit seiner Lust, es ist so leicht, ihn zu beherrschen. Dann wandern ihre Küsse über seinen Bauch, seine Brust, sein Kinn zu seinem Mund, den sie leidenschaftlich küsst, während ihre Hand immer noch seinen Schwanz hält.

»Auf dich habe ich mein Leben lang gewartet. Meine Fantasie wird erfüllt, mehr als ich es mir je erträumte. Ich liebe dich, Kai.«

Er spürt sein Herz in seinem Brustkorb schlagen, seine Hände werden feucht, seine Lust kann kaum noch gesteigert werden. »Spürst du nicht, wie sehr ich nach dir verlange. Ich will dich!«

»Ich will dich auch, doch möchte ich es noch hinauszögern, unser Verlangen noch weiter steigern.«

Woher nur hat sie diese Gabe, ihn ständig wieder zu verzaubern und ihn in einen neuen Rausch zu versetzen.

Auch wenn sie weiß, worum er fleht, ist dieses Spiel für sie nur

Mittel zum Zweck. Ihr nächstes Ziel ist, dass er noch eine Nacht freiwillig angekettet neben ihr schläft.

Dann legt sie sich in Kuschelstellung neben ihn und erzählt ihm von ihrer Liebe, von ihrem Wunsch nach einer gemeinsamen Zukunft, nach Reisen, nach Lust, und beobachtet dabei, wie sein Atem regelmäßiger wird. Sie weiß nur zu genau, was er hören will.

Er schmiegt sich an sie, umarmt sie, was mit der langen Kette einigermaßen geht, und passt dabei auf, dass er ihr mit den Handschellen nicht weh tut. So hält er sie eng umschlungen und sagt ihr, dass er sich sehr darauf freue, das alles mit ihr zu erleben.

»Das ist schön, aber ich hätte da noch einen Wunsch, die Erfüllung einer ganz speziellen Fantasie.«

»Welche denn?«, fragt er nach.

Sie spannt ihn auf die Folter. »Gefällt dir Lara?«

»Ja, schon, natürlich lange nicht so, wie du mir gefällst«, ergänzt er sicherheitshalber.

»Könntest du dir vorstellen …«, sie macht eine Pause.

»Was kann ich mir vorstellen?«

»Sie zu küssen?«

»Warum fragst du?«

»Nun, ich hätte gern, dass Lara und wir beide …«

»Was bitte?«

»Nun, ob Lara und ich dich zusammen verwöhnen könnten.«

Er glaubt zu träumen, denkt dabei an Lara, die einen genauso wundervollen Körper wie Alex hat. »Und du meinst, Lara hätte dazu auch Lust?«

»Oh ja, wir haben schon seit langem diese Fantasie, nur ist uns noch nie ein Mann begegnet, der uns beiden gefällt. Und Lara hat mir vorhin klar signalisiert, dass du der Richtige dafür wärst.« Nur zu sehr ist ihr bewusst, was sie damit bei ihm auslöst.

Ihm stockt der Atem. Niemals hätte er es gewagt, ihr zu erzählen, wie gerne er das erleben möchte. In seiner Fantasie entstehen wunderbare erotische Bilder.

»Allerdings habe ich vorab noch eine kleine Bitte an dich, bevor ich Lara dazuhole.«

»Was auch immer es ist, ich erfülle es dir.«

»Das ist schön, denn ich möchte noch eine letzte Nacht, mein Schatz, nur diese eine Nacht, in der du angekettet neben mir schläfst.«

»Oh nein«, entgegnet er sofort, noch mitten in den schönsten Fantasien mit den beiden, »wir wollten doch heute Abend zurück in deine Wohnung fahren.«

»Liebster, nur noch diese eine Nacht. Ich wünsche, du könntest fühlen, was ich empfinde. Du in Ketten, der schöne starke Mann, der endlich meine Fantasien mit mir auslebt. Würde ich dich jetzt schon losmachen, hätte ich meine Fantasie nicht zu Ende gelebt. Unsere Lust, unser Vertrauen, unsere Sehnsucht, die wir nur steigern können, indem wir diese wunderbare und so erotische Session fortführen. Das alles wird uns für immer zusammenschweißen.«

Er weiß nicht, was er noch sagen soll, einerseits möchte er heute Abend von den Ketten befreit werden, andererseits tobt in ihm eine nie dagewesene intensive Lust. Und dann ist da noch die Vorstellung eines Dreiers mit Lara und die bittenden Worte von Alex. Alles zusammen bildet das einen erneuten Gefühlscocktail, der ihn durchströmt. Er überlegt, während sie seine Brust streichelt, fragt als letzte Gegenwehr nach dem schon bestellten Taxi und als sie ihm mitteilt, dass es wieder wegfährt, wenn sie nicht um 20 Uhr am Tor stehen, stimmt er leise zu, allerdings unter der Bedingung, dass sie ihn nicht mehr alleine lässt.

Dankbar küsst sie ihn auf den Mund. »Natürlich bleibe ich jetzt bei dir und morgen fahren wir zu einem der schönsten Flecken auf der Insel. Wir stehen ganz früh auf, besorgen unterwegs ein paar landestypische Leckereien und genießen dann den fantastischen Sonnenaufgang. Du wirst so begeistert sein, dass du nie mehr weg willst. Bevor wir zurück in die Wohnung fahren, holen wir uns noch eine Flasche Wein, gehen dann zusammen duschen und werden es uns im Bett so richtig schön gemütlich machen. Dort werde ich dich nach allen Regeln der Kunst verwöhnen. Glaube mir, unser gemeinsames Warten wird belohnt.«

Ihr Gespräch wird ausführlicher, sie unterhalten sich über alles, was sie in den letzten Tagen erlebt haben. Als das Tageslicht schwindet, knipst sie die kleine Lampe auf dem Nachttisch an. Dann erhebt sie sich vom Bett, reicht ihm ein Glas Wasser, das er in einem Zug austrinkt, ergreift dann wie selbstverständlich seine Hände, befördert sie wieder nach oben an die Gitterstäbe und legt ihn zusätzlich an die kurze Kette. Er leistet keinerlei Widerstand. Dann lässt sie die Jalousie vor dem Fenster herunter und kriecht zurück zu ihm ins Bett.

»Nur noch diese Nacht an Ketten, Liebster. Ich denke schon den ganzen Tag an kaum etwas anderes, so sehr erregt es mich.«

Sie verwöhnt ihn nochmals mit Küssen und Streicheleinheiten und genießt es, wie sein Körper darauf reagiert. Dann legt sie sich längs auf ihn und bewegt sich nicht mehr. Sie bettet ihr Gesicht an seinen Hals, greift zur Nachttischlampe und löscht das Licht. Es herrscht Stille und absolute Dunkelheit, nicht nur im Raum, sondern im ganzen Haus. Ihre Herzen schlagen übereinander und sie nehmen den Atem des anderen wahr. Dieses intensive Gefühl, das er jetzt unter ihr empfindet, zerreißt ihm fast die Sinne. Seine Lust ist unbeschreiblich groß.

17. JULI

Hamburg

Mike starrt fortwährend auf sein Handy in der Hoffnung, dass Kai sich endlich meldet. Er spürt, dass irgendetwas nicht stimmt, nur was kann er tun? Er denkt nach. Hat Kai ihm auch nur mit einer Silbe angedeutet, dass er während des Urlaubs nicht erreichbar sein würde? Auch überlegt er, ob der Einbruch in Kais Wohnung in Verbindung mit dessen Urlaub stehen könnte. Ist es überhaupt ein Urlaub? Eher könnte es ein Verschwinden sein. Hatte Kai ihm am Ende etwas verschwiegen, ihn nicht eingeweiht in irgendwelche Schwierigkeiten? Warum flog er Hals über Kopf mit einer Internetbekanntschaft weg? War es Liebe oder steckt da ganz etwas anderes hinter? Und ist er überhaupt noch mit ihr unterwegs? Fragen über Fragen. Er muss etwas unternehmen und setzt sich eine Frist. Sollte er bis morgen früh nichts von Kai hören, würde er noch vor der Arbeit zur Polizei gehen.

Jamaika

Als er aufwacht, ist es noch dunkel im Raum und sie liegt nicht neben ihm. Zudem spürt er keine Decke neben sich. Ist es noch mitten in der Nacht oder schon früh am Morgen? Wo mag sie sein? Er fühlt das Verlangen, die Ketten endlich loszuwerden, einen Drang nach Freiheit und Bewegung.

Eine gefühlte Stunde liegt er so wach, aber nichts passiert. Warum kommt Alex nicht? Er darf sich da nicht reinsteigern, muss sich beruhigen, seine Gedanken in andere Richtungen lenken. Irgendwo fliegt eine Mücke durch den Raum. Er hasst diese kleinen Biester und wäre ihnen jetzt sogar ausgeliefert. Seine Stimmung fängt wieder an zu kippen, seine Lust weicht, Zweifel kommen hoch. Wo ist Alex? Falls es Morgen ist, bereitet sie vielleicht alles für ihren Ausflug vor? Doch wenn es noch Nacht ist, wo ist sie dann? Er zwingt sich, an etwas Positives zu denken, versucht sich auf den Ausflug zu freuen, aber seine Stimmung hellt sich nicht auf. Dieser Gefühlscocktail aus Neugierde, Geheimnis, Geilheit, aber auch Unsicherheit und Zweifel macht ihn wahnsinnig. Er fragt sich, ob er ihr immer noch vertrauen kann. Doch impliziert diese Frage das nicht bereits mit Nein? Und was ist, wenn sie ihn hier nie wieder losbindet? Ist diese Möglichkeit nur Fantasterei oder gar Angst? Testet sie seine Lust und ob er ein Abenteurer ist? Seine Gedanken schwirren umher, immer neue Fragen tauchen auf …

Plötzlich vernimmt er ein Geräusch. Es sind Kettengeräusche, jemand kommt schweren Schrittes die Treppe herauf. Ist es Alex? Was hat sie vor? Es drängt ihn, sich aufzusetzen, doch die kurze Kette bietet ihm keinen Spielraum dafür. Er liegt auf dem Rücken und schaut hilflos, aber auch erwartungsvoll zur Tür. Das Kettengerassel wird immer deutlicher, dann ist es still und jemand klopft. Wenn es Alex ist, warum sollte sie klopfen, das hat sie noch nie getan, oder spielt sie mit ihm und möchte ihn überraschen? Und wenn es Lara ist? Er erinnert sich, dass sie schon einmal vor der Tür gestanden und angeklopft hat. Ein komisches Gefühl beschleicht ihn, Unbehagen und Angst mischen sich dazu. Es klopft ein zweites Mal.

»Wer ist da?«

Die Tür öffnet sich und das Licht aus dem Flur strömt in den Raum …

Tom

Lange ist es her, dass er im ersten Stock gewesen ist. Er weiß nicht, was auf ihn zukommt. Er soll lediglich ein Glas Wasser ins Gästezimmer bringen. Nur für wen? Langsam schleppt er sich die Stufen hoch, was mit den Ketten nicht einfach ist, und achtet darauf, nichts zu verschütten. Er spürt seinen Herzschlag, der sowohl von der Anstrengung als auch von der Ungewissheit erhöht ist. Jetzt steht er vor der Tür und zögert zu klopfen. Was mag ihn im Zimmer erwarten? Er ist gleichermaßen von Angst und Neugierde beherrscht. Einen kurzen Moment zögert er noch. Er will entspannter atmen. Schließlich klopft er an die Tür und wartet auf eine Antwort, aber nichts passiert. Er klopft noch mal. Dann hört er eine Stimme, nimmt allen Mut zusammen, öffnet die Tür und betritt einen dunklen Raum. Zitternd betätigt er den Lichtschalter.

Hamburg

Mike zerbricht sich den Kopf, es ist nicht Kais Art, sich nicht zu melden, besonders nicht, wenn jemand ständig versucht hat, ihn zu erreichen. Wie lange will er noch offline sein? Hat ihm diese Alex so den Kopf verdreht, dass selbst der Journalist in ihm pausiert? Jederzeit könnte ein spannender Auftrag reinkommen und er will sonst immer als Erster vor Ort sein. Das alles passt überhaupt nicht zu Kai.

Jamaika

Sie starren einander stumm an. Keiner von beiden hat mit dem anderen gerechnet. Reflexartig reißt Kai an seinen Ketten, will sie abschütteln, als könne er sich durch ein Wunder von ihnen befreien. Auch vermisst er seine Decke, fühlt sich den Blicken des anderen unangenehm ausgesetzt. Nur ist dieser in der gleichen Situation. Nackt, schlank, mit kurzen Haaren und viel älter als Kai, trägt er ein Halsband aus Stahl, seine Hände und Füße sind in Ketten gelegt, sein Glied hängt schlaff herunter und er hält ein Glas Wasser in der rechten Hand. Er erinnert Kai an einen Sklaven aus dem Mittelalter. Ihm wird schwindelig. »Wer ..., wer ..., was soll ...« Verzweifelt ringt er nach Worten, doch mehr als ein paar Satzbruchstücke kommen ihm nicht über die Lippen. Umso wilder überschlagen sich seine Gedanken, Fragen tauchen auf: Wer ist der Mann, wo kommt er plötzlich her und wo ist Alex?

»Wer bist du?« Als der Mann nicht antwortet, fragt er nochmals. »Wer bist du! Verdammt, antworte mir!« Der Mann schweigt weiter. Und dann sieht Kai, dass auf dem Nachtschrank ein Schlüssel liegt.

Tom

Als er den Lichtschalter betätigt, sieht er einen nackten Mann, der mit Ketten an ein Bett gefesselt ist. Erinnerungen kommen hoch. Hat er nicht auch einmal in diesem Bett gelegen? Voller Liebe, Glück, Lust, Hoffnungen und zuletzt voller Angst? Warum liegt dieser Mann nun dort? Was passiert hier gerade? Er spürt die Blicke des Mannes auf seinem Körper, vernimmt Fragen, die aber an ihm abperlen. Er geht zum Bett und stellt das Glas Wasser auf den Nachttisch. Dann nimmt er den Schlüssel, der dort liegt, geht hinter das Bett und öffnet das Schloss, das die kurze Kette zusammenhält.

Jetzt liegt Kai wieder an der langen Kette, hat mehr Bewegungsmöglichkeiten, aber keine Freiheit. Mit Schwung reißt er die Arme nach vorn, erleichtert über den neuen Spielraum, doch gleichzeitig wirkt er extrem verunsichert.

»Hey, wer immer du bist, befrei mich auch von der langen Kette und den Handschellen! Die Schlüssel liegen auf der Kommode.« Er zeigt dorthin, doch dann erschrickt er, denn dort liegen keine Schlüssel mehr. Irgendjemand muss sie mitgenommen haben. Er erstarrt.

Die beiden Männer schauen sich wieder an, aber keiner sagt etwas. Beide sind auf ihre Art erschrocken von der Situation. Dann wirft ihm der Mann in Ketten seine Decke zu, dreht sich um, löscht das Licht und verlässt den Raum.

Erschrocken und ängstlich bleibt Kai in absoluter Finsternis zurück. Von dem Abenteurer ist nichts mehr übrig. Vorsichtig tastet er sich zum Nachttisch, ergreift das Glas und trinkt einen Schluck. So erschrocken, ja geschockt er auch ist, er muss sich jetzt sammeln, muss einen klaren Kopf bewahren, was in dieser Situation nicht einfach ist.

Er legt sich zurück, denkt an Alex. Hat sie etwas hiermit zu tun? Ist das noch ihr Spiel mit ihm? Er findet weder eine Erklärung noch eine Antwort darauf, genauso wenig wie auf die Frage, wo Lara ist. Er lenkt seine Gedanken zu dem Mann in Ketten. Wer ist er? Seit seiner Ankunft in diesem Haus gab es keinen Hinweis darauf, dass Lara weiteren Besuch hat. Wo kommt dieser Mann also her? Wieso ist er in Ketten? Warum redet er nicht? Woher hat er das Glas Wasser? Jemand muss es ihm doch gegeben haben. Alex oder Lara? Oder jemand ganz anderes? Nichts von all dem kann Kai sich erklären und er überlegt weiter. Wo sind die Schlüssel geblieben? Wer hat sie von der Kommode genommen? Es kann doch nur Alex gewesen sein. Nur, warum sollte sie das tun? Sie liebt ihn doch, oder? Langsam kommen in ihm Zweifel auf. Was ihm bleibt, ist die Hoffnung, dass sich alles schnell aufklären wird und es sich nur um ein makabres Spiel handelt.

Hamburg

Mike kann wieder nicht einschlafen. Er ist sich immer sicherer, dass Kai etwas passiert sein muss und der Einbruch damit zu tun hat. Kai ist Journalist und irgendetwas müssen die Einbrecher diesbezüglich gesucht haben. Dann müsste auch diese Alex damit zu tun haben, denn zusammen mit ihr ist er ja verschwunden. Mike merkt, wie durcheinander er ist. In wenigen Stunden wird er auf dem Revier sein und kann nur hoffen, dass die Polizei seine Vermutung ernst nimmt.

Jamaika

Irgendwann war er eingeschlafen, verwirrt, geschlaucht und erschöpft, wie er war. Wie lange er geschlafen hat, weiß er nicht. Er sehnt sich nach Licht, Geborgenheit und Nähe. Wieder hört er ein Geräusch, das er schon kennt, die schweren Schritte auf der Treppe, verbunden mit dem Kettengeräusch. Beides verstummt wieder, als es vor der Tür ankommt. Dann hört er, wie es klopft, das Geräusch dringt ihm jetzt durch Mark und Bein. Starr und stumm verharrt er im Bett und starrt zur Tür. Einen Spalt weit öffnet sie sich, dann betritt der Mann das Zimmer und betätigt den Lichtschalter, so dass es hell wird. Er ist immer noch in Ketten, genau wie beim ersten Besuch, und er hat wieder ein Glas Wasser dabei.

»Wer bist du? Befreist du mich jetzt? Verdammt, nun sprich mit mir!« Kai flucht fast, doch keine Reaktion. Der Mann schleicht zum Nachtschrank, stellt das Glas Wasser ab, dreht sich um und verschwindet wortlos aus dem Raum. Vorher löscht er noch das Licht.

Kai liegt wieder im Dunkeln. Seiner Hoffnung weicht Panik. Er möchte schreien! Was passiert hier? Er hält die Hände vor sein

Gesicht, ist nur noch ein Häufchen Elend. Er kann sich nicht konzentrieren. Die Hitze, die Dunkelheit und diese Ungewissheit, es kommt ihm vor, als foltere man ihn. Er denkt an Mike und dessen ungutes Gefühl, das er nicht teilen konnte. War er blind vor Liebe in sein Verderben gerannt? Was ist nur mit Alex? Wo ist sie? Hat sie ihn reingelegt oder ist ihr etwas zugestoßen? Vertrauen – wie oft war dieses Wort gefallen, er hat keine Zweifel gehegt, hat ihr blind vertraut. Er will und kann es nicht wahrhaben, dass sie ihn reingelegt haben könnte. Sicherlich kommt sie gleich zu ihm und kann alles erklären. Wird er wütend reagieren oder ihr verzeihen und sie verstehen?

Er ist sich selbst fremd geworden, hinterfragt sein törichtes Verhalten, das ihn in diese Lage gebracht hat. Nun liegt er angekettet in einem verlassenen Haus auf einer Insel, die er mit Abenteuer und Begierde verband. Es muss einen Ausweg geben, er kann und darf sich nicht aufgeben. Er versucht sich zu konzentrieren. Bleibt der Mann in Ketten die einzige Verbindung nach draußen?

Dann keimt in ihm Hoffnung auf: Was ist, wenn dieser Mann nicht sein Feind, sondern sein Freund ist? Ist er nicht genau wie er ein Gefangener? Er muss sein Vertrauen gewinnen und ihn zum Reden bringen. Er überlegt, wie er vorgehen muss, wenn der Mann wieder ins Zimmer kommt. Nur, was ist, wenn er nicht wiederkommt? Sofort verdrängt er diesen Gedanken, der ihm jegliche Hoffnung nehmen würde. Er trinkt das Wasser, nicht ahnend, dass sich darin ein starkes Schlafmittel befindet, wie in jedem Glas, das er bekommt, seit er angekettet in diesem Bett liegt.

18. JULI

Hamburg

Mike ist auf dem Weg zur Polizeistation und schreibt seinem Chef, dass er etwas später kommt, es handle sich um einen Notfall. Ihn überkommt immer wieder das beklemmende Gefühl, dass Kai etwas zugestoßen ist.

Auf dem Revier sitzt er einem Beamten mit gemütlicher Statur gegenüber. In Kurzform schildert er den plötzlichen Aufbruch seines Freundes nach Jamaika, erwähnt die ominöse Frau ohne Handy aus der Singlebörse mit Namen Alex und berichtet vom Einbruch in Kais Wohnung. Und natürlich sagt er auch, dass er seinen Freund seit ein paar Tagen nicht erreichen kann, was mehr als ungewöhnlich sei.

»Und Sie sind sicher, dass Ihr Freund sich nicht eine Auszeit gönnt? Vielleicht will er einfach mal nicht erreichbar sein oder hat keinen Empfang?«

Mike schüttelt den Kopf und wischt sich den Schweiß von der Stirn. »Nein, ich kenne meinen Freund, hier ist ganz bestimmt etwas faul. Vielleicht hat auch der Einbruch etwas mit seinem Verschwinden zu tun.«

»Sie sagten, Ihr Freund ist Journalist, hat er an einem besonderen Fall gearbeitet?«

»Das kann ich nicht sagen, ich bin mir nur ganz sicher, dass hier etwas nicht stimmt.«

»Wann erwarten Sie ihn denn zurück?«

»Am 23. Juli.«

»Nun, er ist erst seit drei Tagen im Urlaub, es tut mir leid, aber noch können wir nicht aktiv werden. Ich fürchte, wir müssen bis zum 23. Juli warten. Und sollte er wider Erwarten an diesem Tag nicht in Hamburg ankommen, nehmen wir den Fall auf.«

Nachdem Mike dem Beamten Name, Anschrift, Geburtsdatum und Familienstand von Kai mitgeteilt hat, reicht er ihm noch seinen Ausweis und gibt seine Handynummer an. Mit einem Kopfschütteln und sichtlich genervt verlässt er das Revier. Hat er nicht zur Genüge Indizien vorgetragen, damit die Polizei aktiv wird? Auf dem Weg zur Arbeit denkt er unentwegt an Kai. In Gedanken verspricht er ihm, wenn er nicht bald etwas von ihm hört, ihn eigenhändig auf Jamaika zu suchen.

Jamaika

Zum dritten Mal hört Kai die Kettengeräusche und die schweren Schritte die Treppe emporkommen. Diesmal ist er auf den Besuch vorbereitet, freut sich sogar darüber, weil dieser Mann seine einzige Hoffnung ist, freizukommen. Es klopft wieder, er kommt herein und macht das Licht an. Kai bleibt diesmal still, wartet ab. Der Mann stellt das Glas Wasser auf den Nachttisch und geht dann völlig überraschend zum Dachfenster, zieht die Jalousie hoch und öffnet es. Licht und frische Luft strömen in den stickigen Raum.

»Danke, dass du frische Luft hereinlässt. Ich weiß, dass du mein Freund bist.« Der Mann schaut ihn verblüfft an und Kai fährt fort: »Du bist genau wie ich ein Gefangener in diesem Haus. Wir sind somit Freunde. Wir beide können es schaffen zu entkommen, wenn wir zusammenarbeiten.« Kai wartet ab, wie der Mann reagiert. Der bleibt zwar stumm, aber diesmal hört er wenigstens zu, wenn auch eher irritiert. »Ich kann dich von den Ketten befreien, aber vorher musst du mich losmachen. Du musst dir die Schlüssel für meine Handschellen besorgen oder zumindest die für die Schlösser der Ketten.«

Der Mann reagiert darauf nicht und verlässt wortlos den Raum, wobei er zwar das Licht löscht, aber das Fenster offen lässt.

Kai kann jetzt nur hoffen, dass er sich mit seinen Worten auseinandersetzt und ihm hilft. Diese Hoffnung verschafft ihm neue Kraft und Mut.

Hamburg

Kurz vor Feierabend gibt der Beamte routinemäßig die Eckdaten des von Mike berichteten Falls in eine Datenbank ein und entdeckt dabei zwei ähnlich gelagerte Ereignisse, die er sich sogleich näher anschaut. Der erste Fall liegt bereits sechs Jahre zurück. Ein Mann aus München flog nach Jamaika und verschwand gleich nach seiner Ankunft. Das Gleiche passierte vor drei Jahren einem Mann aus Stuttgart. Beide waren Singles und von ihnen gibt es bis heute weder eine Spur noch ein Lebenszeichen. Er druckt die Fälle aus und legt sie zusammen mit seinen bisherigen Notizen zur weiteren Bearbeitung ins Fach von Kommissar Kahler.

Mike hat die dritte Dose Bier geöffnet und kommt vor lauter Wut und gleichzeitiger Sorge kaum zur Ruhe. Wie ein Aufziehmännchen läuft er nervös von einem Zimmer ins andere. Es scheint ihm unerträglich, die fünf Tage bis zur eventuellen Ankunft von Kai untätig auszuharren. Er geht noch einmal in dessen Wohnung, um sich den Laptop vorzunehmen, vielleicht entdeckt er ja irgendetwas Wichtiges darauf. Als er diesen aufklappt und nach dem Passwort gefragt wird, das Kai ihm anvertraut hat, bekommt er Gewissensbisse. Darf er einfach in die Privatsphäre seines Freundes eingreifen? Was ist, wenn der Beamte recht hat und Kai nur ungestört Urlaub machen will? Immerhin hat er eine sehr attraktive Frau an seiner Seite, da wird die Erreichbarkeit schnell zur Nebensache. Vielleicht ist sein Handy auch nur abhandengekommen und er denkt nicht daran, ihn darüber zu informieren? Auch kann der Einbruch mit all dem nichts zu tun haben und einfach nur ein dummer Zufall sein. Mike klappt den Laptop wieder zu, vielleicht ist seine Sorge ja doch unbegründet, aber wohl ist ihm dabei nicht.

Jamaika

Von Alex und Lara keine Spur. Ihm bleibt nichts übrig, als weiter von der Hoffnung zu leben. Die Sonne und die frische Luft, die immer noch durch das Dachfenster hineinströmen, tun ihm gut und verschaffen ihm neue Energie, die er auch dringend braucht, um sich auf den nächsten Besuch des Mannes zu konzentrieren. Wenig später hört er wieder das Kettengerassel. Diesmal öffnet sich die Tür, ohne dass der Mann vorher angeklopft hat. Trotz der Helligkeit im Raum macht er Licht. Kai wartet, bis er das Glas abgestellt hat, wobei er ihm fest in die Augen schaut. Er bemerkt, dass der Mann den Augenkontakt erwidert.

»Du bist mein Freund, ich kann dir helfen, ich kann dich befreien, nur musst du vorher mir helfen.« Es scheint, als höre ihm der Mann diesmal zu, und er legt nach. »Du musst die Schlüssel für die Handschellen oder die Ketten besorgen. Dann kann ich mich befreien und danach fliehen wir zusammen aus diesem Haus. Ich bin sehr stark, zusammen mit mir schaffst du das.« Kai redet in ruhigem Ton mit ihm, er spürt, wie der Mann immer interessierter zuhört. Doch seine Hoffnung bekommt einen Dämpfer, als dieser zum Fenster geht, es schließt, die Jalousie herunterzieht und, bevor er den Raum verlässt, wieder das Licht löscht.

Im Dunklen bleibt Kai zurück. Enttäuscht darüber, dass der Mann keine Anzeichen gezeigt hat, ihm zu helfen, trinkt er einen großen Schluck Wasser, fällt aufs Bett zurück und schläft wenig später ein.

19. JULI

Hamburg

Sie treffen sich im Besprechungsraum des Polizeireviers, Oberkommissar Matthias Kahler, 54 Jahre alt, 1 Meter 74 groß, etwas
untersetzt, Vollbart und Halbglatze, Kommissar Conrad Schalko,
47 Jahre alt, 1 Meter 87 groß, schlank, volles Haar, und Daniela
Kern, Assistentin der Kommissare, 25 Jahre alt, 1 Meter 62 groß,
schlank, lange braune Haare, die meist zum Pferdeschwanz zu-
sammengebunden sind. Gemeinsam schauen sie sich an, was der
Beamte ihnen ins Fach gelegt hat

»Schon merkwürdig, diese Gemeinsamkeiten«, stellt Schalko fest.

Auch wenn es zu diesem Zeitpunkt absolut ungewöhnlich ist,
beschließen sie aufgrund der Ähnlichkeit der drei Fälle, mit An-
fangsermittlungen zu beginnen. Kern bekommt von Kahler den
Auftrag, die Fluglinie zu ermitteln, mit der Kai Nolte geflogen ist,
und sich die Passagierliste zu besorgen. Schalko soll sich mit den
Kollegen in München in Verbindung setzen und er selbst wird mit
dem Beamten in Stuttgart telefonieren.

Mike fällt es aufgrund seiner Sorge um Kai schwer, sich auf die
Arbeit zu konzentrieren. Er wählt zum wiederholten Male dessen
Nummer, doch er erreicht ihn immer noch nicht. Kein gutes Zeichen, denkt er und seine innere Stimme sagt ihm, dass er seinem
Freund gerne eine reinhauen würde, wenn er unversehrt am 23. Juli
am Hamburger Airport auftauchen sollte. Andererseits wäre er
natürlich auch froh darüber.

Tom

Von seinem Schlafplatz im Flur aus kann er die Schlüssel sehen, die an der Wand hängen. Er überlegt, zittert am ganzen Körper. Ist das die Chance, von hier zu entkommen? Aber will er das überhaupt noch und was passiert, wenn man ihn dabei erwischt? Muss er dann ins Verlies zurück oder wird er gar getötet? Er weiß nicht, was er machen soll, was richtig ist. Er hat es doch gut hier. Hat alles, was er zum Leben braucht, und irgendwie auch – trotz Gefangenschaft – eine neue Art der Freiheit. Befreit von dem Stress seines alten Lebens. Andererseits, warum liegt im Dachgeschoss ein angeketteter Mann im Bett? Was bedeutet das für ihn?

Hamburg

Das Team »Jamaika« sitzt in Kahlers Büro zusammen. Schalko trägt als Erster die Informationen der Kollegen aus München vor: »Max Luttner, Bauzeichner, geschieden, keine Kinder, vor sechs Jahren Flug nach Jamaika. Gleich nach der Ankunft verschwunden. Die Nachforschungen führten zu keinem Ergebnis. Die Auswertungen der Flughafenkameras ergaben lediglich, dass er wohl ohne Begleitung flog. Neben ihm saß ein Ehepaar und deren drei Kinder eine Reihe hinter ihm. Einbruch bei Luttner – Fehlanzeige. Singlebörse – negativ. Sein letzter Kontakt war zu seiner Mutter, um sich in den Urlaub zu verabschieden. Zwei Wochen später erschien sie auf der Wache und meldete ihren Sohn als vermisst. Aus dem Sachverhalt von damals geht hervor, dass das Verhältnis zwischen beiden gut gewesen ist, aber zu seinem Privatleben konnte sie wenig Auskunft geben und somit wusste sie auch nichts von einer eventuellen Beziehung. Die Ermittlungen auf Jamaika verliefen negativ. Er gilt bis heute als vermisst, aber es ist in der Tat nicht einfach, in einem fremden Land nach einer Person zu suchen, die zwei Wochen lang kein Lebenszeichen von sich gegeben hat. Die Ermittlungen ergaben damals auch, dass bereits kurz nach der Landung der Handykontakt zu ihm abbrach.

Als Nächster berichtet Kahler: »Thomas Berger, Immobilienkaufmann, ledig. Er flog vor drei Jahren nach Jamaika. Sein letztes Lebenszeichen an seine Schwester erfolgte kurz nach der Landung. Sie stellte später die Vermisstenanzeige. Auch dieser Fall kam nie zur Aufklärung. Das Einzige, das den Beamten damals anhand der Überwachungskameras auffiel, war, dass er sich im Flughafengebäude von Montego Bay auffällig oft umgeschaut hat, als suche er jemanden. Weitere Aufnahmen zeigen allerdings, dass er das Terminal aller Wahrscheinlichkeit nach allein verließ. Im Flieger neben ihm hatte ein Geschäftsmann aus Jamaika gesessen. Seine Überprüfung ergab damals keine verwertbaren Informationen. Singlebörse oder Freundin – Fehlanzeige. Auch einen Einbruch hat es bei ihm nicht gegeben.

Und jetzt der Fall in Hamburg. Kai Nolte, Journalist, Single, fliegt kurzfristig nach Jamaika und ist nach der Landung nicht mehr erreichbar. In der Zwischenzeit wird bei ihm eingebrochen, ob etwas gestohlen oder nach etwas Bestimmtem gesucht wurde, kann man zu diesem Zeitpunkt noch nicht sagen.«

Kahler, Schalko und Kern werfen sich Blicke zu. Überschneidungen sind bei den drei Fällen eindeutig vorhanden, doch im Fall Kai Nolte haben sie noch ein paar Fakten mehr: eine Frau namens Alex, eine Singlebörse und einen Einbruch.

»Okay, meine Herren«, schaltet sich jetzt Kern ein, »hier nun meine Rechercheergebnisse. Ich habe mit der Fluggesellschaft telefoniert. Kai Nolte ist allein geflogen, saß neben der Passagierin Elke Tortun, wohnhaft in Frankfurt, hat dort auch eingecheckt, flog ebenfalls allein. Auf den ersten Blick kein Zusammenhang erkennbar. Adressdaten und Telefonnummer habe ich vorliegen und die Passagierliste ist auch schon per Mail gekommen.«

»Gute Arbeit, Kern«, wird sie von Kahler gelobt. Dann verteilt er die nächsten Aufgaben. »Schalko, Sie setzen sich mit Elke Tortun in Verbindung und schauen mal, was Sie in Erfahrung bringen können. Kern, Sie gleichen bitte alle drei Fälle noch einmal intensiv miteinander ab, was Parallelen und Ungereimtheiten angeht, und bitten Sie Mike Krupert noch mal aufs Revier.«

Jamaika

Er weiß nicht, wie spät es ist, zumal es im Raum stockdunkel ist, als er zum wiederholten Male die Kettengeräusche wahrnimmt. Insgeheim hofft er, dass der Mann ihm jetzt doch helfen wird.

Die Tür öffnet sich, er kommt herein und betätigt den Lichtschalter, sodass es hell wird. Er hat wieder ein Glas Wasser dabei, das er auf dem Nachtschrank abstellt. Dann schauen sie sich schweigend in die Augen.

»Kann ich dir wirklich vertrauen?«

Völlig überrascht nimmt Kai die ersten Worte wahr, die der Fremde zu ihm sagt. Überlegt und ruhig antwortet er ihm: »Du kannst mir vertrauen, wir sind Freunde, wir teilen doch das gleiche Schicksal.«

Einen Augenblick lang passiert nichts, dann streckt der Fremde zitternd die linke Hand aus, öffnet sie und Kai erblickt darin die Schlüssel für die Handschellen. Als er danach greift, fällt ein Schuss.

Hamburg

Schalko wählt die Nummer von Elke Tortun und geht dabei nicht zwingend davon aus, dass eine Frau im Urlaub schon um 8.30 Uhr morgens an ihr Handy geht, doch versuchen muss er es. Nach dem sechsten Klingeln meldet sich eine leicht verschlafene Stimme.

»Hallo?«

»Guten Morgen, spreche ich mit Elke Tortun?«

»Ja, wer ist denn da?«

»Bitte verzeihen Sie die morgendliche Störung. Hier ist die Kripo Hamburg, Kommissar Schalko. Keine Sorge, wir haben keine schlimmen Nachrichten, wir ermitteln nur in einem Vermisstenfall und brauchen eine Zeugenaussage von Ihnen.« Es entsteht eine kleine Pause, dann fährt Schalko fort. »Auf dem Flug Frankfurt-Montego Bay am 15.07. hat ein Herr neben Ihnen gesessen. Können Sie sich noch an ihn erinnern?«

Frau Tortun, zugleich überrascht wie benommen, reagiert leicht unwirsch: »Nun, vorgestellt hat er sich nicht bei mir«

»Haben Sie sich denn mit ihm unterhalten?«

»Nein, ich meine, er hat anfangs gelesen, später hat er einen Film geschaut, bei dem er eingeschlafen ist. Es war mir unangenehm, weil er sehr stark schnarchte.«

»Wissen Sie, ob er noch Kontakt zu anderen Personen hatte?«

»Nicht, dass ich wüsste, außer natürlich zur Stewardess. Ich dachte noch, wie starrt der alte Bock die junge Frau nur an.«

Alt und Bock, denkt Schalko, das würde er mit dem Gesuchten aufgrund dessen eher jungen Alters und anhand der Beschreibung seines Freundes eher weniger in Verbindung bringen.

»Noch etwas, das auffällig war?«

»Tut mir leid, nur, dass er eher zur unangenehmen Sorte Mensch gehörte.«

Schalko geht der alte Bock nicht aus dem Sinn und er fragt nach: »Wie alt würden Sie Ihren Sitznachbarn denn schätzen?«

»Lassen Sie mich überlegen, circa um die sechzig, vielleicht auch ein bisschen drüber.«

»Könnten Sie ihn kurz beschreiben?«

»Warten Sie, also, er hatte eine stattliche Figur, einen Bart, nein eher einen Vollbart und schütteres Haar. Könnte auch ein Haarkranz gewesen sein.«

Schalko überlegt, er ist irritiert von der Personenbeschreibung. Die passt nun gar nicht auf Nolte, der doch neben ihr gesessen haben muss. Hätte Tortun ein Motiv, ihn zu belügen? Könnte hinter ihr gar die gesuchte Alex stehen?«

»Hallo? Sind Sie noch dran?«, sie wirkt ein wenig genervt.

»Bitte entschuldigen Sie, Frau Tortun. Für heute war es das. Es könnte sein, dass ich erneut auf Sie zukommen muss. Und für den Fall, dass Sie sich doch noch an etwas Wichtiges erinnern, rufen Sie mich bitte an.« Er teilt ihr noch die Nummer vom Revier mit.

Nach dem Gespräch gibt er ihren Namen in die Datenbank ein, wird aber nicht fündig. Keine Anzeigen, keine Vorstrafen, auch über die Suchmaschinen im Internet führt keine Spur zu Elke Tortun.

Kern hat indes alle drei Fälle noch einmal unter die Lupe genommen, aber keine weiteren Anhaltspunkte gefunden. Auch ein Abgleich der Passagierlisten der drei Flüge nach Jamaika verläuft negativ. Enttäuscht legt sie die Akten beiseite, nur zu gern hätte sie etwas entdeckt. Doch dann hat sie einen Geistesblitz. Was ist, wenn Alex eine Stewardess ist? So würde sie nicht weiter auffallen, weder beim Aussteigen aus dem Flugzeug noch beim Verlassen des Flughafengeländes. Sofort fordert sie die entsprechenden Unterlagen aus München, Stuttgart und Frankfurt an.

Jamaika

Er sackt zusammen und fällt auf den Boden. Ein letzter stummer Schrei in seinem Blick, während die Pupillen um sich selbst zu kreisen scheinen, bis sie erstarren. Ein glatter Einschuss in den Hinterkopf. Der Körper des im Todeskampf Liegenden zuckt noch. Es folgen die letzten Atemzüge, ein schweres Hecheln und Stöhnen, die Qual des Sterbens. In Intervallen quillt Blut aus seinem Kopf, es verklebt im Haar und hinterlässt eine sämige Pfütze auf dem Holzfußboden. Seine Hände zucken noch ein letztes Mal, dann ist er tot.

Kai ist geschockt. Er schreit auf, reißt an den Ketten, schüttelt sie, das Bett ruckt durch die Wucht ein Stück von seinem Platz. Er will nicht hinschauen, will nicht wahrhaben und kann sich doch dem Anblick nicht entziehen. Der Tod des Mannes bedeutet auch das abrupte Ende seiner Hoffnung, gerettet zu werden.

Hamburg

Um 15 Uhr trifft Mike auf dem Präsidium ein und wird ins Büro des Kommissars geleitet. Noch einmal muss er alles zu Protokoll geben. Er beginnt mit der Singlebörse, auf der sich Kai vor knapp drei Monaten angemeldet hatte. Dann berichtet er von der ominösen Frau aus Jamaika, die Kai erst vor ein paar Tagen über die Singlebörse kennengelernt hat und die in Hamburg anscheinend auf Kurzurlaub war. Er berichtet vom ersten Treffen der beiden am 12. Juli und von einem zweiten Date am nächsten Tag. Er spricht auch von der Flugbuchung für den 16. Juli und der plötzlichen Umbuchung auf den 15. Juli. Weiter zeigt er den Kommissaren auf seinem Handy die letzten Nachrichten von Kai und Fotos von ihm. Kahler bittet ihn, ihm diese per E-Mail zu schicken, damit er sie ausdrucken kann. Als er vom Einbruch in Kais Wohnung erzählt, winken die Beamten ab, die Akte liege ihnen bereits vor.

»Und Sie können uns nicht sagen, ob Ihr Freund an einem besonderen, vielleicht nicht ganz ungefährlichen Fall gearbeitet hat?«, fragt Schalko, nachdem er noch mal die Aussage studiert hat, die Mike dem Beamten gegeben hat.

»Leider nein, ich denke, das hätte er mir erzählt.«

»Haben Sie den Namen dieser Frau?«

»Alex, mehr weiß ich nicht.«

»Adresse? Telefonnummer?«

»Nein, Kai meinte, dass sie nicht einmal ein Handy hat. Schon sehr ungewöhnlich in der heutigen Zeit, aber ich hatte von Anfang an so ein komisches Gefühl, das ging mir alles viel zu schnell mit den beiden. Naja, wenn Kai so einer attraktiven Frau begegnet, rutscht sein Gehirn schon mal ein paar Etagen tiefer. Sie wissen sicher, was ich meine.«

Kern quittiert diese Aussage mit einem Lächeln. »Kennen Sie den Namen der Singlebörse?«

»Nein, keine Ahnung. Kai meinte nur, dass er sie darüber kennengelernt habe, und sprach von der heißesten Braut unter der Sonne. Wir kennen uns seit dreizehn Jahren, aber so schnell hatte ihm schon lange keine mehr den Kopf verdreht.«

»Haben Sie nicht doch irgendetwas von der Frau, vielleicht ein Foto oder eine E-Mail-Adresse?«

»Nein, habe ich nicht, ich weiß nur das, was ich Ihnen schon erzählt habe.«

»Hat Ihr Freund Familie oder Kinder?«

»Er war nie verheiratet, hat auch, soweit ich weiß, keine Kinder und zu seinen Eltern hat er nur sehr wenig Kontakt.«

»Freunde?«

»Na klar, diverse, aber ich bin sein bester Kumpel und deshalb bin ich mir auch sicher, dass hinter der plötzlichen Umbuchung und dem Einbruch diese Frau steckt. Denn der Einbruch passierte in der Nacht von Freitag auf Samstag und eigentlich sollte er erst am Samstag fliegen. Das ist doch schon sehr komisch, nicht wahr?«

»Ja, das stimmt schon«, antwortet ihm Kahler. »Das kann alles aber auch purer Zufall sein und ihr Freund ist nur auf ein Abenteuer nach Jamaika geflogen.«

»Abenteuer hin oder her, wenn mein Freund am 23. Juli nicht in Hamburg am Flughafen steht, fliege ich nach Jamaika und recherchiere selbst, falls es bis dahin nicht schon zu spät ist.«

»Wir haben volles Verständnis, dass Sie sich um Ihren Freund sorgen«, versucht Schalko ihn zu beruhigen, »doch die Polizeiarbeit überlassen Sie bitte uns. Wir können Ihnen versichern, dem Fall nachzugehen. Noch etwas, wissen Sie, warum er den Flug umgebucht hat?«

»Leider nein, aber wie schon erwähnt, das hängt bestimmt mit dem Einbruch zusammen.«

»Wir werden in alle Richtungen ermitteln«, sagt Kahler und

überlegt dabei, dass sich dieser Fall hinsichtlich des Einbruchs von den anderen beiden Fällen unterscheidet.

Dann meldet sich Kern zu Wort und berichtet, dass inzwischen die Kameraaufzeichnungen der Flughäfen von Hamburg und Frankfurt übermittelt wurden. Zu viert schauen sie sich die Videos an. Schnell entdeckt Mike seinen Freund und kann ihn zweifelsfrei identifizieren. Man sieht, wie Kai in Hamburg ohne Begleitung eincheckt und in Frankfurt auch allein aussteigt. Er hetzt zum nächsten Terminal und checkt erneut alleine ein. Keine Spur von einer weiblichen Begleitung, falls diese Alex überhaupt zu den Verdächtigen gehört.

»Danke, Herr Krupert, Sie waren uns eine große Hilfe, bitte bleiben Sie für weitere Nachfragen erreichbar.«

Nach seiner Aussage fährt Mike direkt nach Hause. Wieso hat er das Gefühl, dass die Beamten mehr wissen, als sie zugeben?

Inzwischen sind die Personallisten der Crewmitglieder der drei Flüge bei Kern eingetroffen. Voller Hoffnung sichtet sie diese, um dann zu ihrer Enttäuschung festzustellen, dass auch hier kein Zusammenhang besteht. Sie legt die Listen beiseite, ohne Schalko und Kahler von ihrer Idee zu erzählen. Dafür informiert sie sie darüber, dass auf der Passagierliste weder eine Alex noch eine Alexandra aufgeführt ist, falls Alex nur ein Kosename sein sollte.

Zu dritt besprechen sie die Aussage von Elke Tortun und zweifeln daran, dass sie ihnen die ganze Wahrheit gesagt hat. Elf Stunden sitzt sie neben einem Mann im Flieger, mit dem sie kein Wort wechselt? Und auch die Personenbeschreibung trifft auf keinen Fall auf Kai Nolte zu. Wo liegt der Grund, dass sie uns belügt?

»Wir müssen vor Ort weiterermitteln, bevor irgendwelche Spuren verwischt werden«, entscheidet Kahler. »Kern, finden Sie bitte heraus, wo Elke Tortun auf Jamaika abgestiegen ist, und buchen Sie für morgen früh für Schalko und mich einen Flug nach Jamaika. Ach, und sorgen Sie dafür, dass uns dort die Aufnahmen aus dem Flughafengebäude in Montego Bay zur Verfügung stehen. Wir wollen sie gleich nach der Ankunft ansehen und im Anschluss besuchen wir die Tortun, ohne uns vorher bei ihr anzukündigen.«

Jamaika

Nach einer Weile findet er wieder zu klaren Gedanken. Wer hat geschossen? Ist er der Nächste? Warum hat man ihn nicht gleich miterschossen? Wer ist noch im Haus? Hat Alex etwas damit zu tun oder war sie es gar, die geschossen hat? Unmöglich, er schiebt den Gedanken sofort zur Seite. Dann muss es Lara gewesen sein. Lara, bei der er vor kurzem noch von einem Dreier geträumt hat. Ein Schaudern durchläuft seinen Körper. Oder war es ein Fremder? Vielleicht ist Alex auch in Gefahr.

Im Haus herrscht Totenstille. Er schreit wieder. Schreit nach Alex, nach Lara, so laut es ihm möglich ist. Er schreit alles in ihm Angestaute heraus. Unmöglich, dass ihn niemand hört. Wird er mit Absicht ignoriert? Zumindest der Mörder müsste ihn hören. Es kommt ihm vor wie ein Alptraum, aber es ist keiner. Nie zuvor hat er einen Menschen sterben sehen und auch nie zuvor hat er sich so schwach, hilflos und ausgeliefert gefühlt. Wird er hier sterben, auf dieser Insel, in diesem Haus, in diesem Bett?

»Alex!«, er schreit nochmals die Angst, die Panik heraus. Doch es bleibt still im Haus, nur in ihm ist es laut. Zu laut. Er starrt auf den Toten, der nackt und in Ketten gekrümmt vor ihm auf dem Boden liegt, sein Blut ist inzwischen geronnen. Blitze durchzucken seinen Körper, zerreißen sein Inneres und verursachen kaum zu ertragene Schmerzen. Er fühlt nichts mehr, ist wie gelähmt. Vor seinen Augen laufen Bilder ab, wie er Alex kennengelernt hat, vom Apartment an der Elbe, der ersten Nacht mit ihr, der Freude auf den Urlaub, wie sie sich näherkamen, sich eroberten, entdeckten, lachten, erforschten, sich nacheinander sehnten und verlangten. Die Puzzlestücke passen nicht mehr zusammen, ergeben kein Bild mehr. Der Schein hat sich getrübt, wenn er sich nicht sogar vollständig aufgelöst hat.

Da liegt ein Toter neben ihm, erschossen von jemandem, doch von wem? Seine Füße sind rau, kalter Schweiß klebt zwischen seinen Zehen. Er ist dem Mann am Boden näher, als ihm lieb wäre.

Ein beißender Geruch von Eisen und Blut steigt auf, das Gefühl von Ekel schnürt ihm die Kehle zu, er unterdrückt gerade noch ein Würgen, mehr als abgestandene Luft entweicht seinem Mund nicht. Wird man ihn auch töten? Hier im Bett? Unschuldig und unfähig zur Gegenwehr?

Und dann, wie aus dem Nichts, geht das Licht aus und die Tür schließt sich. Der Mörder hat die ganze Zeit dahinter gestanden, ihn eventuell beobachtet, aber auf alle Fälle gehört. »Wer bist du?«, schreit er? »Alex? Lara? Wer ist da?« Er schreit und Tränen laufen über sein Gesicht. Er ist fertig und fängt bitterlich an zu weinen.

Hamburg

Mike überlegt. Wenn die Polizei tatsächlich jetzt schon mit den Ermittlungen beginnt, müssen sie über Informationen verfügen, die ihm nicht zugänglich sind. Also muss Kai etwas passiert sein. Er kann nicht mehr untätig bleiben, da ihn das Gefühl beschleicht, dass sein Freund in Schwierigkeiten steckt.

Er geht in Kais Wohnung, schnappt sich den Laptop und pfeift diesmal auf Hemmschwellen und verbotenes Eindringen in die Privatsphäre. Er öffnet die Dateien der letzten Tage vor Kais Abreise und findet Berichte, Themenvorschläge und Recherchenotizen, doch was davon kann dienlich sein? Die Vorstellung, dass Kai in einen wichtigen Fall verwickelt ist, hat sich für ihn noch nicht verhärtet, doch vielleicht hat er auch nur wichtige Details übersehen. Über die Singlebörse zumindest findet er keine Informationen.

Hat Kai sein Telefon nur verloren? Nein, dann hätte er sich bestimmt auf andere Weise bei ihm gemeldet. Was weiterführen könnte, sind seine E-Mails, die allerdings durch ein gesondertes Passwort geschützt sind. Er beschließt, der Polizei morgen den Laptop vorbeizubringen, die haben Spezialisten, die an alles herankommen und vielleicht etwas finden, das weiterhelfen kann. Dann wandert sein Blick durch den Raum, an einer Wand hängen Bilder von Freunden, Postkarten und ein Foto, das Kai beim letzten Schwimmwettkampf zeigt. Mike ist sich sicher, Kai hat Mut, Kraft und Ausdauer, was auch immer gerade passiert, er wird sich zu wehren wissen.

Jamaika

Und dann plötzlich ein Geistesblitz: Die Schlüssel! Der Mann hatte die Schlüssel zu den Handschellen dabei. Er hat sie deutlich gesehen. Sie müssen noch da sein, irgendwo auf dem Boden liegen. Aber wie soll er sie in der Finsternis finden? Wegen der Kette reicht er mit den Händen nur knapp auf den Boden. Er tastet diesen so weit es geht ab, doch er findet nichts. Hoffnung und Verzweiflung machen sich in ihm breit. Und wieder ein Geistesblitz: Was ist, wenn der Tote die Schlüssel noch in der Hand hat? Er greift nach dem leblosen Körper und zieht ihn zu sich. Er tastet nach den Händen und entdeckt eine geschlossene Faust. Mit letzter Kraft öffnet er sie und findet darin die Schlüssel. Stärke und Mut erfüllen ihn, er glaubt fest daran, dass er sich jetzt befreien und aus dieser Hölle entkommen wird. Er probiert den ersten Schlüssel an den Handschellen um seine Hände aus, aber er passt nicht, dann muss es der zweite sein, aber auch der ist nicht der richtige. Voller Verzweiflung versucht er es noch einmal, aber wieder wird er enttäuscht. Es müssen die Schlüssel für die Fußschellen sein, aber da kommt er, obwohl er an der langen Kette hängt, nicht ran. Wieder wird seine Hoffnung zerstört und er bricht ein weiteres Mal zusammen. Irgendwann in der Nacht leert er das Glas mit dem Wasser und schläft wenig später ein.

20. JULI

Hamburg

Kern ruft bei der Fluggesellschaft an, um in Erfahrung zu bringen, warum Nolte seinen Flug umgebucht hat. Sie erfährt aber nur, dass er unbedingt am 15. Juli um 10.10 Uhr die Maschine nach Montego Bay nehmen wollte. Des Weiteren bringt sie in Erfahrung, bei welchem Anbieter Elke Tortun ihre Reise gebucht hat, und erfährt dort, in welchem Hotel sie abgestiegen ist. Dann befasst sie sich wieder mit der Umbuchung von Nolte. Sie googelt nach besonderen oder aktuellen Festivitäten auf Jamaika an diesem Tag, doch sie findet keine Anhaltspunkte und tappt auch hier weiter im Dunkeln, warum er umbuchen wollte.

Kahler und Schalko sitzen in der Maschine nach Frankfurt, von wo aus sie um 10.10 Uhr den Anschlussflug nach Montego Bay nehmen wollen.

Jamaika

Als er morgens aufwacht, ist es hell im Zimmer und frische Luft dringt durch das geöffnete Dachfenster herein und dann traut er seinen Augen nicht. Neben ihm im Bett liegt Alex unter der dünnen Decke. Sie schläft. Hat er alles nur geträumt? Er schaut auf den Fußboden und sieht dort den Toten mit blutverschmiertem Gesicht liegen, die ersten Fliegen schwirren um ihn herum. Ekel steigt in ihm auf. Nein, es war kein Traum, der Horror ist wahr. Er ist immer noch an Händen und Füßen ans Bett gefesselt. Wie lange hat er geschlafen und warum hat er nicht bemerkt, dass Alex in den Raum gekommen ist? Und warum hat sie ihn nicht geweckt? Und schaut so eine berechnende Frau oder gar eine Mörderin aus? Er rüttelt sie wach.

»Alex, wach auf!«

Sie öffnet die Augen.

»Befrei mich sofort von den Ketten, schnell!«

Sie ist noch nicht ganz wach, als sie mit schwacher Stimme antwortet: »Ich kann nicht.«

»Warum nicht?«

Sie schaut ihn an, ihr Blick ist voller Traurigkeit, die Augen füllen sich mit Tränen. »Ich …, ich kann nicht, Kai. Es ist … es tut mir leid, ich habe die Schlüssel nicht mehr.«

»Wie bitte? Was sagst du?« Grob packt er sie am Arm. »Befreie mich sofort! Das ist kein Spiel mehr. Da liegt ein Toter vor dem Bett, jemand hat ihn erschossen.«

»Aua, du tust mir weh, und sei bitte leise.« Ihr Flüstern kommt fast einem Flehen gleich. »Lara hat die Schlüssel an sich genommen.«

»Warum hat Lara die Schlüssel? Und wenn sie sie hat, warum kann sie mich nicht von den Ketten befreien? Was soll das alles und wer ist der Tote?« Er packt sie noch kräftiger an den Armen.

Alex senkt den Kopf. »Kai, bitte, ich werde dir alles erklären und bitte sei nicht so grob zu mir, du tust mir weh, und sei bitte leise. Ich habe Angst vor Lara.« Sie kann ihre Tränen nicht mehr stoppen.

»Bitte? Warum hast du Angst vor Lara?« Völlig ungläubig schaut er sie an.

Hamburg

Nach Feierabend bringt Mike den Laptop zur Polizei, weil er sich sicher ist, dass es dort Leute gibt, die jedes Passwort knacken können.

Als Kern den Computer entgegennimmt, muss sie ihn allerdings enttäuschen. Sie müssten damit leider warten, bis es ganz konkrete Verdachtsmomente auf ein Verbrechen gibt. Noch aber sei es möglich, dass Kai auf Jamaika lediglich seinen Urlaub verbringt. Enttäuscht und ohne Laptop fährt Mike wieder nach Hause. Es nervt ihn, dass er nichts tun kann. Soll er nicht doch nach Jamaika fliegen? Er schnappt sich seinen PC und schaut nach, wann das nächste Flugzeug geht.

Jamaika

»Ich werde dir alles erklären, du musst wissen, dass ich dich über alles liebe, auch wenn das im Moment nicht den Anschein für dich hat. Ich hoffe sehr, dass du mich verstehst und mir verzeihen kannst. Ich konnte doch vorher nicht ahnen, dass sich das alles so entwickelt.« Sie schluchzt, und nur mit letzter Mühe kann sie weitersprechen. »Der Tote heißt Tom und wohnte seit Jahren in diesem Haus. Auch wenn es nicht den Anschein hat, aber er lebte glücklich und zufrieden hier. Und jetzt hat Lara ihn erschossen, weil er zu dir Vertrauen aufgebaut hatte.«

Sie spürt den inneren Schrei in ihm. Zärtlich versiegelt sie seine Lippen mit ihren Fingern. Dann streichelt sie über seine Handgelenke, über die Abdrücke, die die Handschellen hinterlassen haben, als er sich immer wieder aus ihnen zu befreien versuchte.

»Kai, wir sind beide in Gefahr und brauchen uns jetzt mehr denn je.«

Sie schluchzt erneut und er sieht, wie ihr Tränen über die Wange laufen. Völlig verunsichert, weiß er nicht, wie er sich verhalten soll. Ist sie tatsächlich genauso hilflos wie er? Er ist völlig durcheinander.

Sie rückt noch näher an ihn heran. »Es begann vor über fünfzehn Jahren. Meine Mutter und ich hatten eine schlimme Auseinandersetzung. Wir wurden handgreiflich und ich ... stieß sie die Treppe hinunter.« Sie schluchzt bitterlich auf und lässt ihren Kopf auf seine Brust fallen. »Sie war sofort tot. Meine geliebte Mutter. Lara hatte am unteren Ende der Treppe gestanden und alles mit angesehen. Hätte sie jemals die Wahrheit gesagt, ich wäre sofort ins Gefängnis gekommen. Doch sie hielt zu mir, weil sie mich zu dieser Zeit noch über alles liebte und keine von uns ohne die andere leben wollte und konnte. Wir einigten uns auf die Version, dass unsere Mutter gestolpert und die Treppe heruntergestürzt sei. Dies erzählten wir auch unserem Vater, der zu diesem Zeitpunkt nicht im Haus war. Alle glaubten uns, auch die Polizei, die wir verständigen mussten. Ab da stand ich tief in Laras Schuld. Welche Folgen das für mich haben würde, konnte ich damals noch nicht erahnen.«

Sie macht eine kleine Pause, um ein wenig Luft zu holen.

»Für unseren Vater war der Tod unserer Mutter die schlimmste Tragödie überhaupt. Er liebte sie so sehr, dass er ihr noch im Tod nahe sein wollte, und so bekam er die Erlaubnis, sie auf diesem Grundstück zu begraben.«

»Moment, Lara hat mir doch erzählt, dass eure Eltern bei einem Bootsunglück ums Leben gekommen sind.«

»Alles gelogen, wie vieles andere auch«, schluchzt Alex. »Unser Leben war ab da nicht mehr so wie früher. Lara nutzte mich immer mehr aus und ich ließ es geschehen. Ich war zwar die Ältere, aber auch die Schwächere.« Sie greift nach seiner Hand. »Ich war dem Gefängnis entgangen und doch eine Gefangene. Etwa einen Monat nach dem Unfall kam Lara zu mir und schlug mir vor, unseren Vater zu töten, um an unser Erbe zu kommen. Du musst wissen, wir liebten unsere Mutter, aber das Verhältnis von Lara zu unserem Vater war sehr gespalten, Lara behauptet sogar, dass er sie regelmäßig missbraucht hat. Ich habe die Tötung natürlich abgelehnt, worüber sie sehr verärgert war, und sie machte mir noch mal deutlich, dass sie mich vor dem Gefängnis bewahrt hätte. Trotzdem blieb ich dabei, ich wollte nicht auch noch am Tod unseres Vaters schuld sein. Sie gab aber nicht auf und kam mit einer neuen Idee. Wir würden ihn nicht töten, sondern nur betäuben, um ihn dann im Keller einzusperren. Auch dagegen wehrte ich mich innerlich, andererseits konnte ich ihre Rachegefühle gut verstehen und zudem war ich in ihrer Schuld. Obwohl ich mit all dem nicht einverstanden war, machte ich trotzdem mit und damit mich zur Mitschuldigen.«

Kai hört ihr die ganze Zeit über still zu.

»Wir betäubten ihn erst mit einem starken Schlafmittel und zusätzlich mit Chloroform, dann schleppten wir ihn in den Keller, wo Lara ihn einsperrte und den Schlüssel an sich nahm, damit ich ihn nicht befreien konnte. Und dann lernte ich sie von einer ganz anderen Seite kennen. Ihre Rache war so groß, dass sie Lust dabei empfand, unseren Vater zu demütigen und zu erniedrigen.«

»Das ist fürchterlich, aber was habe ich mit der ganzen Sache zu tun?«

»Dazu komme ich gleich, auch auf die Gefahr hin, dass du mich danach hassen wirst.«

»Zwei Tage nachdem wir ihn in den Keller gesperrt hatten, meldeten wir ihn als vermisst und sagten der Polizei, dass er von einer Wanderung nicht zurückgekommen sei. Natürlich hatten wir Angst, dass sie unser Haus durchsuchen würden, doch man glaubte uns. Nach ein paar Wochen fühlten wir uns sicher und hofften, dass der Fall abgeschlossen sei. Wir waren nun die armen Waisen und gefielen uns in dieser Rolle. Laras Lust, unseren Vater zu erniedrigen, wurde immer stärker. Sie fing auf einmal an, ihm nur noch etwas zu trinken zu geben, wenn er dafür ein Kleidungsstück opferte. Mein Vater hat gebettelt und gefleht, dass sie ihm doch wenigstens die Kleider lassen soll, aber genau das machte sie nur noch mehr an. Sie meinte, wenn er nichts trinken würde, könne er seine Kleider behalten. Irgendwann saß er splitternackt dort im Keller. Wochen später kam sie aus der Stadt mit einem schweren Halsband und Hand- und Fußfesseln aus Eisen zurück. Sie sagte mir, sie habe sie auf einem Trödelmarkt erworben. Wir betäubten ihn wieder mit einem starken Schlafmittel, danach zur Sicherheit mit Chloroform und legten ihm die Fesseln an, die er fortan immer trug.

»So wie der Tote?«, fragt Kai nach.

»Ja, und dann hielt sie ihn wie einen Sklaven. Erst verbot sie ihm, zu reden, danach durfte er sich nur noch auf allen Vieren bewegen und nur aufstehen, wenn er seine Arbeiten im Haus und im Garten verrichten musste.«

»Hat er sich nie gewehrt und nie versucht zu fliehen?«

»Am Anfang schon, aber mit der Zeit fügte er sich in sein Schicksal, zumal er für jedes kleinste Vergehen hart bestraft wurde. Schlimm war auch, als er persönliche Dinge, wie Bilder und Briefe von ihm und unserer Mutter, seinen Pass und alle seine Kleider im Garten verbrennen musste. Er hat dabei sehr geweint, mir tat er leid, doch Lara hat es genossen. Ich denke, dass sie ihm damit auch mental die letzte Hoffnung genommen hat, hier lebend herauszukommen. Er war nur noch ein Spielball ihrer kranken Fantasien.«

»Wie konntest du das alles mitmachen?«

»Ich hatte doch keine Wahl, ich war ihr psychisch total ausgeliefert. Unabhängig von der Tötung meiner Mutter, wäre ich bestimmt auch durch das Mitwissen als Mittäterin an unserem Vater eingesperrt worden. Als man ihn ein Jahr nach seinem Verschwinden für tot erklärte, erbte jede von uns 3,2 Millionen Euro.

»Vor sieben Jahren verstarb unser Vater dann tatsächlich. Ich war gerade für eine Woche auf einer Segeltour. Lara sagte, dass er eines Morgens tot im Keller gelegen habe. Ich weiß nicht, ob das stimmt, aber ich vermute, sie hat ihn getötet. Wir begruben ihn neben unserer Mutter im Garten, damit sie im Tod wieder vereint wären. Die Kreuze hast du ja gesehen.«

»Hast du mir nicht erzählt, dass dort Tiere begraben liegen?«

»Auch das war gelogen, wir haben dort meine Eltern begraben.«

»Und unter den anderen Kreuzen?«

»Dort liegt der Rottweiler meiner Eltern, der schon vor meiner Mutter verstorben ist, und weitere Tiere, die Lara aufgenommen hatte.«

»Dann war auch das eine Lüge?«

»Ja, es tut mir leid, ich hoffe, du kannst mir all das verzeihen.«

Sie schaut ihn traurig an. Nach einem kurzen Moment spricht sie weiter. »Jedenfalls wurde mir in dem Moment auch eine Last genommen, ich dachte, ich wäre jetzt wieder frei, aber dann verlangte Lara von mir, dass ich ihr einen neuen Mann besorgen soll, einen, den sie genauso demütigen und erniedrigen kann wie unseren Vater. Ihre Lust, jemandem seine Würde, seinen Stolz – einfach alles zu nehmen, sie wurde von diesem Drang förmlich getrieben. Anfangs habe ich mich innerlich dagegen gewehrt, aber dann ließ ich mich darauf ein.«

»Und dieser Mann ist der Tote, der hier auf dem Fußboden liegt?«

»Ja, doch – und das mag sich jetzt sonderlich für dich anhören –, er lebte glücklich, ja sogar freiwillig hier. In dieser Welt ohne Stress, Bluthochdruck und Burnout. Kein schneller, höher, weiter, kein Erfolgsdruck, sondern ausschließlich Ruhe und Frieden. Er hat dieses Leben angenommen und geliebt und wir waren eine gute Gemeinschaft.«

»Das kann ich mir beim besten Willen nicht vorstellen.«

»Es ist aber so, wenn du dir über nichts mehr Gedanken machen musst, bist du frei und somit glücklich.«

»Hast du ihn hierhergelockt?«

»Ja, Lara schickte mich nach Deutschland, weil sie unbedingt einen deutschen Mann wollte. Ich hätte die Reise auch als Ausbruch in die Freiheit sehen und nutzen können, aber es zog mich zurück zu ihr. Frag mich nicht, warum, ich kann es mir selbst nicht erklären, irgendwie war ich ein Teil ihrer Lust geworden. Und in Stuttgart habe ich somit Tom angeworben.«

»Genau so wie mich?«

»Ja, es tut mir so leid«, sie schluchzt und Kai erschaudert. »Nur bei dir ist alles anders, ich habe mich von Anfang an in dich verliebt.«

»Du behauptest immer noch, dass du dich in mich verliebt hast? Du hast mich in eine Falle gelockt, mich unter einem Vorwand an dieses Bett gekettet und keinerlei Anstalten gemacht, mich zu befreien. Du sprachst die ganze Zeit von Vertrauen und hast doch nur mit meinen Gefühlen gespielt. Welch perfides Spiel von dir.« In ihm steigt Wut auf und seine Hände krallen sich in ihre Oberarme, sodass sie vor Schmerz aufschreit und Tränen über ihr Gesicht kullern.

»Es tut mir so leid, ich habe einen großen Fehler begangen, aber noch kann ich dir beweisen, wie sehr ich dich liebe. Bitte gib mir die Chance, alles wiedergutzumachen.«

»Du bist ein elendes Biest, ich glaube dir kein Wort mehr. Wenn du das wirklich wolltest, würdest du die Schlüssel holen und mich sofort befreien.«

»Bitte glaube mir, Lara hat die Schlüssel. Ich kann dich gut verstehen, aber wenn du befreit werden willst, brauchst du mich, nur gemeinsam können wir sie überwinden. Kannst du dir vorstellen, mir noch einmal zu vertrauen?«

Seine Wut ist grenzenlos, aber sein Zustand eindeutig: Er ist an das Bett gefesselt und kann allein nicht entkommen. Er braucht also ihre Hilfe, welche andere Wahl hat er?

»Warum gehst du nicht zur Polizei?«

»Dann würde Lara dich sofort erschießen. Du bist der Einzige, der mitbekommen hat, wie sie Tom erschossen hat.«

Das klingt logisch, Lara hätte nichts mehr zu verlieren. Auf einen Toten mehr würde es nicht ankommen. Er muss umdenken, so schwer es ihm auch fällt. Wenn Lara den Mann erschossen hat, wird sie ihn auch töten. Nur Alex kann ihm helfen, aber was ist, wenn sie ihn belügt und selbst den Mann erschossen hat? Kann er ihr noch einmal vertrauen? Er muss sich zusammenreißen, seine Emotionen unterdrücken, einen klaren Kopf behalten.

»Wo warst du die ganze Zeit?«

»Als Lara merkte, dass ich mich in dich verliebt habe, hat sie mich in meine Wohnung geschickt. Gestern Abend ist sie dann zu mir gekommen, sie erzählte mir, dass sie Tom erschossen habe, weil er sich nicht an ihre Abmachung gehalten und mit dir geredet hat.«

Bei diesen Worten erschrickt Kai. War er es nicht, der Tom immer wieder animiert hatte, mit ihm zu reden, ihm zu vertrauen? Ist er jetzt gar schuld an seinem Tod? Er spürt, wie sich sein Magen zusammenkrampft.

»Wird sie mich auch töten?«

»Ja, ihr bleibt nichts anderes übrig. Du hast gesehen, wie sie einen Menschen getötet hat.«

»Gesehen habe ich es nicht.«

»Nur sie war im Haus, somit muss sie es gewesen sein.«

Diese Antwort klingt logisch, aber er weiß nicht, was er noch glauben kann.

»Warum hast du mich nicht geweckt, als du dich letzte Nacht zu mir gelegt hast?«

»In jedem Glas Wasser, das du getrunken hast, war ein starkes Schlafmittel, zudem haben wir dich nach dem Einschlafen zusätzlich mit Chloroform betäubt.«

»So, wie ihr es bei eurem Vater gemacht habt?«

»Ja.«

»Das erklärt einiges.« Kai atmet durch, versucht sich aufzubauen, seine letzten Kräfte zu mobilisieren. »Du sagst, wir können entkommen. Wie soll das gehen?«

»Du musst mir ein letztes Mal vertrauen und ich muss dir vertrauen, so sehr wie nie zuvor.«

Kai glaubt, dass sie einen schlechten Scherz macht. Er soll ihr noch einmal vertrauen? Hat sie nicht alles Vertrauen schon längst verspielt? Andererseits, hat er eine Alternative? »Wieso musst du mir vertrauen? Das ist doch geradezu lächerlich. Ich liege hier angekettet und hilflos im Bett.«

Alex schaut ihm tief in die Augen. »Ich habe dir etwas mitgebracht.« Sie greift unter das Bett, holt ein Tuch hervor und reicht es Kai. Dieser merkt, dass darin etwas Hartes verborgen ist. Er wickelt es aus, so gut, wie man es mit Handschellen an den Händen kann, und holt eine Pistole hervor. Völlig verwundert starrt er sie an.

»Ich vertraue dir«, sagt sie, »sie ist nur mit einer Patrone geladen, aber auch damit könntest du mich jetzt erschießen. Dann wäre ich tot, du hättest dich an mir gerächt, würdest hier allerdings elendig verdursten. Du könntest mich auch als Geisel nehmen, was aber nichts nützt, weil es keinen gibt, der mich auslösen würde.«

Er hört ihre Worte, sie klingen logisch, dabei starrt er weiterhin auf die Pistole, weiß aber immer noch nicht, was er damit anfangen soll. Allerdings macht ihm die Waffe Mut.

»Was muss ich tun?«

»Ich werde jetzt mit dem Fahrrad in die Stadt fahren. In circa zwei Stunden wird Lara dir ein Glas Wasser bringen. Du wirst sie dann bitten, dass sie dich mit der Decke zudeckt, die ich jetzt so vor das Bett lege, dass du sie nicht erreichen kannst. Wenn sie direkt vor dem Bett steht, musst du sie erschießen. Nur so kannst du ihr die Schlüssel abnehmen, die sie um ihren Hals trägt. Dann befreist du dich und fährst mit dem Auto direkt zur Polizei. Die Autoschlüssel liegen im Flur in einer Schüssel. Der Polizei erzählst du, dass Lara dich erschießen wollte und du sie überwältigen konntest. Damit hast du aus Notwehr gehandelt. Du hast Zeit genug, dir eine glaubhafte Geschichte zurechtzulegen. Ich werde mir indessen in der Stadt ein gutes Alibi besorgen. Natürlich kannst du der Polizei auch die Wahrheit erzählen, dann würdest du mein Vertrauen genauso missbrauchen, wie ich zuvor deines missbraucht habe und ich lande lebenslänglich im Gefängnis. Ich könnte sogar verstehen, wenn du das tun würdest. Bitte bedenke aber, dass ich mich schon längst in ein anderes Land hätte absetzen können. Lara hätte dich irgendwann getötet und kein Mensch würde nach mir suchen. Da ich mich aber in dich verliebt habe und für immer an deiner Seite sein möchte, bin ich hier, um dir zu helfen. Für diese Liebe nehme ich sogar das Gefängnis in Kauf.«

Wieder überlegt Kai, und er versucht dabei einen klaren Kopf zu bewahren. Das, was sie sagt, klingt logisch. Welchen Grund hätte sie sonst, hier zu bleiben und sich der Gefahr auszusetzen, inhaftiert zu werden? Er ist immer noch ans Bett gekettet, aber jetzt hat er eine Pistole in der Hand, er könnte sie sofort erschießen, aber was dann? Wäre das nicht gleichzeitig auch sein Todesurteil, wie sie schon sagte? Und es stimmt, dadurch vertraut sie ihm jetzt viel mehr als er ihr. Die einzige Lösung, von hier zu entkommen, besteht tatsächlich darin, Lara zu töten.

»Okay, ich mache es. Ich liebe dich auch.« Warum er den letzten Satz gesagt hat, versteht er selbst nicht, aber er kam aus seinem tiefsten Inneren.

Sie steht auf, zieht sich an und küsst ihn. »Ich liebe dich und bitte bedenke, dass du nur eine Kugel hast. Und was auch immer hier passiert, ich werde nicht an diesen Ort zurückkehren. Wenn du bis heute Abend nicht in der Stadt bist, werde ich mich in ein anderes Land absetzen. Ich weiß dann, dass Lara dich getötet hat.«

»Warum erschießt du Lara nicht?«

»Wenn ich sie erschieße, ist es keine Notwehr und ich komme ins Gefängnis, lebenslänglich, dann gibt es keine Chance auf eine Zukunft mit dir. Ich werde den Toten jetzt nach unten bringen, Lara möchte das so.«

Erst jetzt fallen ihm die Schlüssel ein, die er bei dem Mann gefunden hat, und er bittet Alex, wenigstens seine Füße zu befreien. Doch Alex schaut ihn nur traurig an. »Das sind nicht die Schlüssel für deine Handschellen. Das sind irgendwelche Schlüssel, mit denen Lara Tom auf die Probe gestellt hat, und anscheinend war das auch ein Grund für seinen Tod. Damit du sicher bist, dass ich dich nicht anlüge, probiere ich sie gerne für dich aus.«

Sie nimmt die Schlüssel und testet beide, aber keiner passt. Dann küsst sie ihn noch mal und er muss mit ansehen, wie Alex dem Toten unter die Arme greift und den Körper mühsam aus dem Zimmer schleift. »Ich liebe dich!«, ruft sie ihm noch zu, dann schließt sie die Tür. Er hört die dumpfen Geräusche und das Rasseln der Ketten, als sie den Körper die Treppe hinunterzieht.

Seine Gefühle fahren Achterbahn. Eben war er noch in Todesangst, dann voller Wut auf Alex und jetzt schöpft er neue Hoffnung, dem Grauen zu entkommen, denn es gibt einen Ausweg. Er muss sich konzentrieren, überlegen, was passiert, wenn Lara den Raum betreten wird. Was ist, wenn er sie erschießt und sie keine Schlüssel bei sich hat? Würde er dann hier verhungern? Was ist, wenn Alex ihn belogen hat und sie den Mann erschossen hat? Und wo ist Lara nur die ganze Zeit gewesen? Warum war Alex so sicher, dass ihr Plan funktionieren wird. Warum soll er gleich nach seiner Flucht zur Polizei gehen? Ihm geht wieder so viel durch den Kopf. Warum soll er ihr noch vertrauen? Sein leerer Blick geht in den Raum, das Einzige, was er sieht, ist seine Kleidung, die immer noch in der Ecke liegt.

Hamburg

Während Mike nach einem Flug sucht, fängt er an zu grübeln. Wo soll er Kai auf Jamaika suchen? Hat er irgendeinen noch so kleinen Anhaltspunkt? Nein, den hat er nicht. Enttäuscht lässt er die Idee mit dem Flug nach Jamaika fallen.

Jamaika

Er sitzt aufrecht im Bett, unsicher umgreift seine Hand die Pistole. Noch ist ihm die Vorstellung fremd, davon Gebrauch zu machen und im schlimmsten Falle jemanden zu töten. Wäre es Mord oder wirklich nur Notwehr, wenn er Lara erschösse? Und wenn er sie nicht erschießt, würde er dann sterben? Er hört Schritte, jemand kommt die Treppe herauf. Ist es Lara, wie von Alex angekündigt? Oder kommt sie selbst noch einmal zurück? Seine Hand am Griff der Waffe beginnt zu schwitzen, der feste Halt schwindet. Er wischt den Schweiß an der Matratze ab und umklammert wieder die Pistole. Er starrt auf die Türklinke, doch nichts passiert.

Er weiß nicht, wie lange er wie paralysiert auf die Tür gestarrt hat, als jemand klopft. Wenn es Lara ist, warum sollte sie klopfen? Weiß sie eventuell gar nicht, was hier passiert ist? Dann wäre sie auch nicht die Mörderin. Und wenn sie keine Mörderin ist, hätte Alex gelogen und er würde jemand Unschuldigen umbringen. Ein Schauer nach dem anderen läuft ihm über den Rücken. Er schwitzt am ganzen Körper. Wie wird sie reagieren auf ihn, den Gast, den Liebhaber ihrer Schwester, der eine Waffe auf sie richtet?

Es klopft nochmals. Das verunsichert ihn noch mehr. Ist es vielleicht gar nicht Lara, sondern wieder ein nackter Mann in Ketten, der ihm ein Glas Wasser bringt? Dieser Gedanke macht ihm Angst.

Er ruft: »Herein!«

Die Türklinke wird nach unten gedrückt. Kai schiebt die Pistole unter seinen Körper, hat sie aber weiterhin fest im Griff. Das Blut gefriert in seinen Adern. Die Tür öffnet sich und Lara kommt hinein. Sie trägt einen roten Rock und ein enges Oberteil und sieht darin unglaublich sexy aus. Sie lächelt, als sei nichts geschehen. Ihr Blick ist umwerfend, er kann nichts Berechnendes in ihm erkennen. Sieht so eine kaltblütige Mörderin aus? Was hat sie vor, was will sie von ihm? Was denkt sie von ihm, hier in Ketten, wo er doch noch vor wenigen Tagen locker im Wohnzimmer mit ihr über das Leben geplaudert und Wein getrunken hat.

Sie kommt mit einem Glas Wasser auf ihn zu und begrüßt ihn mit den Worten: »Hallo Kai, du siehst ja großartig aus.« Dabei lächelt sie verschmitzt, als wenn nichts Ungewöhnliches daran wäre, dass ein Mann nackt und angekettet in ihrem Gästebett liegt.

Er hält die Waffe unter seinem Körper fest in der Hand. Verhält sich so eine Mörderin? Eher nicht! Dann sieht er die Kette mit den vier Schlüsseln, die sie um den Hals trägt. Genauso, wie Alex es ihm beschrieben hat. Lara hat die Schlüssel zu seiner Freiheit. Freiheit, das ist das Einzige, an das er jetzt denken kann. Und an eine gemeinsame Zukunft mit Alex. Wenn er Lara erschießt, befreit er auch Alex und er liebt sie. Ihm ist bewusst, dass er nur eine Kugel hat, eine einzige Chance zum Überleben, ein einziger Schuss für die Freiheit. Tötet er sie nicht, wird Lara vielleicht ihn erschießen, so wie sie den Mann erschossen hat. Er oder sie, einer muss sterben. Er allein hat es in der Hand, das zu beeinflussen. Er glaubt jetzt fest daran, dass Alex ihm die Wahrheit gesagt hat. Er muss ihren Plan in die Tat umsetzen.

Je näher Lara ihm kommt, desto schneller pumpt sein Herz das Blut durch seine Adern und als sie dicht vor seinem Bett steht und das Glas Wasser auf den Nachtschrank stellt, riecht er ihr Parfum, es duftet so schön. Er bittet sie, ihn zuzudecken, da es ihm peinlich sei, nackt vor ihr zu liegen. Sie greift nach der Decke und als sie ihm diese reicht, zieht er die Waffe unter seinem Körper hervor und zielt direkt auf ihren Kopf. Er hat nur diesen einen Schuss. Ihr Leben, aber auch seines hängt an einem seidenen Faden. Er sieht sie an, sie wirkt erschrocken und er hört, wie sie sagt: »He Kai, was soll das, willst du mich erschießen?« Sie weicht einen Schritt zurück. Jetzt muss es schnell gehen, sehr schnell, sonst entfernt sie sich zu weit von ihm. Er kann es nicht, bis er erneut die Stimme von Alex in seinem Kopf hört, die ihm sagt, dass er Lara erschießen muss, um mit ihr in Freiheit leben zu können. Dann drückt er ab.

Mit wenigen Minuten Verspätung landet ihre Maschine in Montego Bay. Als Kahler und Schalko die Ankunftshalle erreichen, sehen sie einen Polizisten, der ein Schild mit ihren Namen in die Höhe hält. Er fährt sie zum Polizeirevier, wo sie sich die Bilder der Überwachungskameras anschauen.

Kai Nolte ist schnell erkannt. In unmittelbarer Nähe vom ihm entdecken sie eine auffallend attraktive Blondine. In der nächsten Sequenz unterhalten sich die beiden. Zufälliger Smalltalk? Nach einigen Minuten zeigt der Film, wie beide zusammen den Flughafen verlassen. Zufall? Sie zieht einen grünen Koffer hinter sich her und er einen kleinen Trolley, der schon auf den anderen Videobändern zu sehen war. Kahler und Schalko lassen sich Bilder von den beiden Personen ausdrucken und veranlassen, dass diese auch zu Kern nach Hamburg gemailt werden. Kahler schickt Kern über sein Handy eine Nachricht, sie möge herausfinden, wer die Frau auf dem Foto ist. Im Glücksfall ist sie die von Noltes Freund beschriebene Alex.

Es macht »Klick«, aber es fällt kein Schuss, er sieht, wie Lara ihn mit großen Augen anschaut, starr, er drückt sofort ein zweites Mal ab, wieder macht es »Klick«. Lara läuft nicht weg, schaut ihn nur weiter an, als verstehe sie nicht, was hier gerade passiert. Er drückt noch viermal ab, aber es macht immer nur »Klick«, kein Schuss fällt. Die Waffe ist nicht geladen. Verzweifelt lässt er sie fallen, schaut Lara an, die ihn immer noch regungslos und schweigend betrachtet. Tränen laufen ihm über das Gesicht. Er sackt in sich zusammen, fällt weinend und kraftlos auf die Matratze zurück. Er ist am Ende,

Alex hat ihn wieder belogen, das letzte Fünkchen Hoffnung wurde ihm gerade genommen.

Lara steht immer noch wie angewurzelt da und betrachtet ihn wortlos.

Er fleht sie an: »Was habe ich getan, dass ihr mich hier gefangen haltet? Was habt ihr mit mir vor? Bitte befreie mich.«

»Was soll ich? Dich befreien? Du schießt auf mich in der Absicht, mich zu töten, und jetzt bettelst du darum, dass ich dich befreie? Spinnst du? Außerdem halte ich dich hier nicht gefangen. Ich war die letzten vier Tage unterwegs und komme gerade zurück. Alex hat mich gebeten dir ein Glas Wasser zu bringen und ich finde dich angekettet im Bett vor. Keine Ahnung, was ihr beide für ein Spiel treibt. Das ist auch allein eure Sache. Alex ist vorhin in die Stadt gefahren und hat mir vier Schlüssel gegeben. Wenn ich dich so sehe, gehe ich sicher recht in der Annahme, dass es die Schlüssel für deine Ketten sind. Jedenfalls hat sie mich gebeten, dass ich sie um den Hals trage, wenn ich diesen Raum betrete, weil dich das anmachen würde. Und es macht dich anscheinend so sehr an, dass du auf mich schießt.«

Kai versteht gar nichts mehr. Tausend Dinge gehen ihm durch den Kopf, aber nur eines ist ihm im Moment wichtig: »Bitte befreie mich von den Ketten!«

»Nein, das überlasse ich nun doch lieber Alex. Möchte weder euer bizarres Spiel zerstören noch von dir umgebracht werden.«

Sie dreht sich um und verlässt wortlos den Raum. Kai ist völlig durcheinander. War das eine Mörderin? Hat sie Tom getötet? Oder sagt sie die Wahrheit? Wenn ja, ist sie jetzt seine einzige Chance, zu entkommen?

Er ruft nach ihr, ruft immer wieder, dass sie zurückkommen soll, schreit sich die Seele aus dem Hals. Es vergehen gefühlte zwei Stunden, als er hört, dass jemand die Treppe hochkommt. Seine Rufe nach Lara werden merklich leiser, verstummen aber nicht. Er hofft jetzt so sehr, dass sie es ist und ihn befreit.

Hamburg

Kern ist noch wach, als sie die Nachricht von Kahler bekommt. Jetzt kann sie nichts mehr unternehmen, aber morgen wird sie sehr früh im Büro sein, um umgehend herauszufinden, wer diese Frau ist.

Jamaika

Die Klinke wird heruntergedrückt und Lara betritt nochmals den Raum.

»Bitte Lara, gib mir die Schlüssel«, fleht er sie wieder an.

»Okay, ich weiß wirklich nicht, was ihr beide hier treibt, aber irgendwie nervt mich dein Geschreie. Soll ich dich wirklich befreien und euer sadistisches Spiel beenden?«

Kai überlegt nicht lange, für ihn ist das kein Spiel mehr, er ist fertig mit den Nerven, er will nur noch raus aus diesem Haus, egal, was dann mit Alex und ihm wird. »Lara, bitte befreie mich. Ich verspreche dir, ich tue dir nichts, ich werde sofort das Haus verlassen und du siehst mich nie wieder.«

Sie überlegt, sieht diese jammernde Person vor sich. »Gib mir erst die Pistole.«

Jetzt überlegt Kai, die Waffe war seine letzte Hoffnung zu entkommen, doch was nützt sie ihm, wenn sie nicht geladen ist? Er nimmt sie und wirft sie vor Lara auf den Fußboden. Diese holt ein Taschentuch hervor und wickelt die Pistole darin vorsichtig ein. Dann wirft sie die Kette mit den Schlüsseln vor ihm auf den Boden. »Befreie dich selbst und dann verschwinde aus diesem Haus, ansonsten werde ich dich erschießen. Im Gegensatz zu deinem Versuch vorhin wird die Waffe dann geladen sein. Du bist echt naiv.« Dann verlässt sie den Raum.

Kai bleibt zurück, angekettet auf dem Bett, die Schlüssel liegen auf dem Fußboden. Er versucht sie zu erreichen, aber trotz der langen Kette schafft er es nicht, es fehlen ihm circa zwanzig Zentimeter. Scheitert seine Freiheit jetzt an wenigen Zentimetern? Er versucht alles, rüttelt am Bett, aber es bewegt sich nicht von der Stelle. Keine Chance, die Schlüssel sind für ihn unerreichbar. Ob Lara das gewusst hat?

Er weint wieder bitterlich, reißt sich dann aber zusammen, er braucht all seine Energie, um zu überlegen. Dann hat er eine Idee. Er schnappt sich die Decke, wirft sie über die Schlüssel und zieht sie zu sich heran, hoffend, dass sie dabei mitgeschleift werden. Aber die Decke ist zu leicht, sie gleitet über die Schlüssel hinweg. Er überlegt weiter, nur nicht aufgeben. Er schaut sich um, aber er hat nichts weiter als die Decke zur Verfügung. Dann die nächste Idee, er reißt Löcher in die Decke, damit sich ein Schlüssel in einem verfängt und er sie so an sich heranziehen kann. Und er hat tatsächlich Glück. Nach dem gefühlten zwanzigsten Versuch verhakt sich ein Schlüssel in einem Loch und er kann den ganzen Schlüsselbund zu sich ziehen.

Er kann sein Glück kaum fassen, als er die Kette in der Hand hält. Doch dann stockt er. Was ist, wenn auch diese Schlüssel nicht passen, wenn Alex – vorausgesetzt, dass Lara ihm die Wahrheit gesagt und sie die Schlüssel von Alex bekommen hat – wieder falsche benutzt hat. Und was ist, wenn er sich befreit, fliehen will und Lara ihn erschießt, so wie sie Tom erschossen hat? Aber wenn Lara vier Tage nicht im Hause gewesen ist, kann sie Tom nicht erschossen haben. Und kennt sie Tom überhaupt? Wenn er im Haus gelebt hat, muss sie doch bemerkt haben, dass er nicht mehr da ist? Oder hat er gar nicht im Haus gelebt? Und was ist, wenn Lara genauso lügt wie Alex? Oder lügt nur eine von beiden? Diese Fragen gehen ihm durch den Kopf, doch Antworten findet er keine. Alles in ihm dreht sich.

An der Kette hängen zwei Schlüssel, die für die Handschellen an den Händen und den Füßen passen könnten, und weitere zwei für die Schlösser der Ketten. Für ihn liegen Todesangst und Glück jetzt nah beisammen. Er will nicht hinterfragen, nicht zweifeln, nicht verstehen, warum er die Schlüssel jetzt in den Händen hält. Selbst Alex, heute morgen noch die Traumfrau seines Lebens, ist nun weit entfernt, aus seinem Herzen verbannt. Er wartet, bis seine Hände nicht mehr zittern, dann probiert er den ersten Schlüssel an den Handschellen aus. Er passt! Noch eine Drehung, dann ist er frei! Doch der Schlüssel lässt sich nicht drehen. Es muss der falsche sein. Er probiert den anderen Schlüssel aus, doch der passt auch nicht ... Erneut kommen ihm die Tränen, wieder zerbricht ein Stück Hoffnung in ihm, wieder ist er reingelegt worden. Er glaubt nicht mehr daran, dass die Schlüssel passen, und selbst wenn, könnte er nur kriechen, mit Handschellen an Händen und Füßen käme er nicht weit. Am liebsten würde er die Kette mit den Schlüsseln in die Ecke werfen. Ohne jegliche Hoffnung probiert er die Schlüssel am Schloss der langen Kette aus.

Schalko und Kahler haben sich einen Wagen gemietet und fahren vom Polizeirevier direkt zum Urlaubshotel von Elke Tortun. Schalko sitzt am Steuer, weil Kahler den Linksverkehr scheut. Sie haben sich bei Frau Tortun absichtlich nicht angekündigt, weil sie nicht möchten, dass sie sich auf das Gespräch vorbereiten kann. Beide haben nach wie vor das Gefühl, dass sie etwas mit Noltes Verschwinden zu tun haben muss.

Am Empfang des Hotels weisen sie sich aus und bitten, telefonisch aufs Zimmer von Elke Tortun durchgestellt zu werden. Aber dort meldet sich niemand. Schalko versucht es über die Mobilfunknummer und hat Glück.

»Guten Tag, Frau Tortun, hier ist noch mal Kommissar Schalko, Kripo Hamburg. Wir sind vor Ort, genauer in der Lobby Ihres Hotels. Würden Sie bitte zu einem Gespräch herunterkommen?«

»Sie sind bei mir im Hotel? Was wollen Sie von mir?«

»Nur eine Zeugenaussage.«

»Warten Sie, ich ziehe mich gerade für das Abendessen um und komme gleich in die Lobby.«

Wenig später erscheint sie und erkennt sofort die beiden Beamten.

»Frau Tortun?«, fragt Schalko.

»Ja.«

Ich bin Kommissar Schalko, Kripo Hamburg, wir haben miteinander telefoniert, das ist Oberkommissar Kahler, der den Fall leitet.«

Sie nehmen in einer Sitzecke im hinteren Teil der Halle Platz.

»Frau Tortun«, fährt Schalko fort, »kennen Sie diesen Herrn?« Er zeigt ihr zwei Fotos von Kai Nolte.

Elke Tortun überlegt, schüttelt dann den Kopf. »Nein, noch nie gesehen.«

»Aber er saß in derselben Maschine wie Sie auf dem Flug von Frankfurt nach Montego Bay.«

»Wissen Sie, wie viele Fluggäste in der Maschine gesessen haben? Da achtet man doch nicht auf jedes Gesicht«, antwortet sie entrüstet.

Kahler und Schalko tauschen verwirrte Blicke aus.

»Nun, laut unserer Erkenntnis muss er direkt neben Ihnen gesessen haben.«

»Nein, das stimmt nicht. Ich sagte Ihnen doch schon am Telefon, dass neben mir ein Herr mit Bauch und Haarkranz saß, keinesfalls dieser Mann. Da bin ich mir sicher!«

Schalko hat immer noch seine Zweifel an ihrer Aussage. War nicht schon das Telefongespräch brüchig verlaufen? Oder täuscht ihn sein Bauchgefühl? Er legt ihr zwei Bilder von der Frau vor, die sie auf den Überwachungskameras entdeckt haben.

»Erkennen Sie diese Frau?«

Tortuns Blick wirkt ernst und konzentriert. Wie gebannt starrt sie auf die Fotos, wobei sie diese dicht vor ihr Gesicht hält.

»Ja, es könnte sehr gut sein, dass die … Moment, ich stand mit ihr … ja, vor der Bordtoilette. Attraktive Frauen sind doch immer ein wenig auffälliger.«

»Haben Sie sich mit ihr unterhalten?«

»Nein.«

»Können Sie uns sonst irgendetwas über diese Frau sagen? Hatte sie zum Beispiel einen Mann bei sich?«

»Nein, keine Ahnung, mehr kann ich Ihnen wirklich nicht sagen.

Was soll das alles überhaupt? Da fährt man in den Urlaub und wird fast schon wie eine Kriminelle verhört.«

Kahler schaltet sich ein. »Es geht um einen Vermisstenfall, eventuell auch um ein Verbrechen. Und wir müssen alle Zeugen befragen, die uns möglicherweise sachdienliche Hinweise liefern können.«

»Was habe ich damit zu tun?« Tortuns Stimme wirkt auf einmal neugierig.

»Nun, solange die Ermittlungen laufen, dürfen wir nichts Näheres dazu sagen. Es wäre nett von Ihnen, wenn Sie uns auf das Polizeirevier begleiten, damit wir Ihnen dort die Videoaufnahmen der Überwachungskameras vom Flughafen zeigen können. Ich denke, dass Sie uns eine sehr große Hilfe sein werden. Danach werden Sie selbstverständlich zurück ins Hotel gefahren.«

Elke Tortun ist deutlich anzumerken, dass sie dazu keine Lust hat, sie merkt aber auch, dass sie, obwohl sie nett gefragt wurde, wohl keine andere Wahl hat. Sie bittet die Kripobeamten, sich noch einmal kurz auf ihr Zimmer zurückziehen zu dürfen, um ihren Pass und ihr Portemonnaie zu holen.

Schalko und Kahler warten in der Lobby und besprechen, wie glaubhaft die Aussagen von Elke Tortun sind. Noch gibt es zu viele Widersprüche in dem Fall.

Die Schlüssel passen nicht für die Kette am Kopfende. Seine Hoffnung zu entkommen wird zum wiederholten Male zerstört. Völlig entkräftet lässt er sich auf das Bett fallen. Findet sein Leben hier sein Ende? Wird er seine Freunde nie wiedersehen? Im Eiltempo laufen Bilder von ihnen vor seinen rotgeweinten Augen ab. Wie gern würde er jetzt jeden von ihnen in den Arm nehmen, mit ihnen lachen, singen, feiern. Aber nichts von all dem wird geschehen. Er wird hier sterben, in einem Bett, in dem er zuvor noch lustvolle Stunden verbracht hat.

Er dreht sich auf den Rücken und starrt apathisch aus dem Dachfenster. Als er zum ersten Mal dort hinaussah, erblickte er einen wunderschönen Sternenhimmel, jetzt ist der Himmel strahlend blau. Da draußen ist die Welt in Ordnung, während er hier drinnen sterben wird. Nur, wann und wie wird er sterben? Werden sie ihn erschießen? Oder wird er verdursten? Mit seiner Hand tastet er nach dem Wasserglas auf dem Nachtschrank. Ob es wieder ein Schlafmittel enthält? Und was passiert dann mit ihm? Kann alles noch schlimmer kommen, schlimmer als der Tod? Was passiert, wenn er nichts mehr trinkt? Wird er dann verdursten? Hat er überhaupt eine Wahl? Instinktiv greift er nach dem Glas und nimmt einen großen Schluck. Trinken tut gut, denkt er, egal was jetzt kommen mag.

Als sie auf dem Polizeirevier ankommen, zeigen sie Frau Tortun die Aufzeichnungen der Überwachungskameras und bitten sie, ihnen zu sagen, ob sie die Person erkennt, die neben ihr gesessen hat.

Es dauert nicht lange, da ruft sie: »Stopp! Das ist er! Ich erkenne ihn an seinem Haarkranz und seiner Kleidung.« Sie ist sichtlich erfreut, einen wichtigen Teil zur Aufklärung eines möglichen Verbrechens beizutragen.

Schalko und Kahler ziehen sich ein wenig zurück und stecken die Köpfe zusammen.

»Wenn der Mann auf dem Platz von Nolte gesessen hat, könnte es sein, dass Nolte auf dessen Platz saß, sie also einen Tausch vorgenommen haben«, folgert Schalko.

Kahler nickt zustimmend und wendet sich wieder an Elke Tortun. »Sie sagen, der Mann mit dem Haarkranz hat die ganze Zeit neben Ihnen gesessen, ist es vielleicht möglich, dass am Anfang zunächst dieser Herr neben Ihnen saß?« Er zeigt ihr noch mal das Foto von Nolte.

»Nein, ich sagte doch schon, dass ich den noch nie gesehen habe. Und der Platz blieb bis kurz vor dem Start leer, ich hatte schon gehofft, dass es so bleiben würde, bis dann der dicke Mann von hinten aus dem Flieger kam und sich neben mich setzte.«

Kahler wendet sich wieder an Schalko. »Dass der Mann mit dem Haarkranz von hinten kam, würde die Theorie mit dem Platztausch stützen. Nolte kommt, wie wir auf den Videoaufnahmen aus

Frankfurt gesehen haben, als Letzter in den Flieger, setzt sich aber nicht auf seinen ursprünglichen Platz, sondern tauscht mit dem Mann mit dem Haarkranz. Vermutlich, weil neben dem Herrn die attraktive Frau saß, mit der Nolte das Flughafengelände verlassen hat. Das alles könnte einen Sinn ergeben und vermutlich ist diese Frau sogar die, die Nolte in Hamburg kennengelernt hat. Nun, dann soll die Kern doch mal herausfinden, wer der Mann ist und wer neben ihm gesessen hat.«

»Kann ich jetzt gehen?«, fragt Elke Tortun.

Kahler bejaht, sie bedanken sich bei ihr und ein Taxi bringt sie ins Hotel zurück.

Dann lässt Schalko auch von Elke Tortun und dem Mann mit dem Haarkranz Fotos ausdrucken und bittet darum, diese ebenfalls zu Kern nach Hamburg zu mailen. Zudem schickt er der Kollegin eine separate Mail, in der er ihr die Theorie des Platztausches mitteilt und sie darum bittet, die Identität des Mannes mit dem Haarkranz festzustellen, welchen Platz er gebucht hat und wer neben ihm gesessen hat.

Er vermisst Alex, wie kann er sich nur nach ihr sehnen, da sie ihn doch in diese verdammte Lage gebracht hat? Er will ihre Nähe, will sie im Arm halten und von ihr hören, dass alles nur ein Spiel war. Aber wahrscheinlich hat sie diese Insel schon längst verlassen, vielleicht ist sie sogar schon auf der Suche nach einem neuen Opfer. Er benetzt sich die trockenen Lippen mit etwas Speichel. Er fragt sich, wie lange er hier schon liegt. Drei Tage, vier Tage, länger? Wie spät mag es sein? Er hat kein Zeitgefühl mehr und die Müdigkeit hält ihn vom Denken ab. Dann schläft er ein.

21. JULI

Hamburg

Als Kern morgens ins Büro kommt, öffnet sie als Erstes die E-Mails aus Jamaika. Sie betrachtet die Bilder von Kai Nolte, der unbekannten Frau, von Elke Tortun und dem unbekannten Mann, der neben Tortun gesessen haben soll, und liest dazu die Bemerkungen der Kollegen zum Platztausch. Dann schaut sie sich die Videoaufnahmen vom Abflugbereich des Frankfurter Flughafens an und entdeckt dort nach und nach alle vier Personen, die untereinander aber keinerlei Kontakt haben. Sie schickt per E-Mail die Fotos der vier Personen an die Fluggesellschaft mit der Bitte, sich zu erkundigen, ob sich die Crew an irgendetwas zu diesen Personen erinnern kann. Jede noch so kleine Information könnte wichtig sein. Als Nächstes mailt sie den Kollegen aus München und Stuttgart ebenfalls die Fotos mit der Bitte, zu überprüfen, ob diese Personen etwas mit ihren parallel gelagerten Fällen zu tun gehabt haben. Danach fordert sie vom Hamburger Flughafen die Videoaufnahmen vom 8-Uhr-Flug nach Frankfurt an.

Sie überdenkt noch einmal die Theorie ihrer Vorgesetzten. Wenn es wirklich so ist, wie diese es rekonstruiert haben, dann sicherlich, weil Nolte neben dieser unbekannten Frau sitzen wollte. Das hieße, dass der Mann mit dem Haarkranz, genau wie die unbekannte attraktive Frau, vermutlich allein gereist ist, sonst würde es keinen Sinn ergeben, die Plätze zu tauschen. Sie holt die Passagierliste hervor und findet 39 alleinreisende Männer und 12 alleinreisende Frauen. Jetzt gleicht sie die Sitzplätze ab und findet nur dreimal die Konstellation, dass ein alleinreisender Herr neben einer alleinreisenden Frau gesessen hat. Jetzt muss sie nur noch Glück haben, dass ihre Theorie stimmt. Sie recherchiert die drei Telefonnummern der Männer und telefoniert sie ab. Das erste Gespräch verläuft erfolglos, doch beim zweiten hat sie Glück. Walter Gruber aus Braunschweig hatte seinen Platz getauscht. Er erinnert sich an eine attraktive Frau, neben der er eigentlich sitzen sollte, und an einen etwas aufdringlichen Mann, der ihn bat, den Platz mit ihm zu tauschen, weil er neben seiner Frau sitzen wollte, dem er dann auch zugestimmt habe. Erst im Nachhinein habe er sich gewundert, dass das sogenannte Ehepaar nicht zusammen eingecheckt hat. Auf Kerns Frage, von wo aus er nach Frankfurt geflogen sei, bekommt sie »Hannover« als Antwort. Kern mailt ihm daraufhin umgehend die Fotos von Nolte, Tortun, der attraktiven Dame und dem Herrn mit dem Haarkranz. Und Gruber bestätigt, dass er der Mann mit dem Haarkranz ist, außerdem erkennt er die Frau – Elke Tortun –, die auf dem Flug neben ihm saß, weiterhin die attraktive Frau, neben der er eigentlich hätte sitzen sollen, und schließlich auch Nolte als den Mann, der ihn um einen Platztausch bat.

Nun ist es für Kern leicht, anhand der Passagierlisten, auf der auch die Sitzplätze eingetragen sind, herauszufinden, wer neben Walter Gruber saß. Es handelt sich um eine Sonja Winter aus Jamaika. Telefonnummer oder E-Mail – Fehlanzeige, dafür aber die genaue Anschrift. Kern recherchiert im Internet und beim Einwohnermeldeamt, doch sie findet nur wenig heraus: Geboren und aufgewachsen in Frankfurt, vor zwanzig Jahren mit den Eltern nach Jamaika ausgewandert. Dann ruft sie noch bei der Fluggesellschaft an und erfährt, dass Sonja Winter am 15. Juli morgens um 8 Uhr von Hamburg nach Frankfurt geflogen ist und dass sie den Flug bereits am 29. Mai zusammen mit dem Hinflug von Jamaika über Frankfurt nach Hamburg direkt am Airport von Montego Bay gebucht hatte.

Dann checkt sie ihre E-Mails. Aus Frankfurt kommt die Nachricht, dass sich kein Crewmitglied an die Personen erinnern kann, allerdings konnten noch nicht alle befragt werden. München und

Stuttgart teilen mit, dass alle vier Personen in ihren Fällen unbekannt sind. Und auf den Überwachungsvideos des 8-Uhr-Fluges von Hamburg nach Frankfurt entdeckt Kern nur Sonja Winter.

Sie sortiert alle neu hinzugewonnenen Informationen und mailt sie Schalko auf sein IPhone. Sie ist sich sicher, dass sie den Fall jetzt aufklären werden.

Jamaika

Er wird vom grellen Sonnenlicht geweckt. Seine Kehle ist trocken, er hat Durst. Ob Lara ihm noch einmal ein Glas Wasser bringen wird? Warum nur, fragt er sich, war ich so naiv, dass ich mich von einer mir eigentlich fremden Frau in einem fremden Land irgendwo in den Bergen in einem fremden Haus habe ans Bett ketten lassen? Sind alle Männer so naiv, wenn sie verliebt sind? Oder habe nur ich nicht kapiert, dass eine Frau wie Alex eigentlich ganz andere Männer haben kann? Er reibt sich die noch müden Augen, und sein Blick wandert durch den Raum, auf der Suche nach irgendetwas, das ihm vielleicht helfen könnte.

Dann vernimmt er wieder Schritte auf der Treppe, aber irgendwie hören sie sich diesmal anders an, nicht so gleichmäßig wie sonst, zudem glaubt er Stimmen zu vernehmen. Nur wenige Augenblicke später wird die Tür geöffnet und Alex und Lara betreten den Raum. Völlig ungläubig schaut er zu, wie sie zusammen auf ihn zukommen. Sie sind elegant gekleidet, fast festlich. Was geht hier vor, denkt er sich, war doch alles nur ein Spiel? Würden sie ihn jetzt befreien? Nein, es kann kein Spiel sein, es gab einen Toten.

Als sie vor ihm stehen, betrachten sie seinen geschwächten Körper, der nackt und angekettet vor ihnen liegt. Still reicht Alex ihm ein Glas Wasser, was er dankbar sofort austrinkt, ohne darüber nachzudenken, ob es wieder ein Schlafmittel enthält. Dann versucht er zu realisieren, was er gerade sieht. Lara und Alex stehen wirklich zusammen an seinem Bett. Was passiert jetzt mit ihm? Werden sie ihn auch töten? Es ist eine geradezu gespenstische Szene, keine der beiden Frauen sagt etwas und auch er bringt kein Wort heraus. Nach einer gefühlten Ewigkeit ergreift Alex endlich das Wort.

München

Kommissar Hans Bürkli hat sich die Akte von Max Luttner noch mal genau angeschaut. Wenn es drei Fälle geben sollte, kann er hier nicht untätig herumsitzen, während seine Kollegen aus Hamburg in ihrem Fall ermitteln. Nur was kann er tun? Macht es vielleicht Sinn, die Presse einzuschalten? Er wird das mit seinen Kollegen aus Hamburg und Stuttgart besprechen.

Jamaika

»Lieber Kai, bevor ich dir alles erkläre, muss ich dich leider noch einmal an die kurze Kette legen, aber ich verspreche dir, dass du danach freikommst. Falls du dich allerdings wehren solltest, verlassen wir beide den Raum und betreten ihn erst wieder, wenn du nicht mehr lebst.«

Er erschrickt über die Worte von Alex, hat sie ihm nicht beim letzten Gespräch erzählt, wie sehr sie ihn liebe, oder war das auch gelogen? Oder redet sie jetzt nur so, weil Lara dabei ist und sie so sehr in ihrer Schuld steht?

Widerstandslos lässt er sich von Alex an die kurze Kette legen, hört, wie die lange Kette auf den Boden fällt. Dann greift Alex von seinem Kopfende her durch die Gitterstäbe, streichelt liebevoll seinen Kopf und sein Gesicht und legt ihm einen Mundknebel an.

Gegenwehr, Kraft und Hoffnung wurden ihm in den letzten Tagen komplett genommen, zudem hat er nichts mehr zu verlieren. Jetzt liegt er nicht nur gefesselt, sondern auch noch geknebelt völlig nackt in dem Bett. Seine Zunge ekelt sich vor der Berührung mit dem Knebel, doch muss sie ihn immer wieder umspielen, weil sein Mundraum derart ausgefüllt ist.

Die Frauen mustern ihn mit einem gewissen Stolz. Würden sie ihn jetzt umbringen? Es dauert eine Weile, dann ergreift Alex wieder das Wort.

»Liebster Kai, du bekommst hier alles, was zum Leben nötig ist. Ein Dach über dem Kopf, etwas zu essen und genug zu trinken. Du kannst mit uns eine Freiheit leben, wie du sie nie vorher gekannt hast. Wir halten Stress und Sorgen von dir fern und du wirst Glück und Zufriedenheit finden, sofern du unsere Regeln einhältst. Wenn du alles, was wir dir auftragen, von heute an ein Jahr lang erledigst, gibt es danach zwei Optionen für dich: Du bleibst freiwillig noch ein weiteres Jahr bei uns oder du gehst zurück in dein altes Leben. In eine Welt voller Hektik, Stress und Rastlosigkeit. Unsere Regeln sind sehr einfach. Du machst alles, was wir dir auftragen, unter anderem Haus- und Gartenarbeit, erfüllst uns unsere kleinen und großen Wünsche und wirst ab sofort nie wieder sprechen. Auch nicht mit mir, denn so sehr ich dich auch liebe, solltest du das tun, musst du sterben. Zudem, und das wird sicherlich dein schwierigster Teil sein, wirst du ein paar Tage im Keller verbringen, so wie das auch Tom gemacht hat. Du kannst dir deine Entscheidung in Ruhe überlegen. Wir kommen in zwei Stunden wieder und wenn du dann auf unsere Bedingungen eingehen möchtest, reicht ein Nicken. Ich würde mich sehr darüber freuen.«

Danach verlassen sie den Raum. Zurück bleibt Kai, gefesselt an der kurzen Kette und zusätzlich geknebelt. Über sein Leben entscheiden andere.

Beim Frühstück besprechen Schalko und Kahler die Informationen, die sie von Kern in der Nacht erhalten haben.

»Halten wir mal fest, was wir bisher ermittelt haben«, beginnt

Kahler. »Kai Nolte fliegt am 15. Juli von Hamburg nach Frankfurt, ohne Sonja Winter, die, wenn sie denn unsere Alex ist, eine Stunde früher geflogen ist. Gruber fliegt ab Hannover und Tortun steigt direkt in Frankfurt ein. Ab Frankfurt fliegt Nolte dann weiter nach Jamaika, zusammen mit Sonja Winter. Wie wir von der Fluggesellschaft erfahren haben, wollte er von Anfang an diesen Flieger nehmen, aber es gab keinen Platz mehr für ihn. Als dann doch kurzfristig ein Platz frei wurde, buchte er um, konnte Frau Winter aber nicht mehr verständigen, da sie angeblich kein Handy hat, was ich immer noch bezweifle. Im Flieger gibt sich Nolte gegenüber Gruber als Mann von Sonja Winter aus und tauscht mit ihm die Plätze. Somit setzt sich Gruber auf den Platz von Nolte neben der Tortun. Im Flughafengebäude in Montego Bay sieht man Nolte und Winter, doch wirken sie eher reserviert, wie ein Liebespaar sieht es jedenfalls nicht aus, und zusammen verlassen sie das Flughafengelände. Ab dann verliert sich seine Spur. Somit ist alles, was Elke Tortun und Walter Gruber ausgesagt haben, nachvollziehbar und wir müssen uns auf Sonja Winter konzentrieren, zumal sie im Moment die Letzte ist, die Kai Nolte gesehen hat. Vielleicht ist sie nur eine Zeugin, vielleicht aber auch eine Verdächtige. Die Frage, die sich auch noch stellt, ist, ob Sonja Winter die Alex ist, die Nolte über die Singlebörse kennengelernt hat. Und wenn sie etwas mit dem Verschwinden von Nolte zu tun hat, ist Eile geboten, denn wer weiß, in welcher Gefahr sich Nolte befindet und ob er überhaupt noch lebt. Dann schauen wir mal auf die beiden anderen Fälle. Berger und Luttner sind auch gleich nach der Ankunft in Montego Bay verschwunden. Allerdings sind beide alleine gereist und anscheinend wurde keiner von beiden abgeholt, obwohl es im Falle von Berger schon so aussah, als suche er nach jemandem. Nur hilft uns das kaum weiter, weil jeder Zweite am Flughafen abgeholt wird.«

»Warte mal«, überlegt Schalko, »was wäre passiert, wenn Nolte nicht umgebucht hätte? Dann wäre auch er alleine in Montego Bay angekommen. Aber auch das hilft uns wohl kaum weiter. Helfen kann uns im Moment nur die Aussage von Sonja Winter und ihre Adresse haben wir.«

Sie setzen sich in ihren Mietwagen und fahren zu ihrer Wohnung. Trotz wiederholtem Klingeln öffnet niemand. Sie klingeln auch bei den Nachbarn, obwohl die Wohnungen eher wirken, als stünden sie schon länger leer, und so öffnet ihnen auch dort keiner.

»Legen wir uns auf die Lauer und warten ab?«, fragt Schalko.

»Uns bleibt wohl nichts anderes übrig«, erwidert Kahler.

Ein Jahr lang dienen? Kai überlegt. Wenn Alex diesen Vorschlag ernst meint, bedeutet das für ihn nicht den sofortigen Tod, sondern ein Jahr lang die Chance zu haben, dieser Gefangenschaft zu entkommen. Er denkt an das eingezäunte Grundstück, über den Zaun zu klettern wäre nun wahrlich nicht das größte Problem, zudem ist er stärker als Lara und Alex zusammen, könnte sie also überwinden, wenn er dazu eine Gelegenheit bekäme.

Er spürt den Knebel in seinem Mund, der ihm zunehmend unangenehmer und gefühlt immer fester wird. Was waren noch mal ihre Bedingungen? Er würde nicht mehr sprechen dürfen, warum auch immer, das wäre zu schaffen. Dann soll er Garten- und Hausarbeit verrichten, was auch kein Problem ist. Nur, warum muss er vorab ein paar Tage im Keller verbringen? Was möchte Alex damit erreichen? Seinen Willen brechen? Nein, so schwört er sich, das wird sie nicht schaffen. Er wird also ihre Bedingungen akzeptieren, zumal er gar keine andere Möglichkeit hat, falls er überleben möchte. Und er wird irgendwann die Chance zur Flucht nutzen!

Bei all diesen Gedanken, wird ihm jetzt erst bewusst, was gerade geschehen ist. Lara und Alex haben zusammen vor seinem Bett gestanden. Hatte Alex nicht aus dem Land verschwinden wollen, falls er nicht aus dem Haus fliehen könnte? Warum war sie noch hier? Was stimmte von dem, was sie ihm erzählt hat, als sie neben ihm lag? Und was ist mit Lara? Welche Rolle spielt sie in diesem perfiden Spiel? Ist sie komplett darüber informiert, was hier passiert? Ist sie die Anführerin oder nur eine Gespielin von Alex? Sind es überhaupt Schwestern? War er von der ersten Begegnung an nur ein Spielball von Alex' perversen Fantasien und hat es nicht erkannt? Er hatte sich geöffnet und hingegeben, hatte gefühlt und vertraut und wurde selbst nur missbraucht. Wusste Alex, dass die Pistole nicht geladen war? Hat sie ihn reingelegt? Bat sie ihn nicht um eine letzte Chance, ihr noch einmal zu vertrauen? Warum wollte sie, dass Lara glauben sollte, er würde sie umbringen wollen? Warum meinte Lara, er sei naiv? Wieder viele Fragen, ohne dass es darauf eine Antwort gibt.

Er hört wieder Schritte auf der knarrenden Treppe und vermutet, dass es sich dabei nur um Alex und Lara handeln kann. Wenige Augenblicke später betreten die beiden das Gästezimmer. Sie kommen an sein Bett, schauen ihn von oben herab an und scheinen die Situation sichtlich zu genießen. Dann fragt Alex ihn, ob er sich dafür entschieden habe, alle Bedingungen für ein Jahr zu akzeptieren, um ein wunderbares Leben zu erfahren.

Kai nickt, ausschließlich von der Hoffnung getrieben, nicht zu sterben.

Mit Genugtuung nimmt Alex diese Geste wahr und ein sanftes Lächeln huscht über ihr Gesicht. »Wundervoll, ich wusste es und bitte glaube mir, du wirst es nicht bereuen, Liebling.«

Dass Alex es wagt, ihn immer noch so zärtlich anzusprechen, ist ihm unheimlich.

Sie fährt fort: »Ab jetzt wirst du tun, was wir dir auftragen. Den Knebel trägst du nur noch heute, er soll dich daran erinnern, dass du ab sofort nicht mehr sprechen darfst.« Dann kniet sie sich vor sein Bett. »Mein Liebster, nimm das bitte ernst, ich will nicht, dass es dir ergeht wie Tom. Er war schon über zwei Jahre hier und hat sich in dieser Zeit sehr wohl bei uns gefühlt.«

Er sieht sie verstört an. Meint sie das ernst, dass Tom, der in Ketten gelegt war, mit seinem Leben hier glücklich war? Glaubt sie, ihm weismachen zu können, dass er es hier als ihr Gefangener gut haben wird? Tränen laufen ihm über die Wangen, ob vor Angst, Erleichterung oder Erschöpfung, er weiß es selbst nicht.

Zum ersten Mal sieht Alex ihn weinen. Sie legt ihren Kopf auf seine Brust. »Vertrau mir, Kai, alles wird gut.« Dann verlässt sie den Raum und kommt kurz darauf mit einem stählernen Halsband zurück, das vorne mit einem Ring verziert ist, sowie mit weiteren Ketten.

Er zuckt zusammen und denkt sofort an den Toten, der auch solche Sachen getragen hat, oder sind es gar die Sachen von ihm? Er scheut sich, darüber nachzudenken, und doch führt er den Gedanken weiter, denn wenn das seine Sachen waren, könnte es bedeuten, dass er jetzt die Rolle des Toten übernehmen soll.

Alex kommt näher und schaut ihm in die Augen. Sie legt ihm liebevoll das Halsband um und verschließt es mit einem kleinen Schloss. Er spürt den Stahl an seinem Hals und atmet langsam durch den Bauch ein und aus, versucht, in absoluter Ruhe und Entspannung zu bleiben, um alles geschehen zu lassen. Als Alex ein Messer hervorholt, kocht ihm sofort das Blut über. Angst und Panik ergreifen ihn. Wird sie ihn jetzt doch töten? Die Frau, in die er sich so sehr verliebt hat? Er wehrt sich in den Ketten und stößt durch den Knebel ängstliche Laute aus, er will nicht sterben.

Alex beobachtet dieses Schauspiel, genießt es, wie er versucht, den Ketten zu entkommen. Dann führt sie das Messer an seine Kehle, bis es diese berührt und Kai erstarrt und ruhig daliegt.

»Ich verletze dich nicht, mein Liebster, zumindest nicht, solange du tust, was ich dir sage. Ich möchte nur die Handschellen an deinen Händen und Füßen gegen diese wunderbaren Hand- und Fußketten tauschen und nur für den Fall, dass du mir nicht vertraust und dich zu wehren versuchst, werde ich das Messer gebrauchen.« Dabei streicht sie mit der Klinge über seine Brust. »Ich würde dir nie etwas tun, deshalb gebe ich jetzt Lara das Messer und sie müsste dir damit weh tun, wenn du nicht still liegen bleibst.«

Sie überreicht Lara das Messer, die es ihm an die Kehle hält, während Alex ihm die Handschellen abnimmt. Seine Hände sind für einen Moment frei und es schießt ihm sofort die Frage durch den Kopf, ob er jetzt versuchen sollte, zu entkommen. Das verwirft er aber schnell, denn selbst wenn Lara ihn mit dem Messer nur verletzen würde, er wäre immer noch mit den Füßen ans Bett gefesselt und könnte nicht fliehen. Nein, er wird ab jetzt alles erdulden und irgendwann seine Chance zur Flucht nutzen.

Widerstandslos lässt er sich von Alex die Handfesseln anlegen, sucht dabei Augenkontakt zu ihr, den sie flüchtig erwidert. Ihm kreisen sofort wieder Bilder durch den Kopf, wie engelsgleich und zart sie auf ihn gewirkt hat, als sie sich in Hamburg so nah waren. Und auch hier, in diesem jetzt düsteren Haus hat sie ihm so viel Zärtlichkeit geschenkt. War das alles gelogen? Und warum nur hat er immer noch so innige Gefühle für sie, obwohl er doch allen Grund haben müsste, sie zu hassen?

Dann sieht er, dass sie ihm zuzwinkert. Irritiert fragt er sich, was das zu bedeuten hat. Ist sie doch nur ein Spielball ihrer Schwester? Stimmt etwa alles, was sie über Lara gesagt hat? Nur noch am Rande nimmt er wahr, wie sie ihn wieder mit seinen Händen ans Bett kettet, dann aufsteht, ihm die Schellen an den Füßen abnimmt und sie durch Fußketten ersetzt.

Lara lässt das Messer sinken und geht wortlos zwei Schritte zurück. Alex stellt sich neben sie und gemeinsam schauen sie auf Kai, wie er in dem neuen Kettenschmuck geknebelt auf dem Bett liegt. Dann entfernt Alex die Kette, die Kai noch ans Bett gefesselt hatte.

»Du könntest dir jetzt den Knebel rausnehmen, aber das möchte ich noch nicht, denn er schützt dich davor zu reden und reden könnte deinen Tod bedeuten. Du kannst jetzt aufstehen, wir haben unten etwas zu erledigen.«

Beim ersten Versuch aufzustehen, wird ihm gleich schummerig und er lässt sich wieder aufs Bett fallen. So sehr er sich nach Bewegung sehnt, sein geschwächter Körper macht ihm einen Strich durch die Rechnung. Er konzentriert sich, denkt an seinen letzten Schwimmwettkampf und an die motivierenden Sprüche seines Trainers, dass der Geist über den Körper siegen kann. Beim zweiten Versuch bleibt er stehen und spürt wieder festen Boden unter den Füßen. Die ersten Bewegungen macht er behutsam, er muss sich daran gewöhnen, dass er durch die Fußkette nur kleine Schritte machen kann. Langsam schleicht er den Frauen hinterher und steht nach Verlassen des Raums vor der Treppe, seiner ersten großen Herausforderung. Die Stufen bereiten ihm Schwierigkeiten, jede von ihnen ist ein Hindernis. Unten angekommen, folgt er den beiden über den Flur in das Wohnzimmer, wo Alex ihn bittet, sich auf einen Stuhl vor den Tisch zu setzen, auf dem ein Block und ein Kugelschreiber liegen.

»Lieber Kai, ich möchte, dass du jetzt aufschreibst, dass du dich freiwillig hierher begeben hast, um ein Jahr lang ein Leben in Freiheit und ohne Begehrlichkeiten zu leben. Das ist für uns wichtig, denn falls du dich entschließen solltest, nach einem Jahr dieses friedliche Leben zu verlassen, um wieder in deinen hektischen Alltag zurückzukehren, möchten wir nicht, dass du behauptest, du seist nicht freiwillig hier gewesen. Ich denke, das verstehst du.«

Das kann alles nicht wahr sein, denkt er sich, glaubt Alex wirklich, dass es jemanden gibt, der sich freiwillig ein Jahr lang als Sklave halten lässt? Dann nimmt er den Stift in die Hand, überlegt einen Augenblick und schreibt den Text auf, den ihm Alex diktiert. Zufrieden nimmt diese danach das Papier an sich.

Gemeinsam gehen sie hinaus in den Garten. Es kommt in ihm tatsächlich so etwas wie Freude auf, als er die frische Luft einatmen und den Himmel sehen kann. Sie gehen mit ihm zu einem Schuppen, der am Rande des Grundstücks steht. Als Alex die Tür aufschließt, kommt ihnen sofort ein bestialischer Geruch entgegen, dann fällt sein Blick auf den Toten, der dort nur spärlich bedeckt unter einer Decke liegt.

»Es wird Zeit, ihn zu begraben«, sagt Alex, »nimm bitte den Spaten, damit du ihm ein Grab schaufeln kannst.«

Gemeinsam gehen sie zu einer Stelle am Rande des Grundstücks und Alex zeigt ihm, an welcher Stelle er das Grab ausheben soll. Widerstandslos beginnt er mit dem Spaten ein Loch zu buddeln, was mit der Hand- und Fußfessel nicht gerade leicht ist. Er denkt dabei an die Kreuze auf den anderen Gräbern. Bei seiner Ankunft hatten ihm Lara und Alex erzählt, dass darunter Tiere begraben seien. Im Bett hatte Alex ihm dann anvertraut, dass ihre Eltern, deren Hund und weitere Tiere dort liegen würden. Welche Version ist nun richtig oder sind sie gar beide falsch? Wenn er jetzt einen Toten hier begraben soll, könnte es dann sein, dass auf dem Grundstück weitere Männer verscharrt wurden, die vielleicht auch von Alex auf die Insel und in dieses Haus gelockt wurden? Würde er eines Tages auch hier liegen? Ein Schaudern läuft über seinen Rücken.

»Das reicht«, sagt Alex, als das ausgehobene Loch groß genug ist, »hol' den Leichnam aus dem Schuppen und leg ihn hinein.«

Beobachtet von den Schwestern, schleicht er zum Schuppen. Er schlägt die Decke über dem Toten zurück und ihm wird schlecht, als er den nackten Körper sieht, der mit Fliegen und anderem Ungeziefer übersät ist. Unter größtem Ekel packt er den Leichnam an den Beinen, zieht ihn zum Grab, legt ihn hinein und schaufelt das Loch wieder zu. Er fühlt sich dabei wie ein Totengräber.

Als er sein Werk beendet hat, sieht er Lara und Alex betend am Grab stehen und versteht zum ersten Mal ihre festliche Kleidung. Es ist wie auf einer Beerdigung. Nach einem kurzen Moment der Stille fordert Alex ihn auf, den Spaten zum Schuppen zurückzubringen, und überträgt ihm eine weitere Aufgabe. Er soll auf dem Grundstück Holz und trockene Büsche sammeln und sie zu einer Brandstelle aufstapeln, dann eine Matratze, eine Decke und Pappe aus dem Schuppen holen und sie darauflegen.

Schweiß läuft ihm bei Ausführung dieser Anordnungen über den nackten Körper. Als er alles aufgetürmt hat, reicht Alex ihm ein Feuerzeug und bittet ihn, den Scheiterhaufen anzustecken. Er legt Feuer an die Pappe und nach und nach fängt auch das Buschwerk Feuer, worauf dunkler Rauch emporsteigt. Er vermutet, dass die Sachen dem Toten gehört haben, aber sowohl der Knebel als auch er selbst verhindern, beziehungsweise verbieten, dass er diese Frage stellt.

Während sie das Feuer betrachten, entfernt sich Alex kurz und kommt wenige Augenblicke später mit Kais Trolley und den Sachen zurück, die er trug, als er hier ankam. Sie übergibt ihm diese wortlos und schaut ihm dabei fest in die Augen. Kai ist irritiert, bedeutet das, dass sie ihm jetzt doch schon die Freiheit schenkt, ihn von seinen Ketten befreit, er sich anziehen und gehen kann? Er atmet tief durch, kann dieses Glück kaum fassen, aber auch Misstrauen kommt wieder in ihm auf – ist das nur eine Falle? Würde sie ihn erschießen, wenn er das Grundstück verlässt? Wusste er nicht schon viel zu viel?

Seit Stunden sitzen sie im Auto gegenüber der Wohnung von Sonja Winter, doch niemand hat das Haus seitdem verlassen oder ist hineingegangen.

»Und wenn sie gar nicht mehr auftaucht?«, fragt Schalko.

Kahler kratzt sich an der Schläfe. »Dann könnten wir ihr eine Nachricht in den Briefkasten werfen. Nur, wird sie sich dann melden? Sie könnte Spuren verwischen, falls sie wirklich etwas mit der Tat zu tun hat.«

»Und falls sie nur eine Zeugin ist?«

»Das ist natürlich auch möglich. Dann wäre es wichtig, dass sie sich umgehend mit uns in Verbindung setzt. Im Moment können wir nur hoffen, dass sie doch noch auftaucht.«

»Verbrenne deine Sachen!« – Für ihn sind die Worte von Alex wie ein Schock. Eben hat er noch die Hoffnung gehabt, hier lebend rauszukommen, jetzt wird sie sofort wieder zerstört. Er zögert, doch ihm ist bewusst, dass er keine Chance hat, sich zu verweigern oder gar zu wehren. Er öffnet den Trolley und erblickt seine Sachen, die er damals in aller Eile eingepackt hat. Innerlich weint er und ihm wird immer deutlicher, welch Schicksal ihn hier erwartet.

Er ergreift eine Shorts, wirft sie ins Feuer und sieht, wie sie anfängt zu brennen. Es folgt ein Hemd, ein T-Shirt und dann kippt er voller Verzweiflung den gesamten restlichen Inhalt des Trolleys hinein. Er denkt dabei an Tom und Alex' Vater, die vielleicht das gleiche Schicksal erlitten haben. Beide sind inzwischen tot. Wird es ihm am Ende auch so ergehen? Wird es auch für ihn einen »Nachfolger« geben?

Für Lara und Alex ist es ein Genuss zuzusehen, wie die Sachen von Kai dem Feuer zum Opfer fallen. Lange noch betrachten sie dieses Schauspiel, dann gehen sie wieder ins Haus, wohin ihnen Kai schweren Schrittes folgt. Als sie im Flur ankommen, sieht er, wie Alex einen Teppich beiseiteschiebt, eine darunter liegende Luke öffnet und eine Kellertreppe sichtbar wird. Ein Schauer läuft ihm über den Rücken, Angstperlen bilden sich auf seiner Stirn, er möchte schreien, aber der Knebel erinnert ihn daran, dass er nicht reden darf.

»Es ist unsere Abmachung, mein Lieber, du wirst jetzt ein paar Tage im Keller verbringen und danach wird alles gut. Glaube mir, Tom war danach auch wie ausgewechselt.«

Im Schein der Taschenlampe sieht er eine kleine Treppe, Alex deutet ihm an, dass er vorgehen soll. Widerwillig betritt er die enge Holztreppe, was ihm mit den Hand- und Fußfesseln sehr schwerfällt. Alex folgt mit einigem Abstand, dicht dahinter Lara, vermutlich mit der Pistole in der Hand. Am unteren Treppenende angekommen, leuchtet Alex in einen Raum ohne Fenster hinein, in dem Kai eine Matratze, eine Decke und drei volle Wasserflaschen entdeckt. Unten an der Wand ist eine Eisenkette befestigt. Ängstlich schaut er sich um, was hat sie mit ihm vor?

Alex deutet ihm an, dass er sich auf die Matratze legen soll. Dann nimmt sie das Ende der Kette und befestigt es an dem Ring seines Stahlhalsbandes. Er ist jetzt in diesem Kellerloch angekettet und die Kette ist maximal einen Meter lang, zu kurz, um überhaupt aufzustehen.

Bevor Alex den Raum verlässt, flüstert sie ihm zu: »Mein liebster Kai, du wirst hier unten eine Woche verweilen. Falls du schreien solltest, kann ich dich nicht mehr retten und du wirst hier sterben. Du bekommst für diese Zeit drei Flaschen Wasser, teile sie dir gut ein, damit du nicht verdurstest. Nutze die Zeit, in der du hier verweilst, und denke darüber nach, was wichtig und was unnütz in deinem Leben ist. Wenn du nach einer Woche hier herauskommst, wirst du nur noch das Wichtige zum Leben brauchen. Du wirst dabei eine völlig neue Art der Freiheit kennenlernen, denn du brauchst dich um nichts mehr zu kümmern, bekommst genug zu essen und zu trinken und hast keinerlei Verpflichtungen und Verantwortung mehr. Ich verspreche dir, du wirst so glücklich sein, dass du hier nie wieder wegwillst. Im Übrigen sind das die letzten Worte, die du von mir hören wirst. Denn nicht nur, dass du ein Jahr nicht sprechen wirst, auch ich werde nur noch das Allernötigste zu dir sagen. Du wirst somit lernen, verstärkt aufmerksam zu sein, um all meine Wünsche zu erfüllen. Sobald ich diesen Raum verlasse, darfst du den Knebel abnehmen. Und auch wenn es dir jetzt schwerfällt, das zu glauben: ich hoffe immer noch auf eine gemeinsame Zukunft mit dir. Halte bitte eine Woche in diesem Raum und danach ein Jahr für mich und auch für uns durch.«

Sie gibt ihm einen Kuss auf die Stirn und verlässt, zusammen mit Lara, den Raum. Hinter ihr schließt sich die Tür.

Während er den Knebel entfernt, hört er, wie sie die Treppe nach oben steigen und kurz darauf die Klappe zufällt. Gab es eben noch einen kleinen Lichtstrahl, der unter der Tür sichtbar war, wurde es jetzt stockdunkel im Raum. Er greift nach einer Wasserflasche und nimmt einen Schluck, um den Geschmack des Knebels loszuwerden. Dann denkt er an ihre letzten Worte. Glaubt sie wirklich, dass er so naiv ist, überhaupt noch einen Gedanken an eine gemeinsame Zukunft mit ihr zu verschwenden? Er hört ein Knarren, als ob jemand Möbel verrücken würde. Aber nach kurzer Zeit verstummt auch das.

Kahler und Schalko harren immer noch geduldig im Auto aus. Was können sie anderes machen als hoffen, dass Sonja Winter doch noch auftaucht.

Bei strahlendem Sonnenschein sitzen Alex und Lara auf der Veranda, trinken ein Glas Wein und atmen entspannt durch.

»Alles hat wunderbar geklappt«, sagt Alex, »ich werde nun in die Wohnung fahren, um zu schauen, ob dort noch irgendetwas von Kai herumliegt.«

Kurze Zeit später schwingt sie sich in den Jeep. Lara öffnet ihr das Tor und verschließt es hinter ihr gleich wieder.

Dass er die Augen geschlossen hält, gibt ihm Kraft. Er versucht sich vorzustellen, in einem normalen Zimmer zu liegen, und konzentriert sich auf die Geräusche im Haus. Er hört, wie die beiden Schwestern sich über ihm bewegen. Hört ihre Schritte und ihre Stimmen, versteht aber nicht, was sie sagen. Dann vernimmt er, wie eine Tür zuschlägt und wenig später der Jeep gestartet wird und sich vom Haus entfernt. Wer von beiden mag jetzt wegfahren? Dann bricht ihm der Schweiß aus: Was ist, wenn beide wegfahren? Würden sie gleich wiederkommen oder ihn eine Woche allein im Haus lassen? Er lauscht, aber hört kein Geräusch mehr.

Kaum hat Alex ihr Auto vor ihrer Wohnung geparkt, tauchen Schalko und Kahler vor ihrem Jeep auf.

»Sonja Winter?«

Sie nickt.

»Kripo Hamburg. Ich bin Oberkommissar Kahler und das ist mein Kollege Kommissar Schalko.« Sie zeigen ihre Dienstmarken. »Wir möchten Ihnen ein paar Fragen stellen. Dürfen wir Sie in Ihre Wohnung begleiten?«

Sie überlegt einen Moment. »Kripo? Was ist passiert?«

»Keine Sorge, wir brauchen nur eine Zeugenaussage von Ihnen.«

»In welcher Angelegenheit?«

»Das möchten wir in Ruhe mit Ihnen klären.«

»Sie werden sicher verstehen, dass ich mit zwei fremden Männern nicht in meine Wohnung gehen möchte. Wenn Sie mit mir reden wollen, können wir das auch hier draußen machen.«

»Es wird wohl ein wenig länger dauern. Wir können auch gerne in das Café da vorne gehen.« Er deutet auf ein kleines Lokal, das versteckt zwischen ein paar Bäumen liegt.

Sie stimmt zu, steigt aus dem Jeep und auf dem Weg zum Café sortiert sie ihre Gedanken. Wenn die Kripo Hamburg hier auftaucht, kann es sich nur um Kai handeln. Nur, sein Rückflug geht doch erst morgen, somit kann er doch unmöglich schon jetzt als vermisst gelten. Und wie ist man ihr so schnell auf die Spur gekommen? Hat sie einen Fehler gemacht?

Sie betritt als Erste das Café, begrüßt die Bedienung hinter dem Tresen und steuert auf einen Tisch im hinteren Teil des Lokals zu. Innerlich angespannt, blickt sie sich um, ob sich jemand im Lokal befindet, den sie kennt, was aber nicht so ist. Dann nehmen sie am Tisch Platz und Kahler ergreift das Wort.

»Frau Winter, eine Deutsche, die nach Jamaika auswandert, ist ja auch eher selten.« Er lächelt und überlegt, in welche Schublade Frau er sie stecken kann.

»Nun ja, das mag schon angehen, nur, ist das jetzt wichtig?« Sie setzt sich gekonnt in Pose, was die Männer aber nicht beeindruckt.

»Nein, das ist es natürlich nicht. Kennen Sie diesen Mann?« Er zeigt ihr ein Foto von Kai Nolte.

»Na klar kenne ich ihn«, antwortet sie spontan, als sie das Bild betrachtet, »ich habe ihn in Hamburg kennengelernt und er ist mir nach Jamaika gefolgt. Was ist mit ihm?«

»Er wird als vermisst gemeldet.«

Sie legt sich eine Hand auf ihre Brust, um vorzutäuschen, wie geschockt sie ist, was den Männern nicht entgeht. »Wieso wird er vermisst?«

»Nun, das wollen wir klären und dazu benötigen wir Ihre Hilfe.«

»Wie kann ich Ihnen dabei helfen?«

»Indem Sie uns alles sagen, was Sie über ihn wissen.«

Ruhig und besonnen, die Worte wohl überlegend, trägt sie ihre Aussage vor. Sie berichtet von ihrem Besuch in Hamburg, wo sie Kai Nolte auf einer Datingseite kennengelernt habe, weil sie eine nette Begegnung in Hamburg gesucht habe. Von den beiden Treffen mit ihm und auch, dass er bei ihr übernachtet habe, dass sie aber nicht miteinander geschlafen hätten, weil sie halt keine Frau für eine Nacht sei.

In diesem Moment kommt der Kellner und nimmt die Bestellung auf. Sie wählen alle drei einen Kaffee und Kahler bittet sie fortzufahren.

Sie betont den von Kai geäußerten Wunsch, sie auf Jamaika zu besuchen, auch dass sie sich darauf eingelassen habe, obwohl es ihr eigentlich viel zu schnell gegangen sei. Nur habe er es mit seinem Charme geschafft, dass sie ihm diesen Wunsch nicht abschlagen konnte, und schließlich gefiel er ihr auch. »Naja, und dann hat er tatsächlich einen Flug nach Jamaika gebucht.« Jetzt wirkt sie nachdenklich und fährt dann mit gekonnt gebrochener Stimme fort. »Er wollte mit mir zusammen fliegen, aber in meiner Maschine war kein

Platz mehr frei, sodass er eine am Folgetag buchte. So weit, so gut. Und dann tauchte er urplötzlich vor meinem Sitz in der Maschine auf. Wie er mir später sagte, konnte er seinen Flug umbuchen, da in meinem Flieger ein Platz frei geworden sei. Dann gab er sich, weil er unbedingt neben mir sitzen wollte, gegenüber meinem Sitznachbarn als meinen Mann aus, was mir doch sehr unangenehm war und so tauschten sie die Plätze.«

Der Kellner kommt an den Tisch und stellt die drei Kaffees ab, so dass sie kurz durchatmen kann.

»Nun, ab diesem Moment ist irgendetwas in mir gekippt. Ich habe gespürt, dass mir das alles viel zu schnell geht, was er aber nicht wahrnahm. Als wir in Montego Bay ankamen, sind wir direkt in meine Wohnung gefahren, ich konnte doch nicht ahnen ...«, sie schluchzt auf und fährt nach einer kleinen Pause fort. »Ich wollte nach dem langen Flug kurz duschen und bat ihn, so lange im Wohnzimmer Platz zu nehmen. Doch was macht dieser Kerl? Er ...«, wieder hält sie kurz inne, »er kam ins Badezimmer, zog den Duschvorhang zur Seite und stand plötzlich splitternackt vor mir. Dann ...« Sie wischt sich eine Träne aus dem Auge, »bekam ich es mit der Angst zu tun, weil er sich zu mir unter die Dusche stellte. Ich wies ihn ab, er aber wurde aufdringlich, nicht gewalttätig, aber ... ich hätte am liebsten geschrien. Ich bereute in dem Augenblick so sehr, dass ich ihn mit in meine Wohnung genommen hatte. Als er mich küssen wollte, wehrte ich mich und flüchtete ins Schlafzimmer, um mich dort abzutrocknen und anzuziehen. Doch er kam hinterher und stieß mich aufs Bett, er wollte Sex, ich aber nicht. Ich ... ich hatte Angst, vergewaltigt zu werden ... mit so was hätte ich doch nie gerechnet.«

Sie macht eine kleine Pause, holt ein wenig Luft und fährt dann fort.

»Erst als ich anfing zu weinen, muss ihm bewusst geworden sein, was er mir antat. Er umarmte mich, entschuldigte sich und schien völlig verzweifelt zu sein. Ich gab ihm das Gefühl, dass alles in Ordnung sei, ich ihm verzeihen würde, aber dringend frische Luft bräuchte. Ich war gerade einer versuchten Vergewaltigung entgangen. Es war so schlimm. Ich weiß, was Sie jetzt denken, wie naiv muss ich gewesen sein, einen Mann, den ich gerade erst kennengelernt habe, in meine Wohnung mitzunehmen. Aber er wirkte so ehrlich und so vertrauensvoll.«

»Was passierte dann?«

»Wir vereinbarten, erst einmal Abstand zu nehmen, und ich bat ihn, die Nacht in einem Hotel zu verbringen. Ich fuhr mit ihm in die Innenstadt, ließ ihn an einer Ecke raus, damit er sich ein Hotel suchen konnte und wir verabredeten uns für den nächsten Tag um 15 Uhr an eben diesem Platz. Er entschuldigte sich nochmals bei mir und versprach, er würde alles wiedergutmachen, was ich ihm aber nicht mehr glaubte. Dann trennten sich unsere Wege und ich bin natürlich nicht zu dem Treffen am nächsten Tag gegangen. Der Typ war für mich gestorben, was Sie sicherlich nachvollziehen können. Und weil ich Angst habe, er könnte mir vor der Wohnung auflauern, halte ich mich dort so gut wie nicht mehr auf. Zumindest bis morgen schlafe ich noch im Auto, denn dann geht sein Rückflug.«

»Und Sie haben seitdem nie mehr etwas von ihm gehört?« Schalko weiß noch nicht, was er davon halten soll.

»Nein, nie wieder.«

»Dann wissen Sie auch nicht, in welchem Hotel er abgestiegen ist?«

»Nein.«

»Gab es Ihrerseits eine Empfehlung?«

»Nein, auch nicht. Ich war nur froh darüber, ihn los zu sein.« Innerlich erleichtert, atmet sie tief durch. Sie hat ihre Geschichte glaubhaft erzählt. »Meinen Sie, dass er sich meinetwegen etwas angetan hat?«

»Nun, im Moment ermitteln wir in alle Richtungen. Und Sie sind zurzeit die letzte Person, die ihn gesehen hat.«

»Sagt Ihnen der Name Thomas Berger etwas?« Kahler nimmt das Gespräch wieder an sich.

»Nein«, antwortet sie etwas irritiert.

»Oder Max Luttner?«

»Nein, der Name sagt mir auch nichts.«

»Kennen Sie die Personen auf diesen Bildern?« Jetzt will er sie testen und zeigt ihr Bilder von Berger, Luttner, Gruber und Torun.

Sie betrachtet die Bilder und zeigt auf Berger und Luttner. »Die beiden kenne ich nicht.« Dann auf Gruber. »Das ist der Mann, der neben mir im Flieger saß, also anfangs, bis Kai den Platz mit ihm getauscht hat. Die Frau, warten Sie, die war auch im Flieger, ich glaube, sie stand vor mir bei der Bordtoilette. Aber es beschwören … nein, das könnte ich nicht.«

Kahler nimmt die Antwort kommentarlos zur Kenntnis.

Es entsteht ein Augenblick der Ruhe, jetzt nur nicht unsicher werden, denkt sie sich.

Dann winkt Kahler dem Kellner, dass sie bezahlen wollen, und wendet sich noch mal an sie. »Danke, Frau Winter, das war es fürs Erste. Sie haben uns sehr geholfen. Halten Sie sich bitte bereit, falls wir noch ein paar Fragen haben. Könnten Sie uns bitte Ihre Telefonnummer geben?«

»Ich habe kein Telefon.«

»Auch kein Handy?«

»Ist das kein Telefon?«, antwortet sie ironisch, um dann fortzufahren: »Nein, ich besitze auch kein Handy.«

»Warum haben Sie keines?«

»Weil ich die absolute Freiheit liebe, und die kann man nur leben, wenn man sich von all den technischen Dingen wie Telefon, Internet, Fernseher und Radio trennt.«

»Brauchen Sie das auch nicht für Ihre Arbeit?«

»Ich habe keine feste Arbeit. Ich bin in der glücklichen Lage, meinen Lebensunterhalt nicht mit Arbeit verdienen zu müssen.«

»Und wovon leben Sie?«

»Sorry, aber ich denke, dass das jetzt nichts mehr mit dem Fall zu tun hat, oder?«

»Nein, natürlich nicht, sagen Sie mal, hat Kai Nolte, nachdem er aus dem Flieger gestiegen ist, mit seinem Handy telefoniert?«

Alex überlegt einen Augenblick. »Kann mich nicht daran

erinnern, aber da fällt mir ein, dass er sein Handy in meiner Wohnung liegen gelassen hat.«

»Oh, haben Sie es noch?«

»Nein, ich habe es bereits am nächsten Tag in einem Abfalleimer entsorgt. Ich wollte absolut nichts mehr mit ihm zu tun haben.«

»Tja, dann wundert es uns, dass wir das Handy nicht orten konnten.«

»Zweifeln Sie etwa an meiner Aussage?«

»Nein, nein, das war nur so eine Anmerkung.«

Als Schalko die Getränke bezahlt hat, stehen sie auf und verlassen das Café. Beim Abschied fällt Kahler eine weitere Frage ein.

»Eine Sache interessiert mich noch, warum nennen Sie sich Alex?«

Sie zögert einen Moment, überlegt, woher die Kripo diesen Namen kennt. »So nennen mich alle meine Freunde, ich mag den Namen Sonja nicht so sehr.«

»Hat Nolte Sie auch so genannt?«

»Ja, ich habe mich ihm so vorgestellt.«

Dann gehen sie auseinander. Auf dem Weg zu ihrer Wohnung ist sie recht zufrieden mit ihrem Auftritt.

Kai

Über ihn herrscht immer noch Totenstille. Wie lange mag der Jeep schon weg sein? Noch fühlt er sich mental stark genug, um die Situation zu erfassen. Er liegt hier in totaler Finsternis, nackt und in Ketten auf einer Matratze, zusätzlich angekettet an eine Wand, er kann nicht aufstehen und soll so eine Woche lang ohne zu essen und nur mit drei Flaschen Wasser überleben. Er weiß, dass das ohne Essen möglich ist, es ist wie Fasten, nur trinkt man dabei drei bis vier Liter Wasser am Tag. Er darf sich auf keinen Fall gehen lassen, muss mental stark bleiben, Mut und Kraft behalten, sofern das möglich ist. Und er wird ab jetzt Fluchtpläne schmieden, auf keinen Fall wird er hier ein Jahr lang als Gefangener bleiben. Diese Hoffnung braucht er, er darf sie nie aufgeben.

Er überprüft seine Sinne. Seine Augen braucht er hier nicht, es ist stockdunkel. Somit ist es vielleicht sinnvoll, sie konsequent geschlossen zu halten, um den anderen Sinnen mehr Raum zu geben. Seine Ohren sind wichtig, denn er muss sich auf jedes Geräusch konzentrieren. Vielleicht schafft er es, dadurch mitzukommen, wann Tag und wann Nacht ist, so könnte er die Tage zählen. Seinen Geruchssinn wird er auch trainieren, wer weiß, ob irgendwelche Gerüche von oben nach unten ziehen, durch die er die Tages- und Nachtzeiten sortieren kann. Mit seinen Händen tastet er alles ab, was er erreichen kann.

Kahler und Schalko setzen sich in das Auto und bevor sie losfahren, besprechen sie noch einmal die Aussage von Sonja Winter.

»Kai Nolte lernt Sonja Winter auf einer Dating-Plattform kennen«, beginnt Schalko. »Sie treffen sich, beginnen einen Flirt, planen seinen Besuch auf der Insel. Sie fliegt am Fünfzehnten, er bucht für einen Tag später, weil ihr Flieger voll ist. Als dann kurzfristig doch ein Platz frei wird, bucht er sofort um, um mit ihr zusammen zu fliegen. Er kann sie darüber nicht informieren, da sie kein Handy besitzt, steigt somit in Hamburg allein in die Maschine. Zwischenstopp Frankfurt, Boarding alleine, dann Überraschung im Flugzeug. Er gibt vor, Winters Mann zu sein, um einen Platztausch mit Gruber vorzunehmen. Gruber willigt ein, setzt sich zur Tortun. Nach der Landung gemeinsames Verlassen des Flughafens von Nolte und Winter. Bis dahin stimmt alles mit den Zeugenaussagen und den Überwachungskameras überein, kein Anhaltspunkt, irgendetwas anzuzweifeln. Dann fahren sie in ihre Wohnung, es gibt Streit, eine sexuelle Belästigung, sie fährt ihn in die Stadt und setzt ihn dort ab. Sie sagt ihm, sie treffe ihn am nächsten Tag am gleichen Platz, doch sie versetzt ihn, will nichts mehr von ihm wissen, was verständlich ist. Haben wir bei den Ermittlungen irgendetwas übersehen?«

»Wenn die Winter die Wahrheit sagt«, fährt Kahler fort, »müssen wir Kai Nolte auf der Insel suchen, das können wir allerdings vergessen, da wir seit sechs Tagen kein Lebenszeichen von ihm haben und nicht einmal wissen, wo er abgestiegen ist. Vielleicht verbringt er irgendwo hier ein paar schöne Tage und landet morgen vergnügt in Hamburg. Ist Ihnen übrigens etwas aufgefallen, als ich ihr die Fotos gezeigt habe?«

»Nein, nichts, an was ich mich erinnere.«

»Sie hat zuerst auf die Personen gezeigt, die sie nicht kennt, gewöhnlich zeigt man zuerst auf die, die einem bekannt sind.«

»Sie meinen, sie kennt Berger und Luttner doch?«

»Das ist jedenfalls nicht auszuschließen.«

»Hilft uns das im Moment weiter? Wohl eher nicht, also kommen wir zurück zu ihrer Aussage, was ist, wenn sie sich alles nur ausgedacht hat?«

»Nun, bis zum Verlassen des Flughafengeländes ist alles, was sie sagt, absolut nachvollziehbar, ab dann haben wir nur noch ihre Aussage. Vielleicht ist in ihrer Wohnung etwas ganz anderes passiert.«

»Sie meinen, sie könnte ihn dort getötet haben?«

»Auszuschließen ist es nicht.«

»Welches Motiv sollte sie dafür haben?«

»Das weiß ich auch nicht.«

»Moment mal, Winter behauptet, nicht nur kein Telefon, sondern auch kein Internet und somit auch keine E-Mail-Adresse zu haben. Doch das braucht man, um sich auf einer Datingplattform einzuloggen.«

»Guter Ansatz, aber sie könnte das alles auch in einem Internetcafé erledigt haben«, nimmt Kahler ihm diesen Gedanken, »das hilft uns somit nicht weiter. Wir müssen jetzt erst mal in ihre Wohnung, am besten gleich mit der Spurensicherung. Wenn wir dann nachweisen können, dass sie uns belogen hat, kommen wir vielleicht weiter. Das Problem ist nur, dass wir hier auf Jamaika niemals so schnell einen Durchsuchungsbeschluss bekommen, zumal wir auch keine Anhaltspunkte, sondern nur Vermutungen haben.«

»Wir sollten es zumindest versuchen.«

»Okay, Sie fahren mit dem Auto zum Revier und ich passe auf, dass sie die Wohnung nicht verlässt. Vielleicht lässt sie uns auch ohne Durchsuchungsbefehl in die Wohnung.« Er steigt aus dem Auto und setzt sich auf eine Bank, von der aus er ihre Wohnung beobachten kann.

Schalko fährt indes auf das Revier und hofft, dass man ihm dort unbürokratisch helfen wird. Schließlich geht es hier nicht mehr nur um einen Vermissten, sondern auch um zwei weitere unaufgeklärte Fälle von Männern, die auf Jamaika verschwunden sind.

Er hat Glück, dass er auf den Beamten trifft, der ihm schon bei der Ankunft zugewiesen wurde. Allerdings macht ihm dieser, nachdem Schalko ihm alles geschildert hat, aufgrund des eher spärlichen Verdachts keine Hoffnung darauf, einen Durchsuchungsbeschluss zu erhalten. Somit verbleibt einzig die Möglichkeit, dass Winter sie auch so in die Wohnung lässt. Sie ordern sich einen Mann von der Spurensicherung und fahren gemeinsam los.

Kai

Der Jeep ist immer noch nicht zurück. Er versucht sich abzulenken, denkt an Tom. Wurde er ebenfalls auf die Insel gelockt, im Bett angekettet und ist dann hier unten gelandet? Hat er auch eine Woche in diesem Loch verbringen müssen? Wenn ja, so hat er es überlebt. Und wenn Tom es überlebt hat, so würde er das auch überleben. Nur, warum wurde er erschossen? Weil er Vertrauen zu ihm aufgebaut hatte, wie Alex ihm erzählte, oder einfach nur, weil es jetzt Ersatz für ihn gab? Und wer hat ihn erschossen? Alex, Lara oder vielleicht eine ganz andere Person?

Alex liegt auf ihrem Bett und grübelt, warum die Kripo so schnell die Suche nach Kai aufgenommen hat. Hat sie einen Fehler gemacht, irgendetwas übersehen? Natürlich war es nicht gut, dass Kai mit ihr zusammen nach Jamaika geflogen ist, sich sogar neben sie gesetzt hat. Nur so kann sie es sich erklären, dass man eine Verbindung zu ihr herstellen konnte. Aber was hat man jetzt gegen sie in der Hand? Alles, was sie ausgesagt hat, passt, das einzige Risiko besteht darin, dass es einen Zeugen geben könnte, der gesehen hat, wie sie mit Kai durch die Berge gefahren ist. Das ist allerdings eher unwahrscheinlich. Sie beschließt, das in Ruhe mit Lara zu besprechen und verlässt die Wohnung.

Kaum hat sie die Haustür des Mehrfamilienhauses hinter sich zugeschlagen, kommt ihr auch schon Kahler entgegen.

»Entschuldigen Sie, Frau Winter. Ich habe doch noch ein paar Fragen an Sie. Darf ich jetzt reinkommen?«

Sie schaut ihn an, während sie überlegt, ob sich in der Wohnung etwas befindet, was sie besser verbergen sollte.

»Ungern, aber kommen Sie trotzdem herein.«

Gemeinsam gehen sie in ihre Wohnung, wo sie ihm im Wohnzimmer einen Platz anbietet. Kahler schaut sich um und wundert sich ein wenig über die spärliche Einrichtung.

»Überschaubar sind Sie hier eingerichtet.«

»Braucht man mehr zum Leben? Aber um mich das zu fragen, haben Sie bestimmt nicht über eine Stunde vor meiner Haustür ausgeharrt.«

»Das stimmt allerdings. Sagen Sie, Frau Winter, haben Sie eine E-Mail-Adresse?«

»Nein, habe ich nicht.«

»Braucht man die nicht, um sich auf einer Singlebörse anzumelden?«

»Ach so, na klar, dafür braucht man natürlich eine. Ich habe mir dafür extra eine zugelegt und zusammen mit dem Profil wieder gelöscht. Reicht Ihnen das als Antwort?« Bevor Kahler darauf reagieren kann, fährt sie fort: »Wie auch immer, Herr Kahler, Sie glauben mir nicht, stimmts? Sie denken auch, dass man überall und stets erreichbar sein muss und dass man mit Menschen unbedingt auch virtuell kommunizieren sollte. Im Gegensatz zu Millionen anderer Menschen kann ich sehr gut ohne diese Dinge leben. Freiheit auf der ganzen Linie.«

»Somit besitzen Sie auch keinen Laptop?«

»Nein, habe ich nicht. Und bevor Sie wieder mit der Datingplattform anfangen: Ich habe mir extra dafür in Hamburg einen Laptop gekauft, den ich aber ebenfalls wieder an einen Straßenhändler verkauft habe.«

»Sie geben so viel Geld für einen Laptop aus, nur damit Sie jemanden in Hamburg kennenlernen, um ihn dann gleich wieder zu verkaufen?«

»Das ist doch wohl mein Problem, nicht wahr?«

»Das stimmt natürlich, ist aber schon ungewöhnlich. Wo haben Sie in Hamburg gewohnt?«

»Erst in einem Hotel, dann in einer Ferienwohnung. Brauchen Sie auch noch die Adressen und bin ich jetzt für Sie deshalb eine Verdächtige?«

»Nun, die Adressen hätte ich schon gerne und zurzeit habe ich lediglich ein paar Fragen als Zeugin an Sie. Wie hieß das Hotel?«

»Atlantic, direkt an der Außenalster.«

»Ich weiß, ich kenne das schöne Hotel. Und in welcher Ferienwohnung waren Sie im Anschluss?«

»In Blankenese, direkt an der Elbe.«

»Anschrift oder Vermieter?«

Sie kramt in ihrer Handtasche, worin sich noch die Kopie des Mietvertrages befindet, die sie ihm überreicht.

»Warum sind Sie eigentlich vom Hotel in die Ferienwohnung gewechselt?«

»Weil ich von hier aus weder ein Hotel noch eine Wohnung buchen konnte, da ich keine technischen Mittel zur Verfügung habe, wie ich ja bereits erwähnte. Somit habe ich in Hamburg erst im Atlantic eingecheckt und mir von dort aus eine Ferienwohnung gesucht, die meinem Geschmack entspricht.«

Kahler überlegt einen Augenblick. »Fliegen Sie oft nach Deutschland?«

»Ja, bestimmt zwei- bis dreimal im Jahr.«

»Wann und wo waren Sie dort zuletzt?«

»Vor circa drei Monaten in Berlin, aber was hat das mit Kai Nolte zu tun?«

Plötzlich klingelt es. Alex erschrickt ein wenig. Nie bekommt sie hier Besuch und Lara hat einen Schlüssel, sie wird es somit nicht sein. Sie geht zur Tür und wundert sich, als sie Schalko, einen jamaikanischen Polizisten und einen weiteren Mann davor stehen sieht.

Kahler erklärt ihr, dass sie ihre Wohnung durchsuchen müssten, sollte sie etwas dagegen haben, müsste sie mit zum Revier kommen und man würde dann dort alle Formalitäten in Ruhe erledigen.

Alex schaut ihn erstaunt an. »Bin ich jetzt doch eine Verdächtige?«

»Nun«, versucht Kahler sie zu beruhigen, »wir suchen in erster Linie Kai Nolte, dieser hat sich Ihren Angaben zufolge bei Ihnen in der Wohnung befunden und nur das möchten wir überprüfen.«

»Diese Überprüfung ist mehr als lächerlich«, entgegnet sie. »Mir reist ein Rendezvous hinterher, der sich als Psychopath herausstellt, und ich gerate in Verdacht, etwas mit seinem Verschwinden zu tun zu haben. Das ist nicht nur absurd, das ist infam! Aber ich habe absolut nichts zu verbergen. Erledigen Sie Ihre Arbeit. Sie werden feststellen, dass ich Ihnen die Wahrheit gesagt habe.« Dann setzt sie sich hin, ohne den Leuten etwas zu trinken anzubieten, zumal sie auch nichts in der Wohnung hat.

Während die Spurensicherung alle Räume – speziell das Bad und das Schlafzimmer – nach Fingerabdrücken, Blut, Sperma und Haaren absucht, schauen sich Kahler und Schalko in der Wohnung um, finden aber weder einen Laptop noch irgendetwas anderes, was dem Fall dienlich sein könnte.

Alex ist zwar leicht angespannt, fühlt sich aber trotzdem sicher, zumal sie weiß, dass sie nichts finden werden, was ihrer Aussage nicht entspricht. Nach einer Stunde ist die Spurensicherung abgeschlossen und Kahler wendet sich an sie.

»Frau Winter, ich möchte mich für die Unannehmlichkeiten entschuldigen, doch wir erledigen auch nur unsere Arbeit und wenn es sich um ein Verbrechen handeln könnte, dann müssen wir jedem Verdacht nachgehen. Wir werden noch das Ergebnis der

Spurensicherung abwarten, aber es sieht jetzt schon so aus, als ob Sie wirklich nichts mit dem Verschwinden von Kai Nolte zu tun haben.«

»Das habe ich Ihnen schon vorhergesagt und ich hoffe sehr, dass er bald wieder auftaucht, auch wenn ich keine gute Erinnerung an ihn habe.«

Kahler und Schalko verlassen die Wohnung, doch dann stoppt Schalko und wendet sich noch einmal an Alex.

»Auf Ihrem Klingelschild steht ›S. u. L. Winter‹?«

»Sonja und Lara Winter, und nun?«

»Lara?«

»Meine Schwester.«

»Wohnt sie auch hier?«

»Ja.«

»Könnten wir sie sprechen?«

»Sie ist nicht da, wie Sie sicherlich bemerkt haben.«

»Und wo ist sie?«

»Sie tourt irgendwo in Mittelamerika herum und kommt nur sporadisch vorbei.«

»Das heißt, Sie wissen nicht, wo sie sich gerade aufhält?«

»Richtig.«

»Hat sie ein Handy?«

»Nein, sie lebt die gleiche Freiheit wie ich.«

»Wohnen Ihre Eltern auch auf Jamaika?«

»Die sind tot.«

»Oh, tut mir leid.«

Dann verabschieden sich die Beamten.

Sie schließt hinter ihnen die Tür und atmet tief durch. Eigentlich hätte ihr nichts Besseres passieren können. Die Kripo wird genau das feststellen, was sie ausgesagt hat: Fingerabdrücke von Kai in der Wohnung und Haare von ihm im Bad und im Schlafzimmer. Danach wird sie nicht mehr verdächtigt werden. Trotzdem wird sie vorsichtig sein müssen und so beschließt sie, erst mal nicht ins Haus zu fahren.

Schalko und Kahler fahren mit den jamaikanischen Kollegen auf die Wache. Dort gleichen sie die gefundenen Fingerabdrücke mit denen von Kai ab und stellen fest, dass sie identisch sind. Somit stimmt ein weiterer Teil von Sonja Winters Schilderung.

»Auch wenn Winters Geschichte äußerst bedenklich ist, was ist, wenn sie uns die Wahrheit gesagt hat?«, beginnt Schalko das Gespräch.

»Wie wir schon vermutet haben, müsste sich Nolte dann irgendwo auf dieser Insel aufhalten.«

»Es könnte auch sein, dass er einem Verbrechen zum Opfer gefallen ist, und wir ermitteln in eine völlig falschen Richtung.«

»Oder wir sehen ihn morgen vergnügt in den Flieger steigen.«

»Und wenn nicht?«

»Keine Ahnung, hier weiterzuermitteln halte ich für zwecklos.«

»Nun, dann hoffen wir mal, dass er morgen auf dem Flughafen erscheint.«

22. JULI

Kai

Gefühlt hat er in der Dunkelheit eine erste unruhige Nacht verbracht. Jetzt hört er leise Schritte, über ihm betritt jemand das Badezimmer und stellt wenig später die Dusche an. Er ist erleichtert, dass noch jemand im Haus ist. Und während das Wasser rauscht, erinnert er sich an die Begegnung mit Alex unter der Dusche. Mit Küssen, Erotik und viel Zärtlichkeit. War das bereits alles eine Lüge gewesen?

Alex ist früh aufgewacht und geht etwas unruhig in ein Café zum Frühstücken. Dabei schaut sie sich vorsichtig um, ob sie beobachtet wird. Um Lara macht sie sich weniger Gedanken, denn wer ohne Handy lebt, macht sich viel weniger Sorgen.

Kai

Er denkt über die Worte von Alex nach. Warum behauptet sie immer noch, dass sie ihn liebt? Wenn das so wäre, würde sie ihn doch niemals hier unten einsperren. Oder ist sie doch nur eine Handlangerin von Lara und kann sich aus bestimmten Gründen nicht von ihr lösen? Was ist, wenn die Geschichte stimmt, die Alex ihm anvertraut hat? Wobei, dann hätte sie ihm doch niemals eine ungeladene

166

Pistole übergeben. Nein, er ist sich ganz sicher, Alex kann ihn nicht lieben. Sie hat sein Vertrauen komplett missbraucht und belügt ihn ständig. Und was ist mit Lara? Hat sie die Schlüssel zu seinen Ketten? Warum sollte Alex ihn in dieser Hinsicht nicht auch belügen? Lara hält sich doch mit allem komplett zurück. Weder gibt sie ihm Anweisungen, noch hat sie ihm die Ketten angelegt, auch hat sie ihn nicht in den Keller geführt und hier angekettet. Hat Alex ihren gemeinsamen Vater umgebracht und erpresst sie jetzt Lara? Hat sie auch Tom umgebracht? Und ist es somit Lara, die ihm zur Flucht verhelfen kann? Hat sie nicht gesagt, dass er naiv sei. Sollte das ein Hinweis für ihn sein?

Beim Frühstück besprechen Kahler und Schalko, ob sie den heutigen Tag für weitere Ermittlungen nutzen wollen, entscheiden aber, dass es sinnlos ist. Jetzt können sie nur noch hoffen, dass Kai Nolte heute Abend mit im Flieger sitzen wird.

Kai

Er vernimmt einzelne Geräusche, doch da er keine Stimmen hört, ist er sich sicher, dass nur eine Person im Haus sein kann. Auch hat er den Jeep immer noch nicht kommen gehört. Dann erinnert er sich an das Grubenunglück in Lengede im Jahr 1963. Vor ein paar Jahren hatte er einen Spielfilm darüber gesehen und danach im Internet weiterrecherchiert. Zehn Bergarbeiter und ein Elektriker haben damals in einem alten Stollen fast sechzig Meter tief unter der Erde ohne Essen vierzehn Tage überlebt. Da wird er doch wohl sieben Tage schaffen, so spricht er sich Mut zu.

Alex hat sich ein Buch gekauft und verbringt den Tag am Strand. Abends setzt sie sich in ihren Jeep und fährt zu einem Lokal außerhalb der Stadt. So kann sie am besten beobachten, ob ihr jemand folgt. Obwohl sie nichts Verdächtiges erkennen kann, entschließt sie sich, noch eine Nacht in ihrer Wohnung zu verbringen.

Kai

Er ist froh über jedes Geräusch, das er vernimmt. Schritte, Stimmen, das Rauschen von Wasser in den Leitungen, leise Geräusche aus der Küche, das alles gibt ihm Mut und Kraft. Er denkt wieder an Tom. Wurde er auch unter Vortäuschung diverser Liebesschwüre im Bett angekettet? Musste er auch einen Mann im Garten begraben? Wer liegt wirklich unter all den Kreuzen: Tiere, die Eltern von Alex oder weitere Männer? Und falls es andere Männer sein sollten, warum hat sie keiner gesucht? Oder noch viel schlimmer, vielleicht wurden sie gesucht, aber nicht gefunden. Sucht ihn schon jemand? Er hat nur Mike von seinem Abenteuer auf Jamaika erzählt. Wie reagiert der, wenn er nicht wie angekündigt mit dem Flieger landet? Wird er versuchen, ihn anzurufen? Was passiert, wenn er ihn nicht erreicht? Wird er ihn als vermisst melden? Und wann? Einen Tag oder eine Woche, nachdem er nichts von ihm gehört hat? Und wo soll er ihn suchen, wenn nicht mal er ein Foto von Alex hat, geschweige eine Telefonnummer, eine Adresse oder sonst irgendetwas. Er hat sogar den Flug allein gebucht. Nein, diese Hoffnung, dass andere ihn finden, kann er aufgeben. Er muss sich hier allein helfen. Und er will und wird nicht sterben, das schwört er sich immer wieder.

Alex hat überraschend gut geschlafen. Sie ist sich sicher, dass die Beamten heute am Flughafen auf Kai warten werden, und auch wenn er nicht erscheint, werden sie nach Hause fliegen und den Fall zu den Akten legen. Sie haben absolut nichts gegen sie in der Hand, alles, was sie ihnen erzählt hat, ist stimmig.

Kai

Da er noch immer kein Geräusch vom zurückkehrenden Jeep hört, wird er unruhig, voller Verzweiflung reißt er an der Kette, die mit dem Ring an der Wand verbunden ist. Dabei bemerkt er, wie sich der Ring ein ganz klein wenig bewegt. Er schöpft Hoffnung, was ist, wenn er ihn aus der Wand reißen kann? Dann wäre er zumindest hier unten erst einmal frei. Er beginnt an der Kette zu reißen und zu ruckeln.

Vor dem Boarding vergewissern sich die Kommissare, dass Kai Nolte auf der Passagierliste steht, doch warten sie vergeblich auf ihn. Mit dem unguten Gefühl, vielleicht doch etwas übersehen zu haben, starten sie pünktlich um 19.15 Uhr mit dem Flieger nach Frankfurt.

»Vielleicht gibt es doch einen Zusammenhang zwischen dem Einbruch und seinem Verschwinden«, meint Kahler, »wir werden unsere weiteren Ermittlungen jetzt darauf konzentrieren müssen.«

Kai

Er bemerkt, wie der Ring immer mehr Spiel bekommt. Das gibt ihm Mut weiterzumachen, seine Kraft dafür aufzuwenden, ihn zu lösen. Und er fängt an, seine Flucht zu planen. Er würde sich nachts über das Grundstück ins Gebüsch schlagen und dann irgendwie zu einer Straße durchkämpfen.

23. JULI

Hamburg

Um 11.45 Uhr landen sie in Frankfurt und um 13.00 Uhr geht ihr Weiterflug nach Hamburg.

Auch Mike ist am Flughafen, er wartet vergeblich darauf, dass Kai aus dem Flieger steigt. Aber er erkennt die Polzisten und geht sogleich auf sie zu. Sie teilen ihm mit, dass sie die ominöse Frau zwar getroffen hätten, sie ihnen aber nicht weiterhelfen konnte und dass sie von Kai weder eine Spur noch ein Lebenszeichen gefunden haben. Er sei spurlos verschwunden.

Damit kann und will sich Mike nicht zufriedengeben. Er fragt nach der Adresse der Frau, aber die Polizisten verweigern ihm diese Information. Völlig frustriert fährt er nach Hause.

Die Beamten werden von Kern abgeholt. Auf der Fahrt ins Büro berichtet sie ihnen vom Vorschlag des Münchener Kollegen, über die drei Fälle in der Presse zu berichten, vielleicht kämen sie darüber zu einer Spur. Sie hätten schon alles vorbereitet und es könnte morgen ein Bericht in einer Online-Zeitung erscheinen. Außerdem könnte man jetzt den Computer von Nolte hacken, da sie davon ausgehen müssen, dass ihm etwas passiert ist. Vielleicht hat er ja doch an einem brisanten Fall gearbeitet.

Nachdem er sich den Bericht für die Presse durchgelesen hat, stimmt Kahler beidem zu. Sie vereinbaren, dass sie am nächsten Tag abwechselnd das Büro von 9 bis 22 Uhr besetzt halten für den Fall, dass es eine Resonanz auf die Nachricht in der Online-Zeitung geben sollte. Während Kern sofort alles in die Wege leitet, gehen die beiden Kommissare nach Hause, um ein wenig Schlaf nachzuholen.

Kai

Er hat es geschafft und den Ring aus der Wand gelöst. Jetzt muss er einen klaren Kopf bewahren. Er tastet sich im Dunkeln zur Tür, öffnet diese und robbt sich die Kellertreppe hinauf. Dabei versucht er so leise wie möglich zu sein, was mit den Ketten am Körper schwer ist. Oben angekommen, öffnet er die Luke einen winzigen Spalt weit. Erst schreckt er zurück, weil ihn ein Lichtstrahl blendet, ihm wird bewusst, dass er sich erst wieder an die Helligkeit gewöhnen muss.

Alex hat gut und entspannt geschlafen und hofft, dass die Polizei nichts weiter unternimmt. Sie beschließt, nach dem Frühstück in einem netten Café zu Lara zu fahren, weiterhin darauf achtend, dass ihr keiner folgt.

Kai

Während er auf der Kellertreppe sitzt, stellt er sicher, dass die Schwestern sich nicht im Flur aufhalten. Er braucht jetzt einen klaren Kopf. Am besten wäre es, wenn keiner im Haus wäre, aber eine der beiden Schwestern ist da. Kann er sie in seinem Zustand überwältigen? Wohl kaum. Er bräuchte die Pistole oder die Schlüssel, um die Ketten zu lösen. Vorsichtig öffnet er die Luke, sodass er am Ende des Flures die Haustür erblicken kann.

Alex fährt vorsichtig und über Umwege zurück zum Haus, wo sie ihre Schwester auf der Veranda antrifft.

Kai

Er hört, wie der Jeep zurückkommt, der Motor abgestellt wird, die Autotür zufällt und dann ist es wieder ruhig. Keiner kommt ins Haus. Vermutlich sitzen beide auf der Veranda. Ist das seine Chance zur Flucht? Er öffnet die Kellerluke noch etwas weiter und kann so in den Flur hineinschauen, wo er die Pistole auf dem Hocker neben der Kommode entdeckt. Diesmal wird sie sicherlich geladen sein, denn sie haben ihn ja die ganze Zeit damit bedroht.

Alex erzählt Lara von ihrer Begegnung mit den Kommissaren, der Befragung und der Wohnungsdurchsuchung. Sie ist sich sicher, dass das alles sehr gut verlaufen ist und sie danach weder beobachtet noch verfolgt worden sei. Trotzdem sollten sie in der nächsten Zeit vorsichtig und aufmerksam sein. Dann genießen sie die Sonne auf ihrer Veranda und plaudern über die Umgestaltung ihres Gartens, da sie doch jetzt einen »neuen« Helfer haben.

Kai

Er nimmt allen Mut zusammen und entschließt sich, sein Verlies endgültig zu verlassen. Doch kaum hat er die Kellerluke etwas geöffnet, spürt er einen Widerstand und so sehr er sich auch bemüht, er bekommt die Luke nicht weiter auf. Irgendetwas Schweres scheint auf ihr zu stehen. Geschockt, dass dieser Fluchtversuch so abrupt scheitert, sackt er förmlich in sich zusammen und fängt wieder an zu weinen.

24. JULI

Hamburg

Während der Dienstzeit von Daniela Kern meldet sich Dominique Schäfer aus Berlin, der den Online-Bericht gelesen hat, um etwas über den Fall auszusagen. Er berichtet von einer Frau, die er vor drei Monaten über das Internet kennengelernt habe, in die er sich schwer verliebte und der er vier Wochen später nach Jamaika folgen wollte, dass er aber dann doch nicht geflogen sei. Kern reagiert sofort und schickt ihm noch während des Telefonats per E-Mail ein Foto von Sonja Winter. Er identifiziert sie, nennt sie aber Kim. Kern stockt einen Augenblick, fragt aber nicht weiter nach und schickt ihm auch noch Fotos von Tortun, Gruber und Nolte, die ihm aber alle nicht bekannt sind.

Dann bittet sie ihn, dass er sich telefonisch bereithalten soll, da er heute noch vom Hauptkommissar Kahler zurückgerufen werde. Danach verständigt sie umgehend ihre beiden Kollegen.

Kai

Er liegt wieder auf der Matratze. Er muss sich erneut sammeln, neuen Mut schöpfen und sich einen anderen Plan ausdenken, denn schließlich ist er immer noch bewegungsfähig, beziehungsweise soweit es mit den Ketten möglich ist. Und dann ist ihm etwas

173

aufgefallen. Die Kellertür war nicht verschlossen. Hat Alex das absichtlich gemacht, damit er eine Fluchtchance hat? Oder gibt es gar keinen Schlüssel für die Tür? Das wiederum würde bedeuten, dass Alex ihn angelogen hat, als sie ihm sagte, dass Lara den Schlüssel an sich genommen habe, als sie ihren Vater hier einsperrten. Das sind weitere Fragen, auf die er keine Antwort findet.

Hamburg

Als Mike die Nachrichten im Internet anschaut, glaubt er seinen Augen nicht zu trauen, als er dort liest:

Mysteriöse Fälle.
In den letzten sechs Jahren sind drei Männer aus München, Stuttgart und Hamburg direkt nach ihrer Ankunft auf Jamaika spurlos verschwunden. Es ist möglich, dass sie dort eine Frau besuchen wollten, die sie in Deutschland kennengelernt hatten. Wer kann nützliche Hinweise zu diesen Fällen geben?

Ihm ist sofort klar, dass Kai damit gemeint ist, und auch, dass die Frau, mit der er verreist ist, ganz sicher etwas damit zu tun hat. Er ruft bei der angegebenen Nummer an und als er Kern am Apparat hat, bittet er um einen weiteren Termin am nächsten Tag.

Kahler betritt das Büro, Schalko ist noch auf dem Weg. Nachdem ihm Kern von den beiden Telefonaten erzählt hat, ruft Kahler zuerst Dominique Schäfer an. Nach nur einmaligem Klingeln meldet er sich.
»Schäfer.«
»Hallo Herr Schäfer, hier spricht Kommissar Kahler aus Hamburg. Sie haben vorhin mit meiner Assistentin Frau Kern telefoniert und ich habe noch ein paar Fragen an Sie.«

»Schießen Sie los.«

»Sie sagten, die Frau auf dem Foto heißt Kim?«

»Ja.«

»Wann und wie haben Sie sie kennengelernt?«

»Im Mai dieses Jahres über eine Singleseite im Internet. Wir haben uns ein paar Tage hin- und hergeschrieben und dann kam es zum Treffen.«

»Und weiter?«

»Wir sind zusammen essen gegangen, haben geplaudert und irgendwie hat es gleich zwischen uns beiden gefunkt. Zwei Tage später habe ich den Abend bei ihr verbracht und fand mich im siebten Himmel wieder.«

»Das ging ja schnell.«

»Die Frau war einfach unglaublich. Wunderschön, gebildet und mit sexuellen Fantasien ausgestattet.«

»Haben Sie miteinander geschlafen?«

»Entschuldigung, ist das jetzt wichtig?«

»Ja, alles ist wichtig.«

»Nun ja, wir haben zwar nicht miteinander geschlafen, aber …« Er stockt.

»Was aber?«

»… ich sollte sie ans Bett fesseln.«

»Bitte was?«

»Sie stand auf Fesselspiele, was mich total antörnte. Man findet halt nicht an jeder Ecke eine Frau, die so etwas mitmacht.«

»Das heißt?«

»Nun ja, dass ich sie ans Bett gefesselt habe und sie die ganze Nacht so neben mir verbracht hat.«

»Und Sie haben nicht miteinander geschlafen?«

»Nein, das war Teil der Abmachung. Sie sagte, sie wolle mein Vertrauen testen, was ich natürlich auch eingehalten habe.«

»Wie ging es weiter?«

»Morgens beim Kaffee hat sie mir dann erzählt, dass sie schon am nächsten Tag nach Jamaika zurückfliegt. Ich war so begeistert von ihr, dass ich sie unbedingt wiedersehen wollte, und habe sofort einen Flug gebucht. Ich wollte vier Wochen später meinen Urlaub mit ihr auf Jamaica verbringen.«

»Aber Sie sind nicht geflogen?«

»Nein, irgendwie habe ich ein paar Tage später einen klaren Kopf bekommen. Ich kann doch nicht nach nur zwei Begegnungen einer Frau, die ich noch nicht mal erreichen kann, ans andere Ende der Welt hinterherfliegen.«

»Warum nicht erreichen?«

»Sie hatte angeblich weder Internet noch Telefon und gab mir auch ihre Adresse auf Jamaika nicht. Sie versprach mir lediglich, dass sie mich bei der Landung auf dem Flughafen abholen würde. Das alles war mir dann irgendwann doch zu suspekt.«

»Sie sagten, sie hätte angeblich kein Telefon?«

»Mal ganz ehrlich, gibt es heute eine erwachsene Person, die kein Handy besitzt? Ich jedenfalls kenne keine.«

»Aber einen Anhaltspunkt, dass sie doch eines hatte, haben Sie nicht?«

»Nein, keinen einzigen.«

»Und somit haben Sie auch keinerlei Kontakt mehr zu ihr gehabt?«

»Nein, keinen, was ich im Übrigen durchaus bedaure, weil sie eine tolle Frau ist.«

»Haben Sie ihren Ausweis gesehen?«

»Nein.«

»Sagt Ihnen der Name Alex oder Sonja Winter etwas?«

»Nennt sie sich so?«

»Das wissen wir alles noch nicht, also sagen Ihnen diese Namen etwas?«

»Nein, wie erwähnt, sie hieß Kim, zumindest hat sie sich mir gegenüber so vorgestellt. Darf ich fragen, warum Sie das alles wissen wollen?«

»Das kann ich Ihnen nicht sagen, wir ermitteln noch.«

»Und wenn ich zu ihr geflogen wäre, hätte ich jetzt auch auf mysteriöse Weise verschwunden sein können?«

»Auch das kann ich Ihnen nicht beantworten. Sagen Sie, wie heißt die Singleseite, auf der Sie sich angemeldet hatten?«

»Nie-mehr-allein.de.«

»Vielen Dank, Herr Schäfer, Sie haben uns sehr weitergeholfen.« Schalko ist inzwischen im Büro eingetroffen und sie besprechen die Aussage von Schäfer.

»Mal ganz ehrlich, was hat das schon zu bedeuten? Die Frau sucht ein Abenteurer, Schäfer kneift, Nolte nicht. Wie hilft uns diese Information wirklich weiter? Wenn wir die Winter mit dieser Aussage konfrontieren, wird sie uns sagen, dass sie ihn mochte, und bedauern, dass er nicht zu ihr geflogen ist. Dann sind wir kein bisschen weiter. Und zu Luttner und Berger besteht bei ihm auch kein Zusammenhang.«

»Es könnte aber bedeuten, dass es noch weitere Männer gibt, die mit ihr ein paar schöne Tage auf der Insel verbringen wollten.«

»Können die Jamaikaner sie nicht beschatten?«, fährt Kern dazwischen.

»Keine Chance«, antwortet Kahler, »dafür haben wir viel zu wenig Anhaltspunkte. Zwei Vermisste, zu denen wir keine Verbindung mit Winter herstellen können, ein verliebter Typ, der ihr hinterhergereist und nun verschwunden ist, und ein weiterer, der ihr gar nicht erst auf die Insel gefolgt ist. Die lachen uns aus, wenn wir sie darum bitten. Zudem haben wir noch nicht einmal ein Motiv. Nein, wir müssen von hier aus weiterermitteln.«

»Was ist eigentlich mit Gruber?«, fragt Schalko. »Was, wenn Winter mit ihm unter einer Decke steckt? Er könnte ihnen in die Wohnung gefolgt sein und dort haben sie Nolte gemeinsam getötet.«

»Schalko, Sie haben zu viel Fantasie, warum sollte sie das gemacht haben? Zudem haben wir in der Wohnung keinen Anhaltspunkt für ein Verbrechen gefunden. Lassen Sie uns einmal schauen, was wir von der Winter haben. In Augsburg aufgewachsen und von dort wandert sie vor zwanzig Jahren im Teenageralter mit ihren Eltern und ihrer Schwester nach Jamaika aus. Dort wohnt sie jetzt zusammen mit ihrer Schwester, die durch die Welt tingelt, in einer kleinen Wohnung. Die Eltern sind tot. Sie hat keinen Job, aber genug Geld, um regelmäßig nach Deutschland zu fliegen. Zuletzt nach Hamburg, davor nach Berlin, um sich auf einer Singlebörse mit Männern zu verabreden, die nichts Besseres vorhaben, als ihr Hals über Kopf nach Jamaika hinterherzufliegen.«

»Was ist, wenn sie nur aus diesem Grund nach Deutschland fliegt und möchte, dass die Herren ihr folgen? Ich meine, sie lernt hier Männer kennen und schon ein paar Tage später fliegt sie zurück auf ihre Insel. Das macht doch keinen Sinn«, ergänzt Kern.

»Interessanter Ansatz. Und wie Sie sagen, macht das alles nach bisheriger Aktenlage keinen Sinn. Wo also liegt hier ein Motiv?«

»Entführung? Von irgendetwas muss sie doch leben.«

»Nach unseren Kenntnissen gab es diesbezüglich in den anderen beiden Fällen weder eine Forderung noch eine außergewöhnliche Bankbewegung. Das ist somit eher unwahrscheinlich.«

»Was kann sie denn von den Männern wollen?«

»Vielleicht sucht sie nur Bestätigung oder Spaß?«, gibt Schalko zu bedenken.

»Eine so attraktive Frau braucht diese Art der Bestätigung bestimmt nicht«, entgegnet Kern.

»Wo also ist das Motiv?«, fährt Kahler fort. »Wir werden uns morgen an die Telefone setzen und alles über die Winter in Erfahrung bringen. Vielleicht bringt uns das weiter.«

»Schalko und Kern, Sie sehen zu, dass Sie Freunde und Nachbarn von den Winters befragen, und sobald auf Jamaika die Sonne aufgeht, sprechen Sie dort mit den Behörden, um etwas über die Eltern und die Schwester herauszufinden. Und Kern, bestätigen Sie bitte den Termin mit Mike Krupert um 10 Uhr bei uns im Büro.«

Kai

Er hat einen Plan. Er wird sich unter der Kellertreppe verstecken und wenn die beiden Frau herunterkommen, um ihn zu befreien, kann er nur hoffen, dass Alex vorangeht und ihr Lara mit der Pistole in der Hand folgt. Er wird Lara überwältigen und die Pistole an sich reißen. Mit der Waffe würde er sie bedrohen und notfalls schießen. Dann würde er sie fragen, wo die Schlüssel zu den Schlössern sind, die Kellertreppe hinaufgehen und die Luke schließen. Oben würde er sich von den Ketten befreien und sofort zur Polizei fahren, die dann die Frauen festnehmen würde. Er ist zuversichtlich, dass das klappt.

25. JULI

Hamburg

Mike kommt sichtlich aufgewühlt ins Büro, wo er von Kahler, Schalko und Kern empfangen wird. Er erklärt in kurzen Sätzen, dass diese Frau etwas mit dem Verschwinden von Kai zu tun haben muss, und bietet den Kommissaren seine Hilfe an, indem er nach Jamaika fliegt und mit dieser Frau über Umwege Kontakt aufnimmt, da sie ja anscheinend an Männerbekanntschaften interessiert ist. Er findet seine Idee so gut, dass er fest mit einer Zustimmung rechnet.

Kahler ergreift das Wort: »Ihr Vorschlag ist grundsätzlich sehr gut und ich würde ihn sogar befürworten, aber das Gesetz lässt es nicht zu, dass wir Ihnen die Kontaktdaten der Frau geben. Wir haben sie befragt, alles überprüft und auch wenn sich ihre Geschichte recht sonderbar anhört, haben wir nichts gegen sie in der Hand.«

Enttäuscht verlässt Mike das Büro, ihm ist aber nicht entgangen, dass zumindest Kern ihm gerne helfen würde.

Kai

Er glaubt fest daran, dass seine Idee funktionieren wird, und überlegt sich weitere Details. Soll er Lara mit der Kette niederschlagen oder kann er sie auch anders überwältigen? Was aber ist, wenn Alex allein in den Keller kommt, um erst mal zu sehen, ob alles in Ordnung ist? Würde er sie auch überwältigen? Und falls er das schaffte, was nützte ihm das? Lara hätte immer noch die Pistole. Diese Möglichkeit verwirft er somit wieder.

Hamburg

Kern telefoniert mit dem Einwohnermeldeamt von Augsburg, um dort zu erfragen, wer vor zwanzig Jahren direkt neben den Winters gewohnt hat. Eine nette Dame sagt ihr zu, dass in den nächsten Tagen zu klären. Kern lässt aber nicht locker und erklärt, dass die Angaben für einen aktuellen Vermisstenfall sehr wichtig seien. Daraufhin bekommt sie umgehend die Auskunft, dass Michael und Katja Speicher immer noch dort wohnten. Karsten Trostel sei vor fünf Jahren nach München gezogen.

Als sie Schalko davon erzählt, sagt er gleich, dass er sich um die Speichers kümmern werde, für sie bleibe somit Trostel übrig. War ja klar, denkt sie, während sie die Telefonnummer des Einwohnermeldeamts von München heraussucht.

Schalko ermittelt relativ schnell die Nummer der Speichers und hat Glück, dass Katja Speicher gleich ans Telefon geht. Von ihr erfährt er Erstaunliches. Die Winters waren für sie Perverslinge. Sie hatte mehrfach beobachtet, wie die beiden kleinen Mädchen im Vorschulalter nackt und auf alle Vieren im Garten herumliefen. Das hörte erst auf, als sie das Jugendamt einschaltete. Schalko rechnet nach, dass das über dreißig Jahre her sein muss. Sofort setzt er sich mit dem zuständigen Jugendamt in Verbindung, doch dort verfügt man über keine Unterlagen mehr zu diesem Fall, allerdings kann man ihm eine Mitarbeiterin nennen, die damals für solche Fälle zuständig war.

Kern hat zwischenzeitlich den Wohnort und die Telefonnummer von Trostel herausgefunden. Leider erreicht sie nur den Anrufbeantworter und bittet um Rückruf.

Kai

So oft es ihm möglich ist, sitzt er auf der Kellertreppe und öffnet die Luke einen Spalt weit, damit sich seine Augen an das Licht gewöhnen. Zudem möchte er mitbekommen, was im Haus passiert. Vielleicht erfährt er etwas, das ihm weiterhelfen kann.

Hamburg

Kern erreicht die jamaikanischen Behörden. Sie wird zu einer Sachbearbeiterin durchgestellt und erklärt kurz und knapp, worum es geht, bekommt aber nur Ablehnung zu spüren. Sie solle sich erst mal ausweisen, bevor man tätig würde. Doch sie lässt sich nicht so einfach abwimmeln, erklärt, wie wichtig es sei und dass sie ja nur wissen möchte, wann und wie die Eltern verstorben sind und ob Lara Winter noch auf Jamaika lebt. Die nette Dame sagt, dass sie die Unterlagen heraussuchen werde und sich Kern morgen noch mal melden soll.

Schalko hat inzwischen die damals zuständige Mitarbeiterin vom Jugendamt ausfindig gemacht. Nachdem er ihr die Namen und die Umstände des Falls angegeben hat, kann sie sich schwach daran erinnern.

»Harmloses Ding damals«, berichtet sie, »die beiden kleinen Mädels krabbelten tatsächlich nackt im Garten herum. Die Eltern hatten sich bis dato nichts zu Schulden kommen lassen und beteuerten, dass die Kinder, die damals noch im Vorschulalter waren, Spaß daran hätten, wollten das aber für die Zukunft unterlassen. Somit war die Sache erledigt.«

»Gab es sonst noch etwas, das Ihnen aufgefallen ist?«

»Nein, wie schon erwähnt, das war eher harmlos. Sie glauben ja gar nicht, was ich im Laufe meiner Zeit alles Schlimme erlebt habe.«

Doch bevor sie davon zu erzählen anfängt, bricht Schalko das Gespräch ab und bedankt sich für ihre Hilfe.

Kern wartet immer noch auf den Rückruf von Trostel und spricht ihm abermals aufs Band, dass er sie bitte dringend zurückrufen soll.

Kai

Er hat wieder genug Kraft getankt, um fest daran zu glauben, dass er die Schwestern überwältigen kann und ihm dann die Flucht gelingen wird. Immer wieder geht er seinen Plan durch, um ja keinen Fehler zu machen.

26. JULI

Hamburg

Mike ruft nochmal auf dem Polizeirevier an und verlangt nach Daniela Kern. Er hofft, dass sie ihm doch irgendwie helfen kann. Er brauche nur die Adresse von dieser Alex und würde auch niemandem sagen, von wem er sie bekommen habe. Kern hat volles Verständnis für ihn und sagt ihm zu, zu überlegen, ob es doch noch eine Möglichkeit gibt.

Kai

Er tastet immer wieder den Weg von seiner Matratze bis unter die Kellertreppe ab und bewegt sich dabei so leise, wie es nur geht. Er darf keinen Fehler machen, wenn es so weit ist.

Hamburg

Kern ruft nochmals auf Jamaika an und jetzt bekommt sie Antworten auf ihre Fragen. Manuela Winter ist vor fünfzehn Jahren bei einem Sturz von der Treppe ums Leben gekommen. Günter

Winter wurde drei Monate später von den Kindern als vermisst gemeldet und ein Jahr später für tot erklärt. Seine Leiche wurde nie gefunden. Lara Winter lebt zusammen mit ihrer Schwester in Montego Bay. Als Kern fragt, ob man die Akten zu den beiden Todesfällen einscannen und ihr per Mail schicken könne, zögert die Beamtin und erwähnt, dass sie erst ihren Vorgesetzten fragen müsse. Kurz darauf stimmt der Vorgesetzte zu, da es sich hier lediglich um einen Unfall und eine Vermisstenmeldung handelt, besteht aber darauf, dass die Angehörigen von dem Vorgang informiert werden.

Kai

Er kauert unter der Kellertreppe, als über ihm die Luke einen Spalt weit geöffnet wird. Er ist fest entschlossen, die Frauen zu überwältigen. Dann hört er die Stimme von Alex, die sagt, dass sie die Luke jetzt etwas öffnen werde, damit er sich an das Licht gewöhnen kann. Dann vernimmt er, wie sie sich entfernt und das Haus verlässt. Sofort probiert er aus, ob sich die Luke weiter öffnen lässt, spürt aber nach wie vor einen Widerstand.

Hamburg

Schalko unterrichtet Kahler und Kern davon, was er von den Nachbarn und vom Jugendamt erfahren hat, und alle sind sich einig, dass ihnen das nicht weiterhelfen wird.

Kern berichtet, dass sie die Akten zu den Todesfällen angefordert habe, und fragt dann noch einmal ihre Vorgesetzten, ob es nicht doch eine Möglichkeit gebe, Mike die Adresse von Sonja Winter zu übermitteln. Man könnte sie doch beispielsweise auf den Computer von Kai Nolte »schmuggeln«.

Kahler schaut sie recht böse an. »Frau Kern, überlegen Sie mal, was passiert, wenn Mike nach Jamaika fliegt, Kontakt zu Sonja Winter aufnimmt und sie erfährt, dass er der Freund von Kai Nolte ist. Dann zählt sie eins und eins zusammen und wir bekommen mächtig Ärger. Das kann uns allen unseren Job kosten. So blöd das auch ist, es gibt keine Chance und ich warne Sie davor, hier einen Alleingang zu starten.«

Kai

Durch das hereinsickernde schwache Licht können sich seine Augen langsam an die Helligkeit gewöhnen. Jetzt kann er nur noch darauf warten, dass die Luke vollständig geöffnet wird.

Hamburg

Mike bekommt einen Anruf von Kern, die es sehr bedauert, ihm beim besten Willen nicht helfen zu können und dies auch nicht dürfe, weil sie sich sonst strafbar machen würde. Enttäuscht beendet er das Gespräch, ohne den Gedanken an ein Aufgeben zu verschwenden. Es muss eine Möglichkeit geben, an die Adresse heranzukommen.

27. JULI

Kai

Er hat eine schlaflose Nacht unter der Treppe verbracht. Seine Sorge, dass sich die Luke öffnet, während er auf der Matratze schläft, war viel zu groß. Er spürt, dass er nur diese einzige Chance zur Flucht bekommt. Es wird hell und er vernimmt, wie das Leben im Haus beginnt. Hört, wie die Schwestern das Bad betreten, sich das Frühstück zubereiten und über das Wetter und den Garten unterhalten. Kein Wort über ihn oder den Zeitpunkt seiner Befreiung aus diesem Verlies.

Hamburg

Ein Computerspezialist untersucht den Laptop von Kai und kann nichts entdecken, was der Polizei weiterhelfen könnte.

Mike hat einen Plan. Er wird morgen aufs Polizeirevier gehen, denn er wird das Gefühl nicht los, dass Kern ihm irgendwie helfen möchte. Er wird sie bitten, seine Aussage noch einmal zu lesen, und falls sie ihm die vollständige Akte gibt, muss er es schaffen, die Adresse der Frau in Montego Bay herauszubekommen, ohne dass Kern es bemerkt.

Jamaica

»Huhu, Kai«, hört er die Stimme von Alex, »du hast dich bestimmt schon von dem lockeren Ring in der Wand befreit und hockst jetzt unter der Kellertreppe mit dem Plan, uns zu überwältigen. Das kannst du aber getrost vergessen. Du hast zehn Minuten Zeit, deine Hände durch den Spalt zu schieben. Solltest du länger brauchen, schließt sich die Luke auf unbestimmte Zeit wieder.«

Für ihn bricht abermals eine Welt zusammen. Wussten die Frauen, dass er den Ring lösen würde? Wollten sie ihn abermals Hoffnungen machen, um diese dann wieder zu zerstören? Er verlässt sein Versteck, kriecht die Kellertreppe hoch und streckt seine Hände durch den geöffneten Spalt.

Hamburg

Kern bekommt die Nachricht von der Kripo, die den Einbruch bearbeitet, dass man die Sache einstellen werde, da es weder einen Tatverdacht noch einen Hinweis auf gestohlene Dinge gebe.

Jamaika

Alex sieht Kais Hände und holt die lange Kette hervor, die sie um seine Handschellen legt und danach im Flur an einem Ring in der Wand befestigt, sodass er jetzt an der langen Kette liegt. Danach räumt sie zusammen mit Lara die schweren Bücher aus dem Schrank, der mit seinen Füßen über der Luke steht, sodass diese nur einen Spalt geöffnet werden konnte, schieben ihn beiseite und öffnen die Luke. Dann wendet sie sich an Kai.

»Lieber Kai, ich hoffe, dass du ab jetzt keinen weiteren Versuch unternimmst, diesen Ort ohne unsere Zustimmung zu verlassen. Du hast keine Chance zu fliehen und je eher du das begreifst, umso schneller kannst du hier ein entspanntes Leben mit uns führen. Solltest du trotzdem noch mal einen Fluchtversuch wagen, musst du wieder zurück in den Keller. Ich hoffe auch, dass du da unten genug über dein Leben nachgedacht hast. Und natürlich wirst du weiterhin nicht sprechen. So wie auch Tom es in seiner glücklichen Zeit in diesem Haus nicht getan hat.«

Kai ist bewusst, dass er keine andere Wahl hat, und nimmt sich deshalb fest vor, die Rolle von Tom von jetzt an widerstandslos zu übernehmen, aber natürlich auch auf eine weitere Chance zur Flucht zu warten. Dass Tom hier glücklich war, bezweifelt er. Immerhin würden sie ihm zu essen und zu trinken geben, sodass er langsam wieder zu Kräften kommen könnte. Zudem darf er jetzt im Flur auf einer Decke schlafen.

28. JULI

Hamburg

Endlich meldet sich Trostel bei Kern. Er gibt an, dass er sich kaum noch an seine Nachbarn erinnern kann, weil er eher ein Einzelgänger ist, dem die Mitmenschen egal sind. Auch berichtet er, auf Nachfrage von Kern, dass ihm nichts an den Kindern aufgefallen sei.

Jamaica

Kai kann inzwischen in einem Radius von circa zwei Metern wieder erste Schritte gehen, was ihm erneuten Mut gibt. Um ihn herum bietet sich ihm ein komplett bizarres Bild. Die Schwestern bewegen sich im Haus völlig normal, reden und lachen miteinander und tun so, als ob sie ihn gar nicht wahrnehmen. Wasser und Brot werden ihm hingestellt.

Hamburg

Mike taucht nochmals bei Kern im Büro auf. Diese begrüßt ihn mit den Worten: »Herr Krupert, Sie wissen doch, dass ich Ihnen nicht helfen darf.«

»Ich wollte nur noch mal meine damalige Aussage lesen.«

»Warum?«

»Vielleicht fällt mir noch etwas ein.«

»Herr Krupert, wir beide wissen, dass Sie aus einem anderen Grund hier sind.«

»Besteht nicht die Möglichkeit, dass Sie die Akte auf den Tisch legen und kurz raus müssen?«

»Nein, Herr Krupert, diese Möglichkeit besteht nicht. Ich weiß, wie sehr Sie Ihrem Freund helfen möchten und ich möchte es sicherlich auch. Aber wenn ich das mache, verliere ich meinen Job. Möchten Sie das riskieren?«

»Nein, natürlich nicht.«

»Dann unterlassen Sie bitte weitere Versuche.«

Niedergeschlagen verlässt Mike das Polizeirevier.

Jamaika

Alex ist mit dem Jeep in die Stadt gefahren, um ein paar Einkäufe zu erledigen. Auch in der Wohnung schaut sie vorbei und findet in ihrem Briefkasten eine Nachricht, dass die Polizei in Hamburg die Unterlagen von den Todesfällen ihrer Eltern angefordert und man diese per Mail an sie gesendet habe. Sie fährt auf einem Umweg zum Haus zurück, immer noch darauf achtend, dass ihr keiner folgt, und bespricht die Sachlage mit Lara.

»Wenn sie jetzt die Unterlagen anfordern, bedeutet es, dass sie mich immer noch in Verdacht haben.«

»Was könnten sie aus den Unterlagen schon ersehen? Das Mama zu Tode gestürzt ist und Papa für tot erklärt wurde? Das dürfte kaum belastend für dich sein.«

»Und was ist, wenn sie diese Adresse entdecken und sich dafür interessieren?«

»Hm, das könnte ein Risiko bedeuten, aber ich halte es für gering.«

»Aber wenn sie hier auftauchen und Kai finden, ist alles vorbei und wir landen beide im Gefängnis.«

»Du weißt, dass wir dafür einen Plan haben …«

»Ja, wir müssten ihn töten. Nur, wenn die Polizei hier auftaucht, werden sie Spuren, sei es Fingerabdrücke oder DNA, von Kai oder Tom finden. Wir können unmöglich alles beseitigen. Und dann werden wir mit vielen unangenehmen Fragen konfrontiert werden.«

»Was sollen wir also machen?«

»Ich weiß es noch nicht, aber wir haben bisher immer eine Lösung gefunden.«

Nach wenigen Minuten hat Alex einen neuen Plan und bespricht ihn mit Lara.

29. JULI

Hamburg

Kern bekommt die E-Mail aus Jamaika und druckt die Unterlagen aus. Es handelt sich lediglich um zwei Seiten. Auf der ersten Seite wird der Tod der Mutter vor fünfzehn Jahren durch einen Treppensturz festgestellt. Auf der zweiten Seite wird berichtet, dass der Vater drei Monate später als vermisst gemeldet und ein Jahr später für tot erklärt wurde. Sie überprüft die üblichen Personalien, die, mit Ausnahme der damaligen Wohnadresse, alle mit den ihr vorliegenden übereinstimmen. Das Einzige, was ihr auffällt, ist, dass der Vater schon kurz nach dem Tod der Mutter als vermisst galt. Vielleicht hatte er den frühen Tod seiner jungen Frau nicht verkraftet und sich das Leben genommen. Für die beiden Mädchen, damals 18 und 19 Jahre alt, muss das ein echter Schock gewesen sein.

Sie unterrichtet die beiden Kommissare davon, aber auch daraus können sie keine neuen Erkenntnisse gewinnen. Dann fügt sie noch hinzu, dass sich Trostel gemeldet habe, ihnen aber nicht weiterhelfen kann. Sie überlegen, ob sie den Fall zu den Akten legen sollen, so wie es die Kollegen bei Luttner und Berger auch schon getan haben.

»Lasst uns bitte alle Unterlagen noch einmal durchschauen, vielleicht haben wir irgendetwas Wichtiges übersehen«, gibt Kahler zu bedenken.

Jamaica

In der Früh kommt Alex auf ihn zu.

»Lieber Kai, ich habe Lara gebeten, dich freizugeben, vielleicht haben wir beide dann doch noch eine Chance auf eine gemeinsame Zukunft, sofern du es dir auch wünschst.«

Kai schaut sie ungläubig an.

»Allerdings stellt Lara ein paar Bedingungen und wenn du die erfüllst, kannst du – oder wenn du mich noch willst, können wir – diesen Ort verlassen.«

Völlig verdutzt schaut er sie an. Darf er jetzt reden oder nicht? Er denkt dabei an Tom. Als er ihn das erste Mal reden hörte, wurde er erschossen. Ist das eine Probe für ihn?

»Hast du verstanden, was ich dir gesagt habe? Möchtest du den Plan hören, den ich mir ausgedacht habe, damit wir alle in Frieden weiterleben können? Ach so, du darfst jetzt natürlich reden«, lächelt sie ihn an.

»Erzähl«, kommt es vorsichtig aus ihm heraus.

»Nun, als Erstes bekommst du von mir eine Million Dollar für die Qualen, die du hier erlitten hast.«

»Bitte?«

»Ja, du hörst richtig, du bekommst eine Million Dollar.«

»Und was noch?«, fragt Kai ungläubig

»Du musst ein Geständnis ablegen, dass du Tom im Streit erschossen und dann im Garten vergraben hast.«

»Ich soll einen Mord gestehen, den ich nicht verübt habe? Warum?«

»Als Sicherheit für Lara.«

»Ich verstehe nicht.«

»Nun, wenn sie dich freilässt, besteht natürlich die Gefahr, dass du sofort zur Polizei gehst und sie anzeigst.«

Kai glaubt ihr nicht, nein, er kann ihr unmöglich glauben. Er will sich nicht schon wieder Hoffnungen machen, die dann zerstört werden. Trotzdem setzt er das Gespräch fort. »Und wenn ich es doch mache?«

»Dann legt sie dein Geständnis vor und du landest lebenslänglich auf Jamaika im Gefängnis.«

»Das kann ich nachvollziehen …«

»Du gehst im Übrigen kein Risiko ein. Tom gilt seit drei Jahren als vermisst, den sucht keiner mehr, schon gar nicht hier oben bei uns im Garten.« Sie lächelt ihn an.

»Und wenn sie mich trotzdem anzeigt?«, fragt Kai misstrauisch nach.

»Nun, ich ahnte, dass du mir nicht vertraust, deshalb werde ich meinen Teil der Abmachung vorab erfüllen. Ich überweise eine Million Dollar auf dein Konto und erst danach schreibst du das Geständnis.«

»Wie soll das funktionieren?«

Sie legt ihm einen Zettel und einen Stift hin. »Bitte schreibe in gut leserlicher Schrift deine Kontodaten auf.«

»Ich kenne weder meine IBAN noch meine BIC auswendig.«

»Wenn du deine Kontonummer und deine Bankleitzahl aufschreibst, werde ich alles andere herausbekommen. Die Summe werde ich dir heute noch per Blitzüberweisung zusenden.«

»Und woher soll ich wissen, dass du sie auch tatsächlich überweist?«

»Ich bringe dir den Beleg mit.«

»Sorry, aber den kann man fälschen.«

»Oh, du vertraust mir nicht. Warte, ich habe noch eine Idee. Ich werde dein Handy aufladen und du kannst dann mit deiner Bank sprechen und dir die Gutschrift bestätigen lassen.«

Kai überlegt, ob sie ihn wieder nur anlügt und wo der Haken sein könnte. Andererseits, was hat er zu verlieren? Sein Konto kann sie nicht plündern, das ist im Minus. Somit bringt es auch nichts, wenn er eine falsche Kontonummer aufschreibt. Andererseits ist das Angebot mit der Eine-Million-Dollar-Überweisung völlig irreal. Da er aber nichts zu verlieren hat, schreibt er die richtigen Daten auf.

»Und bitte schreibe mir genauso säuberlich auf, welche Sachen zum Anziehen ich dir in welcher Größe aus der Stadt mitbringen soll. Deine hast du ja leider verbrannt«, fügt sie lächelnd hinzu.

Für diese Art von Humor ist er zurzeit nicht empfänglich. Er notiert auf dem Zettel: »Unterwäsche und T-Shirt in Größe L, Shorts in Größe 52 und Turnschuhe in Größe 44«.

»Danke«, sagt sie, geht hinaus und fährt mit dem Jeep runter in die Stadt.

Zurück bleibt Kai, angekettet im Flur. Er denkt über das gerade Geschehene nach. Was hat sie mit mir vor? Die Geschichte mit der Eine-Million-Dollar-Überweisung ist jedenfalls völlig surreal.

Hamburg

Kern sichtet noch einmal genau die Unterlagen. Die Mutter stürzt im Haus die Treppe hinunter und verstirbt dabei. Der Vater wird drei Monate später als vermisst gemeldet. Dann stockt sie bei der Adresse des Hauses, in dem die Familie gewohnt hat. Was mag damit geschehen sein? Sie schickt diesbezügliche eine Anfrage an die Polizei auf Jamaika.

Jamaika

Die Tür geht auf und Alex kommt herein. Sie geht direkt auf ihn zu und zeigt ihm die Bestätigung der Blitzüberweisung von einer Million Dollar. »Morgen früh sollte das Geld auf deinem Konto sein. Du kannst dann mit deiner Bank telefonieren und erst dann brauchst du das Geständnis zu schreiben.«

Er ist immer noch skeptisch, kann nicht glauben, dass Alex ihm so viel Geld überwiesen hat. Andererseits könnte es tatsächlich eine Entschädigung für seine hier erlittenen Qualen sein und dafür, dass er darauf verzichtet, die Schwestern anzuzeigen.

30. JULI

Hamburg

Kern erhält die Antwort, dass das Haus Lara Winter gehört. Sofort geht sie hinüber in Kahlers Büro. »Ich habe eine neue Information, weiß aber nicht, ob das wichtig ist.«

»Nun erzählen Sie schon.«

»Laut den Unterlagen haben die Eltern in einem Haus oben in den Bergen von Jamaika gelebt.« Sie wartet ein wenig, um die Spannung zu erhöhen

»Und?«

»Dieses Haus gehört jetzt Lara Winter. Und vielleicht wohnt sie ja dort.«

»Das würde bedeuten, dass Sonja Winter uns belogen hat. Aber hilft uns das weiter?«

»Es wäre ein optimales Versteck.«

»Sie meinen, dass sich Kai Nolte dort aufhalten könnte?«

»Möglich ist es.«

»Vielleicht ist das Haus aber auch schon lange nicht mehr bewohnt.«

»Das sollten wir überprüfen.«

»Dafür können wir aber nicht noch mal nach Jamaika fliegen.«

»Vielleicht könnte ich doch Mike Krupert die Adresse von Lara Winter übermitteln. Der würde sofort in den nächsten Flieger steigen.«

»Frau Kern, ich bitte Sie!«

»Ist es nicht unsere einzige Möglichkeit herauszufinden, was mit

Kai Nolte und vielleicht auch den anderen beiden Männern passiert ist? Wir brauchen ihm ja nicht die Adresse von Sonja Winter zu geben und gegen Lara Winter ermitteln wir nicht, also machen wir uns nicht strafbar. Krupert wird dann alles daran setzen, über Lara Winter an Sonja Winter heranzukommen, und wir sind raus.«

»Kern, hören Sie auf mit diesem Mist. Stellen Sie sich vor, dass dort ein Verbrechen geschehen ist und Krupert passiert etwas, dann landen wir im Gefängnis.«

»Okay, war ja nur so eine Idee.«

»Eine dumme, aber Sie bringen mich auf eine andere Idee: Wir bitten die jamaikanische Polizei, dort einmal vorbeizuschauen. »Vielleicht entdecken sie etwas oder können uns zumindest mitteilen, ob das Haus bewohnt ist. Kümmern Sie sich bitte darum.«

Umgehend schickt Kern eine Mail an den Polizisten, der ihnen schon vor Ort geholfen hat, mit der Bitte, dies zu überprüfen.

Jamaika

Vor seinen Augen steckt Alex das Ladekabel in die Steckdose und verbindet es mit seinem Handy. Dann warten sie einen Augenblick und als es genügend aufgeladen ist, fragt sie ihn nach seiner PIN-Nummer. Misstrauisch schaut er sie an, was ihr natürlich nicht entgeht.

»Kai, bitte vertraue mir. Ich werde jetzt dein Handy entsperren, dann die Nummer von deiner Bank wählen und mich mit deinem Sachbearbeiter verbinden lassen. Danach halte ich dir das Handy an dein Ohr und du fragst ihn bitte ausschließlich danach, ob das Geld eingegangen ist. Mehr darfst du nicht mit ihm bereden, ansonsten riskierst du unsere Abmachung und somit dein Leben.«

Es schaudert ihn bei ihren letzten Worten. Dann gibt er ihr seine PIN, woraufhin auf dem Display sofort diverse in der Abwesenheit eingegangene Nachrichten und Telefonate angezeigt werden.

»Oh, du bist sehr begehrt«, schmunzelt Alex. »Gibst du mir jetzt die Nummer deiner Bank?«

»Unter den Kontakten findest du Jürgen Baumeister, meinen Bankberater, mit seiner Durchwahl.«

Alex findet den Namen, wählt die Nummer und als er sich meldet, hält sie Kai das Handy ans Ohr.

»Hallo, ist da jemand?«, hört er eine Stimme.

»Hallo Herr Baumeister, hier ist Kai Nolte.«

»Entschuldigen Sie, wer ist da? Ich kann Sie schlecht verstehen.«

»Kai Nolte.«

»Ach, Herr Nolte, geht es Ihnen gut?«

»Ja, nur habe ich es gerade etwas eilig. Könnten Sie bitte auf meinem Konto nachschauen, ob da eine größere Überweisung eingegangen ist?«

»Augenblick, ich schaue nach.«

Kai hört, wie der Banker auf der Tastatur tippt. »Oja, in der Tat, heute sind 950 745,56 Euro eingegangen.«

»Danke für die schnelle Auskunft und auf Wiedersehen.«

Ehe Baumeister noch etwas sagen kann, hat Alex die Verbindung beendet.

»Vertraust du mir jetzt?«

Kai ist völlig durcheinander, damit hat er nicht gerechnet. Er schöpft wieder Hoffnung, diesem Martyrium doch noch zu entgehen.

»Und wenn ich jetzt das falsche Geständnis ablege, bin ich frei?«

»Ja, das bist du ... für uns.« Alex lächelt ihn an.

Als die jamaikanische Polizei die behördlichen Informationen zum Grundstück ermittelt, stellen sie fest, dass es zwar Lara Winter gehört, aber dort keiner gemeldet ist. Der Polizist, der mit Kern gesprochen hat, fährt umgehend hin, steht dann aber vor einem verschlossenen Tor, von wo aus er das Grundstück nur unzureichend einsehen kann. Es gibt weder eine Klingel noch einen Briefkasten, somit kann er nichts weiter unternehmen. Zurück auf dem Revier, schickt er Kern eine entsprechende E-Mail. Die wiederum unterrichtet Kahler und Schalko. Alle drei sind sich einig, dass ihnen das nicht weiterhilft.

Hamburg

Baumeister, der der Polizei damals darüber Auskunft gegeben hat, dass auf dem Konto keine ungewöhnlichen Bewegungen erfolgten, wählt sofort die Nummer vom Revier und wird zu Kern durchgestellt. Er erzählt ihr von Kai Noltes Anruf und der Überweisung von Sonja Winter. Auf Kerns Frage, ob er sicher sei, dass er mit Nolte gesprochen habe, meint er, dass die Verbindung zwar schlecht gewesen sei, aber im Display sei die Nummer von Noltes Handy erschienen.

Sofort verständigt Kern ihre Vorgesetzten und nur fünf Minuten später sitzen sie zu dritt in Kahlers Büro. Kern berichtet von dem Telefonat und der Überweisung in Höhe von 950 000 Euro von Sonja Winter.

»Was mag das alles bedeuten?«, fragt Kahler erstaunt. Dann fasst er zusammen: »Kai Nolte ist seit zwei Wochen spurlos verschwunden und jetzt ruft er bei seiner Bank an und lässt sich bestätigen, dass 950 000 Euro von Sonja Winter eingegangen sind. Warum in aller Welt überweist sie ihm so viel Geld?«

»Und hat Sonja Winter uns nicht erzählt, dass sie das Handy von Nolte weggeworfen hat?«, fragt Schalko nach«

»Ja, das stimmt, das alles ist sehr merkwürdig. Denn anscheinend geht es Kai Nolte doch gut.«

»Ist denn der Banker sicher, dass er mit Nolte telefoniert hat?«

»Nein, er sagte, dass die Verbindung schlecht gewesen sei, aber er glaube, dass es Nolte war.«

»Und wenn es nicht Nolte war, der angerufen hat?«

»Rufen wir Nolte an?«

»Können wir dabei einen Fehler machen?«

»Gibt es eine bessere Möglichkeit, um herauszufinden, was los ist?«

Die drei schauen sich ratlos an. Daraufhin wählt Kahler die Nummer von Nolte, doch es springt nur die Mailbox an und Kahler hinterlässt darauf die Bitte, ihn umgehend zurückzurufen. Dann fragt er in die Runde: »Warum nur überweist die Winter ihm so viel Geld, wenn er sie doch vergewaltigen wollte und sie angeblich keinen Kontakt mehr mit ihm hat? Warum belügt die Frau uns?«

»Sollen wir die jamaikanische Polizei verständigen, dass sie die Winter, wenn sie sie überhaupt erreichen, fragen sollen, warum sie so viel Geld an Nolte überwiesen hat?«, fragt Schalko.

»Ohne einen konkreten Verdacht auf ein Verbrechen werden sie das kaum machen.«

»Also fliegen wir noch mal nach Jamaika, auch auf das Risiko hin, dass uns die Dienststelle einen Vogel zeigt? Mal ehrlich, Nolte ist aufgetaucht und das zudem mit über 950 000 Euro auf dem Konto. Wo ist da ein Verbrechen oder gar ein Täter?«

»Und was ist mit Berger und Luttner?«, meldet sich Schalko zu Wort.

Kahler zuckt nur kurz mit den Achseln.

31. JULI

Jamaika

Alex löst die Kette, die mit der Wand verbunden ist, und weist ihm den Weg in die Küche, wo er sich an den Tisch setzen soll. Dort legt sie ihm einen Block und einen Stift hin und diktiert ihm sein Geständnis.

»Ich, Kai Nolte, habe Thomas Berger im Streit erschossen und ihn danach im Garten vergraben. Dazu Datum und Unterschrift.«

»Welches Datum haben wir heute?«

»Den 31. Juli.«

Dann habe ich sechzehn Tage hier in Gefangenschaft verbracht, rechnet er im Stillen nach und fragt laut: »Bin ich jetzt frei?«

»Noch nicht ganz, Lara möchte noch ein paar Sicherungsvorkehrungen treffen.«

»Welche denn noch?«

»Als Erstes musst du den Kellerraum aufräumen.«

»Da gehe ich nicht noch einmal runter.«

»Nun, das wirst du aber müssen. Bitte verstehe, dass sie alle Spuren beseitigen möchte, die sie belasten könnten.«

»Nimmst du mir dafür die Ketten ab?«

»Das kann ich nicht. Lara hat die Schlüssel, sie vertraut mir nicht, zumal sie weiß, dass ich immer noch an einer Zukunft mir dir festhalte. Somit musst du so lange warten, bis du das Haus verlässt.«

»Heißt das, dass ich jetzt trotz des Geständnisses weiterhin nackt und in Ketten bleiben werde?«

»Leider ja, aber bitte vertraue mir, dass das nicht mehr lange dauern wird.«

»Ich soll dir vertrauen?«

»Nun, auf deinem Konto befindet sich eine Million Dollar von mir, genügt dir dieser Vertrauensbeweis nicht? Glaubst du nicht mehr an eine gemeinsame Zukunft?«

»Doch, irgendwie schon«, antwortet er leise. Er sagt es zwar, aber den Glauben daran hat er schon lange verloren.

Hamburg

Kern telefoniert mit der Polizei auf Jamaika und gibt ihnen die Ortung der Handydaten durch, damit sie feststellen können, von wo aus der Anruf erfolgte. Sie erfährt die Adresse, die ihr sofort bekannt vorkommt: Es ist das Grundstück von Lara Winter. Umgehend geht sie zu Kahler und Schalko ins Büro.

»Ich habe eine sehr interessante Neuigkeit. Nolte befindet sich vermutlich in dem Haus, das Lara Winter gehört.«

Kahler und Schalko schauen sich verdutzt an.

Kahler überlegt, geht in Gedanken noch einmal in Sonja Winters Wohnung. »Wissen Sie noch«, wendet er sich an Schalko, »wie spärlich die Wohnung der Winter eingerichtet war? Kein Schrank für Kleidung oder Schuhe, selbst der Kühlschrank war leer.«

»Sie meinen, dass die Winters gar nicht dort, sondern vielleicht in diesem Haus wohnen und ihre Adresse somit nur vorgeschoben ist? Nur, was macht Nolte in diesem Haus?«

»Und wenn Sonja Winter wusste, dass sich Nolte in dem Haus befindet, warum hat sie es uns verschwiegen? Und tingelt ihre Schwester wirklich durch die Welt, so wie sie es uns erzählt hat?«

»Und warum hören wir die ganze Zeit nichts von Kai Nolte, wenn er doch telefonieren kann? Ist er nun freiwillig oder unfreiwillig dort?«, ergänzt Schalko

Alles Fragen, auf die sie keine Antworten finden.

»Wir fliegen noch einmal nach Jamaika und klären die Sache vor Ort auf«, fasst Kahler die Situation zusammen.

Sie bekommen einen Flug für den nächsten Tag um 11 Uhr ab Frankfurt.

Jamaika

Zuerst sammelt er im Garten Holz und legt es auf den Haufen mit den Resten der anderen verbrannten Sachen. Dann schleppt er unter größter Anstrengung die Decke und die Matratze aus dem Keller nach oben, legt sie auch auf den Scheiterhaufen und setzt ihn in Brand. Das Feuer lodert und er erinnert sich daran, wie er an diesem Ort seine Sachen verbrennen musste. Als er zu den Schwestern hinüberschaut, glaubt er eine gewisse Freude in ihren Gesichtern zu erkennen. Ob sie ihn jetzt von den Ketten befreien und ihm die versprochene Freiheit schenken?

Hamburg

Kern kann immer noch das Handy von Nolte orten. Es hat seinen Standpunkt nicht verändert. Sie versucht mehrmals, ihn zu erreichen, doch es meldet sich weiterhin nur die Mailbox. Warum geht er nicht ran oder ruft nicht zurück? Ist er – trotz des hohen Geldeingangs – doch in Gefahr?

Jamaika

Während das Feuer noch lodert, fordert Alex ihn auf, ihr in das Haus zu folgen. »So, mein Lieber, fast ist es geschafft. Ich muss dich jetzt leider noch ein letztes Mal oben im Zimmer auf dem Bett anketten, aber morgen kommst du frei, das hat Lara mir versprochen.«

»Warum noch einmal? Du hast gesagt, dass du mich freilassen würdest, wenn alles erledigt ist.«

»Das stimmt auch, Lara fehlt aber noch ein Punkt.«

»Welcher denn noch?«

»Sie wird morgen in der Früh die Insel mit einem unbekannten Ziel verlassen. Diese Zeit müssen wir ihr noch geben und dann liegt es an dir, ob du mir und somit uns eine Chance auf eine tolle und aufregende Zukunft gibst. Bitte vertraue mir, es ist nur noch diese eine Nacht.«

In diesem Moment betritt Lara das Haus. Zusammen gehen sie in das obere Zimmer, in dem sich Kai wieder auf das Bett legt und mit der langen Kette angekettet wird.

Nachdem die beiden das Zimmer verlassen haben, fragt er sich, was hier gerade vor sich geht. Muss er all diese Sachen erledigen, damit er wieder freikommt? Ist die Million, die Alex ihm überwiesen hat, wirklich eine Art Schweigegeld? Oder ist das auch wieder nur eine Lüge? Was auch immer passieren wird, wenn er hier rauskommt, geht er sofort zur Polizei und macht dort eine Aussage. Wer weiß, wie viele Tote auf dem Grundstück noch vergraben sind, und wenn er schweigt, macht er sich sicher auch strafbar. Zudem muss er das falsche Geständnis mit dem Mord an Tom sofort widerrufen.

Doch mitten in diese Überlegung tritt die Realität, dass er hier immer noch wie ein Gefangener angekettet auf dem Bett liegt, ein. Will ihn Alex wieder nur Hoffnungen machen, um diese erneut brutal zu zerstören? Sie kann doch gar nicht so blöd sein, ihn wirklich freizulassen. Andererseits hat sie ihm eine Million Dollar überwiesen. Das ergibt für ihn alles keinen Sinn.

In diesem Moment hört er jemanden die Treppe heraufkommen. Er kennt dieses Geräusch nur zu gut. Alex betritt den Raum, legt sich zu ihm ins Bett und kuschelt sich an ihn.

»Bald sind wir frei und dann beginnt für uns eine fantastische Zukunft«, haucht sie. Die Situation ist für ihn völlig grotesk. Glaubt sie wirklich, dass er ihr noch vertrauen kann? Aber dann ertappt er sich dabei, sich zu fragen, ob er es sich vielleicht doch vorstellen kann. Sie ist eine sehr attraktive Frau und die ersten Tage mit ihr waren so schön. Außerdem gibt es noch den Vertrauensbeweis mit der Eine-Million-Dollar-Überweisung. Vielleicht ist sie tatsächlich nur ein Opfer ihrer Schwester. Irgendwann schläft er erschöpft ein und sie verlässt den Raum.

1. AUGUST

Hamburg

Kahler und Schalko besteigen in Hamburg den Flieger und über die Zwischenlandung in Frankfurt geht es weiter nach Jamaika, wo sie um 15.45 Uhr Ortszeit landen.

Jamaica

Er erwacht von der aufgehenden Sonne, die durch das geöffnete Dachfenster hereinscheint. Er nimmt einen Schluck aus der Wasserflasche, die auf dem kleinem Schrank neben dem Bett steht. Über die nächsten Stunden liegt er wach und nichts passiert. Dann hört er, wie der Jeep gestartet wird und vom Grundstück fährt. Verlässt Lara jetzt wie abgesprochen das Haus, damit er freikommt? Er hofft, dass Alex zu ihm hochkommt, aber nichts passiert.

Jamaika

Wie an jedem der letzten Tage, fährt Alex zum Flughafen, um zu schauen, ob die beiden Kommissare mit der Maschine aus Frankfurt kommen. Diesmal ist sie besonders unruhig, weil sie zwei Polizeiautos vor dem Flughafengelände stehen sieht. Ihre Vermutung bestätigt sich, als die deutschen Kommissare in eines der Autos steigen. Sofort setzt sie sich in ihren Jeep und fährt auf dem schnellsten Wege zurück zum Haus, wo sie das Eingangstor zum Grundstück hinter sich mit der Kette verschließt.

»Es ist so weit!«, ruft sie Lara zu, als sie das Haus betritt.

Die beiden gehen hoch in das Zimmer, in dem Kai immer noch in Ketten auf dem Bett liegt.

Die Kommissare fahren, begleitet von dem ihnen bekannten jamaikanischen Polizisten, direkt zum Haus von Lara Winter.

Als die beiden das Zimmer betreten, erschrickt Kai, als er erkennt, dass Lara immer noch da ist. Das kann nur bedeuten, dass er weiter in Ketten bleiben wird und Alex ihn abermals belogen hat.

Alex richtet sich gleich an ihn: »Lieber Kai, ich habe mit Lara gesprochen und sie hat es sich überlegt. Sie vertraut dir jetzt genau so wie ich und wir haben uns entschlossen, dich von den Ketten zu befreien. Du kannst dich anziehen und wenn du möchtest, das Haus verlassen.« Sie kommt auf ihn zu, legt seine Sachen auf das Bett und nimmt ihm das Stahlhalsband ab, dann löst sie die lange Kette vom Bett und befreit ihn von den Hand- und Fußfesseln.

Natürlich traut Kai ihren Worten und Taten nicht mehr, zu oft schon hat sie ihn belogen. Was also haben sie jetzt mit ihm vor? Es ist es ihm nicht entgangen, dass die Pistole auf der Kommode liegt. Wollen sie ihn vielleicht doch töten?

Die Beamten stehen vor dem verschlossenen Eingangstor und überlegen, wie sie trotzdem unbemerkt auf das Grundstück kommen
können.

Vorsichtig zieht er sich an. »Was wollt ihr jetzt mit mir machen?«
Er bekommt keine Antwort. Langsam geht er auf die Kommode zu
und nimmt wahr, dass sich weder Lara noch Alex bewegen, als er
sich der Pistole nähert. Dann ergreift er sie.
    »Vertraust du mir jetzt?«, fragt Alex ihn.
    Er versteht nicht, was hier gerade vor sich geht. Er zielt auf eine
Vase im Zimmer und drückt zweimal ab. Die Vase zerspringt in
unzählige Teile. Die Pistole ist diesmal geladen und er könnte die
beiden Schwestern jetzt erschießen. »Du siehst, ich vertraue dir«,
flüstert Alex ihm zu.

Die Kommissare hören die Schüsse. Ohne zu zögern, brechen sie
das Schloss vom Tor auf und fahren mit ihren Autos bis vor das
Haus.

Kai denkt nicht daran, die Schwestern zu töten. Er ist kein Mörder.
Aber jetzt fühlt er sich überlegen. Er schnappt sich sein Handy,
verlässt den Raum, verschließt die Tür hinter sich und läuft die
Treppe hinunter. Im Flur schnappt er sich die Autoschlüssel und
als er, immer noch mit der Waffe in der Hand, die Haustür öffnet,
fällt sofort ein Schuss.

Unterdessen ziehen sich Alex und Lara nackt aus, legen sich
gegenseitig die Handschellen an und verschließen sie. Danach
legen sie sich auf das Bett und legen – so wie Alex es damals mit
Kai gemacht hat – die lange Kette um die Handschellen und um
das Bettgestell am Kopfende, verschließen es mit einem Schloss
und werfen den Schlüssel auf den Fußboden. Als sie einen Schuss
hören, atmen sie tief durch, nicken sich zu und rufen dann gemeinsam laut um Hilfe.

Die Polizisten hören sie und stürmen ins Haus, dort folgen sie den Stimmen die Treppe hoch und entdecken die beiden Frauen angekettet auf dem Bett. Voller gespielter Scham drehen sich Alex und Lara einander zu, während einer der Polizisten die Decke über sie legt. Dann nimmt er den auf dem Boden liegenden Schlüssel auf und löst damit die Kette.

»Wo sind die Schlüssel für die Handschellen?«, fragt er sie.

»Die hat Kai Nolte«, erwidert Alex.

Schnell läuft der Polizist die Treppe hinunter und findet bei den Sachen, die sie Kai Nolte bei der Verhaftung abgenommen haben, die Schlüssel für die Handschellen. Zurück im Zimmer, befreit er die Frauen und während sich die Herren umdrehen, kleiden sie sich an.

Kahler und Schalko, die sich im Hintergrund aufhalten, haben alles sorgfältig beobachtet. Sie hatten Alex für eine Täterin gehalten und nun sind sie und ihre Schwester die Opfer.

»Haben Sie ihn erschossen?«, fragt Alex sichtlich erschöpft.

»Nein, es war nur ein Warnschuss«, erwidert Kahler. »Er hat sich sofort ergeben und ist inzwischen unterwegs zum Revier, wo wir ihn gleich befragen werden.«

»Das ist gut, endlich ist das Martyrium vorbei«, zeigt sich Alex erleichtert. Innerlich aber erschrickt sie, da ihr Plan nicht aufgegangen ist.

»Kann ich Ihnen ein paar Fragen stellen?«

»Bitte lassen Sie uns erst einmal zur Ruhe kommen. Wenn Sie mögen, kommen wir nachher auf das Revier. So in circa zwei bis drei Stunden.«

»Das ist natürlich okay, dann erwarte ich Sie dort.«

Die Kommissare verlassen zusammen mit den jamaikanischen Polizisten das Haus und fahren zum Revier. Dort angekommen, beginnen sie sogleich mit der Befragung von Kai Nolte. Dieser beteuert, dass er das Opfer sei, was sowohl Kahler als auch Schalko, angesichts der Tatsache, dass er bewaffnet aus dem Haus kam, sie die Frauen angekettet im Bett vorgefunden haben und nicht zuletzt auch wegen der Banküberweisung, komisch vorkommt, und sie bitten Nolte, ihnen seine Sicht der Dinge von Beginn an zu erzählen.

Nolte erzählt von der Datingseite, dem Treffen, den Übernachtungen, dem Flug nach Jamaika, dem Platzwechsel im Flieger, der Fahrt in die Wohnung. Das alles ist den Kommissaren bereits bekannt, deckt es sich doch mit den Schilderungen von Alex und den Zeugen. Doch jetzt hören sie eine neue Version der Geschichte. Nolte erzählt von der gemeinsamen Dusche, den Zärtlichkeiten, den Küssen, dann von der Fahrt in die Berge mit Alex zu ihrer Schwester Lara, dem gemeinsamen Abend, der Nacht im Dachzimmer, wo er diesmal ans Bett gekettet wurde – nicht so wie in Hamburg, als er Alex ans Bett fesseln sollte. Er habe das anfangs geil gefunden, aber dann blieb er tagelang angekettet und ihm sei immer mehr bewusst geworden, dass er in eine Falle geraten war. Dann berichtet er von der dramatischen Situation mit dem in Ketten gelegten Tom, dem Schuss aus dem Nichts, der Tom tödlich traf, und dass er den Toten auf dem Grundstück – er selbst nackt und in Ketten gelegt – begraben musste.

Kahler und Schalko schrecken innerlich auf, aber bevor sie Fragen stellen, hören sie Nolte weiter zu.

Danach, so berichtet Kai weiter, habe er all seine Sachen und auch die von Tom im Garten verbrennen müssen und es begannen für ihn schreckliche Tage und Nächte im Keller. Er habe Todesangst gehabt in dem stockfinsteren Verlies, in Ketten gelegt und nur mit drei Flaschen Wasser versorgt. Er erzählt auch von dem gescheiterter Fluchtversuch und dass man ihn, als man ihn aus dem Verlies holte, im Flur ankettete.

Darauf der plötzliche Wandel von Alex, die ihm die Freiheit und eine Million Dollar versprach, wenn er schriftlich gestehen würde, dass er Tom erschossen hat. Dieses Geständnis habe er erst aufgeschrieben, nachdem ihm die Bank die Zahlung bestätigt hatte. Er aber habe, so beteuert er, Tom natürlich nicht erschossen. Dann wurde er abermals im Dachgeschoss ans Bett gekettet. Kurz vor dem Eintreffen der Polizei habe ihn Alex von den Ketten erlöst und er durfte sich anziehen. Er habe sofort nach der Pistole gegriffen, die auf der Kommode lag, und zwei Schüsse abgegeben, um zu sehen, ob sie geladen sei. Danach habe er das Zimmer verlassen und die

Tür hinter sich verschlossen. Beim Verlassen des Hauses sei er dann der Polizei in die Arme gelaufen.

Kahler ist mehr als überrascht von dieser Aussage, überlegt einen Augenblick und beginnt dann mit der Befragung.

»Jemand wurde in ihrem Zimmer erschossen und Sie haben nicht gesehen, wer es war?«

»Nein, der Schütze muss durch den Türspalt gezielt haben.«

»Irgendeine Vermutung?«

»Nein.«

»Eine der beiden Schwestern?«

»Ich weiß es wirklich nicht, vielleicht war ja noch jemand im Haus.«

»Gibt es dafür irgendeinen Anhaltspunkt?«

»Nein.«

»Und der Name des Toten war Tom?«

»So nannten ihn die Schwestern.«

»Okay. Sie sagten, dass Sie die beiden beim Verlassen des Hauses im Zimmer im Dachgeschoss eingeschlossen haben?«

»Ja.«

»Bekleidet?«

»Natürlich! Der Einzige, der nahezu die ganze Zeit nackt war, war ich.«

»Nun, als wir das Zimmer betraten, lagen die Frauen nackt und mit Handschellen gefesselt im Bett.«

»Das ist nicht wahr.«

»Doch. Können Sie mir das erklären?«

»Nein, beim besten Willen nicht, als ich das Zimmer verließ, waren sie bekleidet und schon gar nicht ans Bett gekettet.«

»Und bei Ihrer Verhaftung haben wir die Schlüssel zu den Handschellen bei Ihnen gefunden.«

»Keine Ahnung, woher die kamen. Die einzige Erklärung dafür ist, dass die Schwestern sie mir in die Tasche gesteckt haben müssen.«

»Warum sollten die das tun?«

»Was weiß ich! Sicherlich wissen Sie auch, dass man die Schlüssel nicht zum Schließen der Handschellen, sondern nur zum Öffnen braucht. Und überhaupt, warum bin ich verhaftet worden? Wie ich Ihnen schon sagte, bin ich das Opfer einer perfiden Gefangennahme!«

»Wir sind gerade dabei, das zu klären.«

»Was gibt es da zu klären?«

»Wie war das mit Ihrem Handy?«

»Das musste ich Alex im Flugzeug geben, sie meinte, ich bräuchte das auf ihrer Insel nicht, zudem sollte ich mich daran gewöhnen, ohne auszukommen. Und als wir zu ihrer Schwester fuhren, log sie mich erst an, sie habe das Handy in der Wohnung vergessen und als sie es am nächsten Tag aus der Wohnung holte, log sie mich wieder an, als sie meinte, sie hätte meinen Koffer mit dem Ladekabel in der Wohnung vergessen. Und ich Trottel habe es ihr geglaubt, denn für den Anruf bei meiner Bank war das Ladekabel auf einmal wieder da.«

Schalko und Kahler ziehen sich zur Beratung in ein anderes Zimmer zurück.

»Interessante Geschichte«, beginnt Kahler. »Was ist, wenn Nolte recht hat? Könnten die Frauen jetzt im Haus gar Spuren beseitigen?«

Doch ehe sie darüber weiter nachdenken können, treffen Sonja und Lara Winter auf dem Revier ein. Die Kommissare bitten zuerst Sonja Winter in ein Zimmer und Kahler beginnt mit der Befragung.

»Frau Winter, ich habe Sie ja schon einmal ausführlich befragt. Haben Sie mir in einigen Punkten die Unwahrheit gesagt?«

»Ja.«

»In welchem?«, fragt Kahler überrascht.

»Als ich Nolte traf, gab es von vornherein eine Übereinstimmung hinsichtlich seines Besuches auf Jamaika.«

»Was für eine Übereinstimmung?«

»Kai Nolte und ich haben uns über Tom, der schon Jahre glücklich und zufrieden bei uns im Haus gelebt hat, unterhalten und er war, vielleicht auch aus journalistischem Interesse, sofort fasziniert davon. Und so beschloss er, dieses Leben ebenfalls für einen Monat auszuprobieren. Ein Leben ohne Handy, Radio, Internet und Zeitung.«

»Und deshalb hat er den Flug nach Jamaika gebucht?«

»Sicherlich.«

»Und er hat noch nicht einmal seinem besten Freund darüber informiert?«

»Woher soll ich das wissen?«

»War das nicht Teil Ihrer Abmachung?«

»Nein, alles was Kai Nolte gemacht hat, hat er freiwillig gemacht.«

»Und was war mit der Fast-Vergewaltigung in Ihrer Wohnung?«

»Die hat nicht stattgefunden. Als Sie plötzlich auftauchten, musste ich mir auf die Schnelle etwas ausdenken als Grund dafür, dass er abgetaucht ist.«

»Es klang damals sehr ehrlich und emotional …«

»Ich weiß, ich habe mich da reingesteigert und konnte dann auch nicht mehr zurück. War blöd von mir.«

»Dann haben Sie ihn auch nicht irgendwo in der Stadt ausgesetzt?«

»Nein, wir sind zusammen zu meiner Schwester gefahren.«

»Die nicht bei Ihnen in der Wohnung, sondern in dem Haus wohnt?«

»Ja.«

»Und Sie wohnen auch in dem Haus?«

»Ja, die Wohnung haben wir nur, weil wir im Haus keinen Besuch erhalten möchten. Auch nicht von einem Briefträger.«

»Was passierte im Haus?«

»Wir haben Kai Nolte mit Tom bekannt gemacht und Tom hat ihm von seinem Leben dort erzählt. Kai war gleich fasziniert und wollte dieses Leben – wie schon erwähnt – ebenfalls ausprobieren.«

»Als Ihr Gefangener?«

»Nein, er war freiwillig hier und konnte jederzeit gehen.«

»Wurde er nicht in Ketten gelegt?«

»Nein.«

»Trug er ein Halsband aus Stahl?«

»Ja.«

»Auch freiwillig?«

»Ja.«

»Wurde Tom in Ketten gelegt?«

»Nein, wie schon erwähnt, lebte er glücklich und zufrieden bei uns und hätte jederzeit gehen können.«

»Sie haben einen Keller im Haus?«

»Ja, und bevor Sie nachfragen, in diesem Keller hat Kai Nolte ein paar Tage und Nächte verbracht.«

»Freiwillig?«

»Nochmals, alles, was Kai gemacht hat, war freiwillig, die Reise nach Jamaika, die Fahrt zu mir und das Leben in dem Haus.«

»Und warum hat er die Zeit im Keller verbracht?«

»Das war eine Aufgabe, der er sich stellen musste, aber auch wollte. Erst wenn man das durchgemacht hat, erkennt man, wie schön das Leben ist und wie wenige Dinge man dafür zum Leben braucht.«

»Wurden Kai Handschellen angelegt?«

»Ja, aber nur nachts wollte er sie tragen.«

»Nur an den Händen?«

»Nein, auch an den Füßen.«

»Warum?«

»Bei Tom war das auch so und Kai wollte es somit ebenfalls aus-probieren. Er hatte die Schlüssel bei sich und hätte sich jederzeit davon lösen können.«

»Heißt Tom mit richtigem Namen Thomas Berger?«

»Ja.«

»Haben Sie ihn auch auf die Insel gelockt?«

»Ich habe keinen Mann auf die Insel gelockt!«

»Was passierte mit Thomas Berger?«

»Kai hat ihn erschossen.«

»Haben Sie das gesehen?«

»Nein, Lara und ich waren im Garten und haben Blumen ge-pflanzt, als plötzlich ein Schuss fiel. Völlig erschrocken sind wir ins Haus gelaufen und oben im Dachzimmer lag dann Tom erschossen auf dem Boden. Kai stand daneben und war fix und fertig.«

»Wissen Sie, warum er ihn erschossen hat?«

»Kai sagte uns, sie hätten sich gestritten und er habe im Affekt gehandelt.«

»Woher hatte er die Pistole?«

»Die lag bei mir im Nachtschrank, nur für den Fall, dass wir unangenehmen Besuch bekommen.«

»Was ist dann passiert?«

»Wir haben Kai natürlich gesagt, dass die Polizei den Fall untersuchen muss. Er hat uns gebeten, damit noch ein wenig zu warten, was wir aber nicht wollten und auch gar nicht konnten. Es hatte schließlich einen Toten in unserem Haus gegeben. Das aber wollte Kai nicht und so bedrohte er uns mit der Pistole, was uns beide sehr schockiert hat, zumal wir damit nicht gerechnet hatten. Wir mussten uns gegenseitig die Handfesseln anlegen und dann hat er uns ans Bett gekettet.«

»Sie haben sich nicht gewehrt?«

»Gewehrt? Er hatte eine geladene Pistole in der Hand und bereits einen Mord begangen. Da würde keiner vor zwei weiteren Morden zurückschrecken.«

»Und was geschah dann?«

»Das kann ich nur vermuten beziehungsweise nur wiedergeben, was Kai uns gesagt hat. Er habe Tom im Garten vergraben und alles verbrannt, was mit ihm zu tun hatte.«

»Was war mit seinen Sachen?«

»Das kann ich Ihnen nicht sagen, aber vermutlich hat er einen Teil davon auch verbrannt. Warum auch immer.«

»Das alles klingt doch sehr ungewöhnlich.«

»Das mag sein, aber es ist die Wahrheit.«

»Und aus welchem Grund haben Sie ihm so viel Geld überwiesen?«

»Kai wusste, dass ich sehr reich bin, und erpresste mich. Während er drohte, Lara umzubringen, musste ich in die Stadt fahren, ihm von dort aus das Geld überweisen und gleichzeitig ein paar neue Sachen mitbringen. Zudem musste ich ein Geständnis unterschreiben, dass ich Tom erschossen und ihm Schweigegeld angeboten hätte, damit er mich nicht verrät. Ich habe es gemacht, weil das meine einzige Hoffnung war, dass er Lara und mich freilässt.«

»Sie hätten doch auch zur Polizei gehen können, als Sie die Überweisung tätigten.«

»Ich hatte Angst, dass er dann Lara umbringen würde, deshalb habe ich das nicht gemacht.«

»Wo befindet sich Ihr Geständnis?«

»Das hat Kai.«

»Kai Nolte behauptet, dass er ein Geständnis unterschreiben musste, Thomas Berger erschossen zu haben.«

»Blödsinn.«

»Was war mit dem Handy von Kai Nolte?«

»Was soll damit sein?«

»Hatte er es die ganze Zeit bei sich?«

»Nein, hatte er nicht. Er wollte, dass ich es nehme, damit er nicht in Versuchung kommt, es doch zu benutzen. Er hat es an sich genommen, als er uns ans Bett kettete, aber er hätte es natürlich auch davor jederzeit bekommen können.«

Kahler und Schalko schauen sich fragend an. Es war eine komplett andere Version, aber genauso wenig glaubhaft wie die von Kai Nolte.

»Wären Sie damit einverstanden, dass wir Ihr Haus durchsuchen?«

»Na klar, ich habe nichts zu verbergen.«

»Wir werden auch die Leiche von Thomas Berger ausgraben.«

»Machen Sie das.«

»Wie haben Sie ihn kennengelernt?«

»Herr Kahler, Kai Nolte hat Thomas Berger, einen Mann, der über Jahre friedlich mit uns im Haus gelebt hat, erschossen und Sie fragen mich, wie ich ihn kennengelernt habe? Sorry, aber hier hört es auf. Kümmern Sie sich lieber um den Mörder!«

»Das machen wir natürlich.«

»Lebte Max Luttner auch in Ihrem Haus?«

»Ich kenne den nicht!«

»Sagt Ihnen der Name Dominique Schäfer etwas?«

»Na klar, das war der Typ aus Berlin. Meinte, er wäre über beide Ohren verliebt in mich, und wollte mich hier besuchen, was er aber nicht getan hat.«

»Wollte er auch so leben wie Sie, ohne Handy, Internet, Zeitungen?«

»Da fragen Sie ihn am besten selbst.«

»Das werden wir machen.«

Da die Befragung von Lara Winter sich mit der Schilderung von Sonja Winter in Bezug darauf, was im Haus passiert ist, deckt und diese ihnen ebenfalls eine Zustimmung zur Durchsuchung erteilt, geht die Polizei sogleich ans Werk.

Kai Nolte kommt in Untersuchungshaft und Alex und Lara müssen sich in ihrem Haus für weitere Befragungen bereithalten. Allen dreien werden zudem Fingerabdrücke genommen.

Kahler verständigt zwischenzeitlich Kern über den Kenntnisstand, die wiederum dem Stuttgarter Kollegen mitteilt, dass man eine Spur von Thomas Berger verfolge und dieser wohl tot sei.

3. AUGUST

Hamburg

Der Untersuchungsbericht liegt vor: Im Garten des Hauses wurde die Leiche von Thomas Berger ausgegraben. Er wurde durch einen Kopfschuss getötet. Die Tatwaffe ist eindeutig die Pistole, die man Kai Nolte bei der Festnahme abgenommen hat. Auch finden sich darauf nur die Finderabdrücke von Kai Nolte. Im Schuppen fand man den Spaten, mit dem wohl die Grabstätte von Thomas Berger ausgehoben wurde. Auch darauf befinden sich Fingerabdrücke von Kai Nolte. Weiterhin fand man im Garten eine Brandstätte, in der man noch Reste von Kleidung, zwei Matratzen, zwei Decken und einem kleinen Koffer sicherstellen konnte. Auf den beiden Hand- und Fußfesseln gab es Fingerabdrücke von Kai Nolte, Lara und Sonja Winter, am Stahlhalsband nur Fingerabdrücke von Kai Nolte und Sonja Winter. Im Haus gibt es unterhalb des Badezimmers einen kleinen Kellerraum. Dieser wurde augenscheinlich gründlich gereinigt und man entdeckte dort keine weiteren Spuren. Im Dachgeschoss befanden sich Blutspuren auf dem Fußboden, die eindeutig Thomas Berger zugeordnet werden konnten. Im ganzen Haus fand man Fingerabdrücke von Kai Nolte, Thomas Berger sowie Sonja und Lara Winter. Des Weiteren fand man in einer Jackentasche einen Zettel, auf dem, wie eine Handschriftprobe nachweisen konnte, Kai Nolte seine Kontodaten und Kleidungsartikel notiert hatte. Ein Mordgeständnis wurde nicht gefunden.

Kahler und Schalko besprechen den Bericht und gleichen ihn mit den Aussagen von Kai Nolte und Sonja Winter ab.

Kahler fasst zusammen: »Beide erzählen uns eine Version, die sehr außergewöhnlich ist und kaum glaubhaft klingt. Einerseits kann ein Mann doch nicht so naiv sein, einer ihm noch fremden Frau hinterherzufahren und sich von ihr irgendwo oben in den Bergen in einem einsamen Haus ans Bett ketten zu lassen. Für diese Version spricht lediglich, dass es zumindest zwei weitere Männer gibt, die Sonja Winter auf die Insel folgten, beziehungsweise beinahe folgten. Aber was mit Thomas Berger wirklich im Haus passiert ist, ist völlig ungeklärt. Andererseits ist die Version von Sonja Winter auch nicht besser. Dass es Männer gibt, die sich mehrere Tage und Nächte in einem dunklen Verlies einsperren lassen, sich nachts Handschellen anlegen lassen und sich dabei auch noch wohl fühlen, ist kaum glaubhaft. Gehen wir mal den Tatsachen nach: Thomas Berger wurde eindeutig mit der Pistole erschossen, die wir Kai Nolte bei der Festnahme abgenommen haben, und nur dessen Fingerabdrücke befinden sich darauf. Er hat ihn auch im Garten vergraben, da decken sich die Aussagen von den dreien, wenn von ihnen auch unterschiedliche Voraussetzungen dafür angegeben werden. Dann haben wir noch den ominösen Zettel, auf den Kai seine Kontodaten und Kleidungswünsche geschrieben hat. Auch hier können beide Versionen richtig sein. Weiterhin haben wir die beiden Frauen mit Handschellen versehen im Zimmer angetroffen und die Schlüssel dazu hatte Kai Nolte. Somit haben wir einen Mordfall, den wir nach Lage der Dinge Kai Nolte zuordnen müssen, und eine Freiheitsberaubung, bei der Aussage gegen Aussage steht. Was Thomas Berger angeht, wissen wir nur, dass er sich anscheinend mehrere Jahre in diesem Haus, freiwillig oder unfreiwillig, aufgehalten hat. Von Max Luttner ist nur bekannt, dass er vor sechs Jahren gleich nach seiner Ankunft auf dieser Insel verschwunden ist. Habe ich irgendetwas übersehen?«

Ende

Erster Nachtrag

Bei weiteren Ausgrabungen auf dem Grundstück fand man unter den fünf Kreuzen die Skelette von fünf Hunden.

Manuela Winter wurde vor Jahren auf einem jamaikanischen Friedhof beigesetzt.

Von Günther Winter und Max Luttner fehlt weiterhin jede Spur.

Der Prozess gegen Sonja und Lara Winter wegen Freiheitsberaubung an Kai Nolte wurde aus Mangel an Beweisen und einer zu geringen Indizienlage eingestellt.

Der Prozess gegen Kai Nolte wegen Freiheitsberaubung an Sonja und Lara Winter läuft noch. Hier steht zwar Aussage gegen Aussage, aber da die Polizisten ihn beim Betreten des Hauses mit der Pistole in der Hand festgenommen, sowie die Frauen angekettet im Bett vorgefunden haben, spricht einiges gegen Kai Nolte.

Somit wird er auch die eine Million Dollar zurückzahlen müssen.

Zum Mord an Thomas Berger:

Gegen Sonja und Lara Winter wird nicht weiter ermittelt, weil es dafür weder Beweise noch Indizien gibt und selbst Kai Nolte gab an, nicht gesehen zu haben, wer der Täter oder die Täterin war.

Der Prozess gegen Kai Nolte läuft indes noch. Sein Anwalt hofft auf einen Freispruch, allerdings sind unter anderem die Aussagen von Sonja und Lara Winter und seine Fingerabdrücke auf der Pistole, mit der Thomas Berger erschossen wurde, sehr belastend für seinen Mandanten.

Zweiter Nachtrag

Bei Jean Cremer klingelt das Handy: »Hallo Jean, hier spricht Alex, ich bin jetzt frei für dich …«